OMNIBUS

Carlo A. Martigli

IL SETTIMO PECCATO

Romanzo

MONDADORI

Dello stesso autore
nella collezione Omnibus

La scelta di Sigmund

facebook.com/Martigli

librimondadori.it
anobii.com

Il settimo peccato
di Carlo A. Martigli
Collezione Omnibus

ISBN 978-88-04-70198-9

Edizione pubblicata in accordo con
Piergiorgio Nicolazzini Literary Agency (PNLA)
I edizione luglio 2018

IL SETTIMO PECCATO

Ai miei figli

Chi non legge, a settant'anni avrà vissuto una sola vita: la propria. Chi legge avrà vissuto cinquemila anni: c'era quando Caino uccise Abele, quando Renzo sposò Lucia, quando Leopardi ammirava l'infinito... perché la lettura è un'immortalità all'indietro.

UMBERTO ECO

Tutti coloro che scrivono sono un po' matti.
Il punto è rendere interessante questa follia.

FRANÇOIS TRUFFAUT

PRIMO GIORNO

Il magister

Quasi ogni notte, nonostante dorma fra cuscini di seta riempiti delle più morbide piume d'oca di Francia, mi sveglio agitato. Sogno ancora figure di mostri, per metà uomini e metà bestie, entità diaboliche dai ghigni orrendi, vecchie donne lascive che cercano di ghermirmi. Ma quando sto per cadere preda di peccati e torture, per buona sorte spesso arriva il mio vecchio magister, che riposi in pace. Quelle entità maligne allora si ritraggono e rientrano furtive nei quadri che avevano lasciato vuoti, fissandosi, immobili ma vive, nelle tele, nei cartoni e nei legni del pittore Hieronymus Bosch. Quale follia attraversasse la mente e l'anima di quell'uomo enigmatico, non ho mai compreso. E non basterebbero tutti gli aggettivi delle lingue conosciute per descriverla. In sogno, il magister mi conforta, rassicurandomi che si tratta solo di ritratti. Opere e immagini di una mente folle, ma proprio per questo motivo innocente, perché i vaneggiamenti appartengono per natura ai bambini e ai santi, entrambi i più graditi all'Onnipotente. Mi invita quindi a non averne paura, anche perché l'arte è soltanto arte.

«Pensa ai crocefissi dei maestri Cimabue e Giotto, non vi si rappresenta forse un cadavere?» mi soleva dire. «Eppure quanta bellezza, quanta forza vitale esprimono.»

È stato un grande uomo, Martino da Barga, e ogni giorno prego per la sua anima: perché alcune delle sue idee non sempre apparivano frutto della sapienza divina.

Ai suoi tempi erano pochi quelli che riuscivano a ottenere il titolo di magister, ma ancora meno quelli che se lo meritavano. Lui era fra questi. Lo posso affermare con certezza, perché nessuno lo ha conosciuto meglio di me. Fu nell'anno del Signore 1503 che ebbi modo di apprezzare le sue infinite doti, non solo di onesto inquisitore ma anche di medico, investigatore e filosofo. Eravamo a Venezia, dove fu inviato, proprio per tali virtù, da sua santità papa Alessandro VI. Santità è il titolo che gli spetta, anche se ogni volta che pronuncio il suo nome mi faccio il segno della croce e invoco la protezione della Madonna dei Laudesi, cui sono devoto fin da quando ero bambino. Davanti a quel quadro rutilante d'oro, opera del genio di Duccio da Boninsegna, io rimanevo incantato. E pensavo che proprio l'oro, che circondava la terribile veste di Maria, nera come il demonio, avesse la magica funzione di proteggermi. In verità il mio magister mi metteva sempre in guardia dalle figure sacre troppo circonfuse d'oro.

«Imparerai, Giovanni» mi diceva «che l'eccesso di luce inganna la vista e impedisce di riconoscere la realtà.»

Mi spiegava che la verità giace sotto la realtà, e per scoprirla occorre quindi levare il velo alle cose. Da ciò conseguiva che la verità svelata è superiore a quella rivelata, la quale, come dice il nome stesso, mette due volte il velo alle cose. Con tale assunto mi rendo conto solo oggi che egli si mise contro le tre religioni, la cristiana, l'islamica e l'ebraica: ciascuna pretendendo che Dio le abbia rivelato la verità. Oggi, da umile servo dei servi, ruolo per il quale ho assunto da poche settimane il nome di papa Giulio III, voglio però ricordare quest'uomo che amava Gesù al punto da odorare (e non solo per questo) di eresia. Basta che la gotta mi dia tregua e mi permetta di scrivere. Meno male che ho conosciuto di recente un medico ebreo, Teodoro dei Sacerdoti. Solo lui riesce a farmi passare le fasi acute di questo morbo grazie a un infuso di colchico. I cerusici cristiani che mi stanno intorno sono degli incapaci e temevano addirittura che Teodoro mi volesse avvelenare.

Ma sto deviando, la mente dei vecchi spesso indulge a ricordi che poco hanno a che vedere con l'argomento principale che dovrebbero essere queste note, dedicate a ricordare e glorificare il mio antico maestro, pace alla sua anima inquieta e pura. Non sarebbe mai potuto diventare papa. Aveva un vizio, dubitare, e questo non è concesso a chi tiene in mano le sorti della cristianità.

Era, dicevo, il 1503, e io ero un giovane ricco, figlio di un noto e apprezzato giurista e destinato quindi a diventare tale. Mio padre, lungimirante, mi aveva affidato al suo vecchio amico, il nostro Martino da Barga, con cui spesso discuteva di filosofia, di legge, di giustizia e di ogni altro argomento che solo menti dotte sono in grado di comprendere. Così, quando mi dissero che lo avrei accompagnato a Venezia per seguirlo in una delicata e pericolosa indagine, nella stoltezza dei miei anni giovanili ne fui lietissimo. Stoltezza che è compagna della follia, ma gli esiti di quel viaggio possono dimostrare che a volte quest'ultima può portare verso il bene. E, di converso, che una vita volta alla prudenza può risultare fonte di ogni male. D'altra parte l'azzardo è insito nella gioventù, e a me piaceva infatti rischiare e spesso giocavo a zara. Tuttavia anche in questo gioco di dadi il mio magister mi fu benigno, perché mi insegnò a sconfiggere gli avversari, e senza barare.

«Conosco il gioco» mi rivelò, sorprendendomi. «E se vuoi vincere devi calcolare quante probabilità hai di fare il numero che hai dichiarato con questi tre dadi.»

«E come è possibile questo arcano? Di matematica sono poco edotto.»

«Se ti insegnassi la teoria potresti non capire» ammiccò con un sorriso. «Guarda invece come riesco a scucire dalla pesante scarsella, dono di tuo padre, anche un ducato, in soli quindici tiri.»

Fu di parola, e mi vinse il ducato, che poi, bontà sua, mi restituì. Ma ho divagato ancora, e non ho molto tempo per scrivere, tra tedeschi, francesi, inglesi che mi vogliono rubare le sacre terre vaticane, e il mio figliolo Ippolito, che me ne combina una dietro l'altra. Averlo creato cardinale non è servito a cavargli dall'animo i pensieri scellerati e le azioni, ancora peggiori. Ma bando alle ciance di un vecchio.

Era dunque l'inverno del 1503 quando il magister Martino e io ci accomodammo nella lussuosa carrozza che mio padre aveva affittato perché ci conducesse a Venezia. Lussuosa, ripeto, con robusti cuscini di crine e tende in velluto di Lucca, che ci avrebbero riparato dalle mosche e sottratto allo sguardo dei villani. Ma la sua magnificenza stava nella comodità, come subito mi resi conto. La prima volta che ne scesi, per necessità corporali, ne compresi il motivo: la cassa non appoggiava sulle assi, ma su un sistema alquanto complesso di cinghie di spesso cuoio e catene di ferro. E così dondolava, permettendo al magister di addormentarsi spesso, mentre io provavo e riprovavo il tiro dei tre dadi, non essendo ancora riuscito a capire il motivo per cui mi batteva con regolarità.

La carrozza, Dio liberi, si fermò solo una volta giunti a Castiglion Fiorentino, ma il magister ordinò al cocchiere di proseguire.

«Pestilenze e carestie hanno reso questa bella cittadina un pericoloso coacervo di disordine e morte. Soprattutto da quando hanno compreso che le preghiere non servivano a nulla. Non c'è niente di peggio di un sincero amante tradito, l'amore si trasforma in rancore e odio perfino. Così, odiando un Dio che non li ha ascoltati, non potendosela prendere con lui, si ammazzano tra loro.»

Mentre io mi preoccupavo e sbirciavo fuori dalle tende, lui si mise a ridere. Non ho mai imparato a distinguere quando diceva sul serio o quando voleva corbellare qualcuno. Anche me.

«Dove ci fermeremo, allora?»

«Alla Badiola, qui vicino. Ci sono dei monaci camaldolesi amici miei. Sono colti e per questo coltivano ottima frutta e verdura.»

Mi misi a ridere pensando di aver capito l'arguzia della sua battuta. Ma lui stavolta rimase serio.

«Non ho detto una scempiaggine, Giovanni. Colto e coltura hanno lo stesso etimo, che viene dal latino. Ma potremo saziarci anche con dell'ottimo prosciutto di porco e con quello raro di gallina. Qui puoi ridere.»

Non lo feci, e quindi continuò, più serio.

«Ripensandoci, la coscia del pollo, salata e sugnata, conciata e stagionata, potrebbe diventare un ottimo prosciutto.»

Non potrò mai scordare la Badiola. Non solo perché l'accoglienza dei monaci fu entusiasta, ma in quanto appresi il vero motivo del viaggio. Il calore con il quale fu ricevuto il mio magister mi stupì. Si diceva che quegli uomini di Dio pregassero e studiassero tutto il giorno, e me li ero pertanto immaginati anziani, scorbutici e solitari. Li scoprii invece allegri, alcuni addirittura giovani come me, e nonostante il freddo pungente lavoravano la terra scalzi, scambiandosi lazzi e motti ridanciani.

Era presente in visita il generale dell'ordine, che parlò a lungo con il magister, sia durante che dopo il pasto serale. E io già mi accingevo a gustarmi il meritato riposo, a pancia piena, quando mi fecero chiamare. Mi ritrovai in una stanza all'ultimo piano dell'abbazia, un sottotetto con i travi di legno bene in vista. L'arredo era semplice così come i costumi dei monaci, un letto, alcune sedie, e un tavolo. Un braciere di ferro riscaldava l'ambiente, ma solo quel tanto da impedire al fiato di produrre nuvole. Tutto intorno, alle pareti, si ergevano fino al soffitto scaffali pieni di libri. Alcune lampade a olio illuminavano lo studio di una luce ambrata, calda.

«È opportuno che tu conosca» disse il magister «lo scopo della nostra missione a Venezia. Il padre generale, il mio buon amico Pietro Delfino, ci ha voluti ricevere nel suo studio in modo da essere lontani da occhi e orecchie. A volte basta un sospiro, una frase che vola, perfino un silenzio caduto dopo una parola, e il segreto» ammiccò «diventerebbe di pubblico dominio. Disdicevole.»

«È un ottimo paradigma» intervenne Pietro Delfino.

Entrambi sorrisero al mio sguardo interlocutorio di fronte a quella parola all'epoca per me arcana.

«Tu sai» proseguì serio «che ho la patente di inquisitore.»

Quella parola mi turbò, in quanto a Montepulciano vi era stato un processo dell'Inquisizione contro alcune donne accusate di avere commerci con il diavolo. Secondo la legge, l'inquisitore dapprima le torturò con la ruota e con le tenaglie. Quindi, dal momento che non confessavano i loro peccati, si decise di sottoporle al giudizio di Dio, che non sbaglia mai. Furono legate mani e piedi e le loro vesti furono appesantite con grossi sassi. Gettate quindi in uno stagno, si attese che tornassero a galla: in quel modo sarebbe stata provata l'accusa di stregoneria. Con grande sconcerto rimasero invece sul fondo, fino a quando non furono ripescate, morte ma, con tutta evidenza, innocenti. L'inquisitore restò molto deluso, e di notte fuggì, per evitare di essere appeso dai parenti inferociti delle poverette.

«Lo scorso anno la nobile famiglia Grimani di Venezia ha invitato alla sua corte un valente pittore, il fiammingo Jeroen Anthoniszoon van Aken, che forse conosci con il nome di Hieronymus Bosch, come ama farsi chiamare, mentre noi italiani lo appelliamo Bosco di Bolduc: una traduzione idiota, non credi Pietro?»

«Tradurre i nomi» concordò il padre generale «sarebbe come chiamare papa Alessandro VI "il Difensore dell'Uomo VI".»

Non capivo un accidente e il mio magister mi spiegò.

«*Alexèin* in greco significa proteggere, e *andròs* uomo. Ovvero Alessandro. Anche se il nostro sembra proteggere soprattutto i suoi figlioli, quelli carnali, non il suo gregge. Comunque il greco antico aiuta a conoscere i significati delle parole, Giovanni. Opportuno, se pure non necessario.»

Mi riproposi mentalmente di imparare quella lingua che ritenevo a torto morta e inutile.

«Questo pittore» continuò il magister «è stato accusato di eresia e di blasfemia per aver dipinto un Cristo in croce con le fattezze femminili. In più i Grimani sono adesso in disgrazia, in quanto il patriarca Antonio è stato sconfitto ben due volte in battaglie navali dalla flotta turca. Doveva diventare doge e invece si è dovuto rifugiare a Roma presso il papa per evitare l'impiccagione come traditore. *Sic transit gloria mundi*.»

Questa frase la conoscevo, mio padre la ripeteva spesso scuotendo la testa, e ribadiva quanto la gloria sia effimera e possa ridurre l'uomo più potente a mendicare.

«Io» proseguì il maestro «sono stato nominato avvocato della difesa, o, se preferisci, del diavolo, visto che tutti gli inquisiti sono considerati, *ipso facto*, emissari del demonio. Dovrò difendere nel tribunale dell'Inquisizione sia il pittore che il suo committente. Un compito delicato, perché non posso inimicarmi né l'inquisitore, né il papa, né la Repubblica di Venezia, ma nemmeno i Grimani. Inoltre l'accusato è protetto da Filippo il Bello, che poi bello non è per nulla» concluse con una battuta. «Insomma, siamo in un bel pasticcio.»

Ero rimasto senza parole, e anche quel *siamo* non fece altro che inquietarmi ancora di più. Feci la domanda più stupida che potesse passarmi per la testa.

«Perché ha accettato, allora, maestro?»

«Per obbedienza, naturalmente» fu la sua risposta. «La mia nei confronti del papa, così come tu mi segui per obbedire a tuo padre.»

«Amen» chiosò Pietro Delfino.

Quella notte non riuscii a dormire se non per pochi momenti. Il canto del mattutino mi svegliò da un sonno più che inquieto, tormentato da incubi mostruosi. Diavoli che ridevano delle mie nudità, e che mi pungevano le chiappe. Facce di streghe dipinte sui muri di una chiesa, con l'inquisitore che puntava il dito verso di me, quasi fossi stato io a dipingerle. Perfino un turcomanno che si avvicinava a me con un coltello affilato per scorticarmi. Immagini che, quando mi svegliai, riferii a tutte le cose di cui il magister mi aveva reso edotto. Mi alzai e lo trovai che già mi aspettava. Nel refettorio mi impedì di bere del buon latte appena munto.

«Attraverseremo monti e gole, e si preannuncia una giornata umida nonostante il freddo. Abbonda di pane e miele ma bagnati appena le labbra, perché quei sentieri impervi, accompagnati dal dondolio della carrozza, potrebbero facilitarti il vomito se avrai lo stomaco pieno di liquidi.»

Non gli obbedii e, quando uscì dalla mensa per salutare i monaci, bevvi avidamente il latte caldo da una brocca, fin quasi a disgustarmi da quanto era buono. Me ne pentii, durante il viaggio, il magister aveva ben profetizzato, e giurai a me stesso che da quel momento in avanti, se fossi sopravvissuto allo sconquasso delle mie viscere, gli avrei sempre dato retta.

QUARTO GIORNO

Alla corte di Cesare Borgia

Ci vollero tre giorni per salire e scendere dai monti che dividono l'Italia, come se non fosse già abbastanza divisa. Il mio maestro sembrava indifferente a tutte le traversie: leggeva e dormiva, dormiva e leggeva, salvo quando ci fermavamo per mangiare, allorché mostrava un appetito perfino superiore al mio. Facemmo posta prima a Capolona, terra di confine tra i barbari e i romani, e quindi a Bibbiena, e dopo una giornata in cui eravamo partiti all'alba, arrivammo ch'era già notte a Bagno di Romagna. Il ghiaccio aveva rallentato l'andatura e il nostro cocchiere si era rivelato una guida prudente. Aveva spalmato gli zoccoli dei cavalli con olio di semi di canapa e fasciato gli stessi con della tela grezza, durante le salite e le discese più pericolose. Finalmente la mattina successiva scendemmo verso Cesena. Che colline meravigliose, che declivi, più dolci quasi della terra di Toscana, e dalle zolle grasse, umide e feconde.

La carrozza girava lenta tra i vicoli, e l'odore di mosto cotto mi penetrava nelle narici. Mentre già pregustavo una sosta, il magister mi prese per un braccio.

«Ci attende una visita importante. Parla solo se sarai interrogato, tieni gli occhi bassi e soprattutto non farti notare a osservare la faccia butterata del nostro ospite, colpa del mal francese.»

«Francese?»

«Se preferisci, in Francia lo chiamano mal napoletano, ma

la sostanza non muta con i diversi nomi: distrugge la mente e deturpa la pelle con papule e noduli.»

«Chi sarebbe quindi il mostro che andiamo a omaggiare?»

«Il duca di Cesena, il figlio del papa, Cesare Borgia. Mi deve consegnare un messaggio di suo padre. Ordini a proposito della nostra missione.»

Rimasi muto, perché nonostante la mia ignoranza, avevo sentito dire cose terribili e meravigliose al tempo stesso su quel condottiero senza paura e anche senza scrupoli. Pare che perfino il papa suo padre temesse i suoi scatti d'ira.

La fortezza cui arrivammo per un'impervia salita era all'altezza della fama del duca. Circondata da mura possenti, da cui pendevano lingue di ghiaccio, si ergeva sulla città come un gigante a difesa o pronto a schiacciarla, se solo avesse osato ribellarsi. Come mi spiegò il magister, era composta da due edifici, detti il maschio e la femmina. Il primo grosso e turgido, seppure di forma quadrata s'imponeva sul secondo, dalle linee più morbide e larghe.

Bello non era di certo, Cesare Borgia, ma incuteva rispetto e timore. Sotto una mantella d'ermellino indossava un farsetto nero, braghe nere a sbuffo e calze ancora nere, il tutto bordato d'oro. Ancora prima del suo aspetto mi colpì il profumo che emanava e del quale si era abbondantemente cosparso. Mi ricordò l'odore dell'arrosto di manzo, forse a causa della fame. Seppi in seguito trattarsi di un profumo al rosmarino, molto in voga allora e molto costoso.

Il magister gli si inchinò, ma senza affettazione, e quello annuì, senza parlare. Si avvicinò a una grande credenza di legno scuro, decorata con grotteschi, e da uno scomparto tirò fuori una lettera.

«Da parte di mio padre, frate Martino» gli disse con deferenza.

Fui lieto di questo suo rispetto ma non osai mostrarlo. Il magister prese la lettera e l'annusò, prima di aprirla. Non riuscii a nascondere la mia preoccupazione quando vidi il suo volto incupirsi a mano a mano che leggeva, fino ad aggrottare le sopracciglia, cosa che faceva solo quando si trovava in serie ambasce.

«L'avete già letta, duca?»
«È indirizzata a voi, non a me.»
«Vostro padre mi avvisa che dovrò vedermela con Jean de Longueville, l'inquisitore dell'accusa. Lo conosco bene: appartiene all'ordine dei frati predicatori, e ha già vinto numerosi processi. Mi mette in guardia dalle sue manovre.»
«Niente che una buona lama non potrebbe risolvere.»
«Con la conseguenza che ne verrebbe un altro, dopo di lui, con ancora maggiore acredine e spirito di vendetta.»
Cesare Borgia sputò per terra, e subito un servo si affrettò a ripulire la graniglia a rosoni che decorava il pavimento.
«Avete qualche messaggio per mio padre?»
«Solo che lo ringrazio per questo suo prezioso avvertimento e che obbedirò alla sua autorità.»
«Bene» rispose il duca indicandoci la porta dalla quale eravamo entrati. «Immagino vogliate proseguire al più presto.»
Trovammo dei cavalli freschi, una coppia di frisoni dal manto morello, cavalcatura da guerra più che da trasporto. Il maestro ordinò al cocchiere di partire in fretta, quasi dovessimo fuggire. Solo fuori dalle mura si rilassò.
«La lettera odorava ancora di vapore» mi disse. «Segno che l'aveva letta e richiusa. Non mi meraviglierei che avesse già avvisato Jean de Longueville del suo contenuto.»
«E per quale motivo?»
«Il nostro avversario è protetto dal re di Francia Luigi XII, che ha regalato a Cesare il ducato di Valentinois. Il duca vuole mantenere saldi i rapporti con il sovrano francese, sperando che gli appoggi la candidatura al soglio di Pietro.»
Rimasi confuso: che il figlio del papa volesse prendere il posto di suo padre mi sembrava assurdo.
«Quello che gli ho detto di riferire al padre sarà riferito a Jean de Longueville. La mia professione di obbedienza sarà interpretata come debolezza, e lui sarà quindi sicuro di vincere.»
«Mentre vinceremo noi, magister» risposi entusiasta di questa sua astuzia.
«No, mi prodigherò affinché vinca la giustizia, che è diverso.»
Dopo avermi lasciato interdetto con questa frase sibillina,

chiuse gli occhi. Provai a imitarlo, ma quando finalmente il sonno ebbe la meglio sul digiuno, la carrozza si fermò con uno sconquasso tale da farmi perdere l'equilibrio. O forse me lo immaginai.

«Siamo in territorio veneziano, questa notte ci fermeremo nella Rocca del Brancaleone. Scarica i bagagli, perché domattina prenderemo il canale del Montone e troveremo un battello che ci porti fino a Venezia.»

«Un battello? Andremo quindi per mare? È sicuro maestro? Io non so nuotare.»

«Nemmeno io, ma se dovesse affondare servirebbe a ben poco, così come se incontrassimo dei pesci carnivori o dei pirati saraceni.»

Mi misi a ridere, convinto che, come spesso succedeva, il magister volesse scherzare. Ma non era così.

«Mi fa piacere la tua allegria, perché come dice sant'Agostino, tiene lontano gli spiriti maligni. Tuttavia queste coste, se pure malsane, sono ricche di pesci che a loro volta fanno ricchi e pasciuti i paesi vicini. E come sai la ricchezza attira i ladri e i pirati.»

«Ma allora per quale motivo andiamo per mare? Non sarebbe più sicuro proseguire con la carrozza fino a Venezia?»

«A Cesare Borgia farebbe comodo la nostra morte: provocherebbe un incidente diplomatico fra Roma e la Repubblica veneta, e gli darebbe modo di fare finta di vendicarci, attaccando la Serenissima. Non mi meraviglierei se il nostro cocchiere fosse stato pagato per ucciderci o se venissimo inseguiti da un gruppo di scherani dello stesso Borgia. È semplice politica» concluse con indifferenza.

Ci fermammo in una piccola locanda di San Cristoforo, dove il magister fece ubriacare il cocchiere, che si addormentò sbavando come una lumaca. Salimmo quindi su un carro fra sedani, crescioni, asparagi e fasci di baccelli, e in cambio di un paio di scudi il contadino garantì di condurci fino al porto di Comacchio. Durante il tragitto non vidi altro che paludi, e le più strane piante, che il magister mi illustrava con dovizia di particolari. Alcune volte scese addirittura per raccoglierne.

«La mazzasorda, così simile a una salsiccia, può aiutarci a calmare la fame.»

Raccolse anche degli strani frutti d'acqua la cui forma mi orripilava perché simili a dei grassi pipistrelli.

«Sono castagne d'acqua, ottime crude, bollite e arrostite.»

Nonostante nuvole bianche e grigie promettessero pioggia, o peggio neve, il tempo fu clemente. Non così i pappataci, che fra la mia carne tenera e quella più coriacea di Martino, predilessero la mia. Una volta giunti a Comacchio, il magister si allontanò per trovare un passaggio in mare e io rimasi a custodire il bagaglio, costituito da due grandi bisacce e una sacca a spalla, ripiena di libri.

Era notte quando ci imbarcammo e tra il sonno, il cappuccio sulla testa e lo sciabordio leggero, mi resi conto solo all'alba del guscio di noce sul quale stavamo navigando. Eravamo solo in tre su quella barca e Martino discuteva con il marinaio, che aveva alzato il prezzo del viaggio proprio in mezzo al mare. Refoli di vento gelidi come la morte sprimacciavano le vele.

«Non temi, imbrogliando e mettendo a repentaglio le nostre vite, la collera divina?»

«Ho smesso di credere da tempo, padre mio.»

Non ebbi dubbi sulla perdita della sua fede: il sorriso mellifluo che si apriva tra il cespuglio della barba nera, la fascia nera sulla testa e un orecchino d'oro lo facevano assomigliare al demonio Caronte, traghettatore d'anime perdute, e non certo a un devoto di sant'Andrea, patrono dei pescatori d'acqua salata.

«E dunque sia» fece accomodante il magister, stranamente arrendevole. «Se arriveremo salvi a Venezia ti pagherò quanto hai chiesto, ma se così non fosse ogni notte ti verrò a trovare mordendoti gli alluci, che sono il tuo punto più debole e più dolente.»

Quello strabuzzò gli occhi: Martino aveva colpito nel segno. Pensai allora che oltre alle sue già note qualità possedesse anche quella della premonizione o fosse esperto nell'arte occulta di Ermete Trismegisto. In seguito mi spiegò che aveva notato che i due alluci del marinaio erano storti, molto probabilmente a causa dell'umidità a cui il suo lavoro lo esponeva. Di lì a intuire che soffrisse di dolori acuti il passo era stato breve.

La bruma sembrava solida e impediva ogni visuale, e non consentiva nemmeno di orientarci con il sole. Mi chiedevo se davvero saremmo giunti a Venezia o se saremmo finiti contro qualche scoglio o a impantanarci in qualche laguna dove si diceva che uomini, bestie e cose sparissero inghiottiti dalla terra. Almeno in quella foschia saremmo stati invisibili ai pirati. La bonaccia però faceva scivolare silenziosa ma troppo lenta la nostra chiozzotta, come l'aveva chiamata il magister. Un nome che all'epoca mi faceva venire a mente la natura femminile, ma ne ignoro ancora oggi la causa.

Il suono di una campana mi fece pensare d'essere giunto in paradiso anziché alla nostra meta. Poi ce ne fu un altro e un altro ancora, tutto intorno a noi, e anche il marinaio tirò fuori un campanaccio che cominciò a scuotere con forza. Sembrava Pasqua, quando sono sciolte le campane per annunciare la Resurrezione di nostro Signore.

«Siamo arrivati» disse Caronte.

Pochi istanti dopo, come per miracolo, barche di ogni foggia e dimensione apparvero da ogni dove, a remi e a vela e a più remi e a più alberi. Grida e risate e insulti volavano nell'aria insieme a gabbiani e altri uccelli che non conoscevo. Dietro il magister apparve quindi la punta di un campanile, che brillava come fosse fatta d'argento.

«Venezia» disse il maestro.

E una volta toccata terra e scaricati i bagagli, dopo aver consegnato al marinaio imbroglione quanto era stato pattuito per la nostra salvezza, come si girò gli dette un calcio nel sedere così ben assestato che lo scaraventò in acqua. Poi, soddisfatto, mi caricò del suo sacco di libri e prese con sé le due bisacce.

«Andiamo, il tribunale ci attende.»

Mai avevo visto in tutta la mia vita una magnificenza così diffusa. Cupole d'oro su palazzi dai marmi rilucenti, come se ognuno fosse abitato da un re. Loggiati che rifulgevano di pietre dure, che il magister elencava: lapislazzuli, turchesi, opali, diaspri, corniole, ametiste, giade d'oriente, in un caleidoscopio di colori. Botteghe traboccanti delle vesti più sontuose, di seta ricamata, di morbide pellicce. Vasi di vetro che riflettevano la luce di un sole pallido e la moltiplicavano come per magia, e vasi di bronzo e d'argento e piatti che a mangiarci sarebbe stato un peccato mortale. E sul tetto di ogni palazzo sventolavano le bandiere della Serenissima, il rosso e l'oro sfidavano il vento e il cielo stesso. Mai avrei visto in vita mia tanto orgoglio di appartenere a un popolo.

Martino salutava tutti i gentiluomini che incontrava e questi, educati, gli rispondevano con un leggero inchino.

E donne sole, vestite di mille colori addosso, quante non ne avevo mai viste in tutta la mia vita precedente. Camminavano altere e sorridenti, e più d'una si fermò davanti al magister e a me, quasi fossimo parenti, attaccando discorso. Martino rispondeva al loro saluto, ringraziava e proseguiva, a volte costretto a spintonarmi per costringermi a seguirlo, tanto ero incantato dalla loro bellezza.

A mano a mano che procedevamo nell'interno della città, le strade si facevano più strette, i ponti sopra i canali più erti e le donne quasi scomparivano. La mia allegria cessò e la stanchezza mi prese d'improvviso le gambe e la schiena, quando ci fermammo davanti a un palazzo grigio, dal tetto ripido e scuro e dalle finestre chiuse. Sul frontone campeggiava la scritta *Curiae Patriarchalis*. La nostra meta: il tribunale dell'Inquisizione.

SESTO GIORNO

Frate Vorace

Il magister si fermò davanti a quell'austero edificio: sembrava un cavaliere che soppesasse la forza del suo avversario prima di affrontarlo nel torneo. Aspettavo che entrasse per deporre il carico che mi stava sfiancando. Nonostante l'aria gelida, sudavo come un asino. Lui si girò invece verso di me, che ancora guardavo con il naso all'insù le piccole finestre chiuse da pesanti imposte.

«Brutto, vero?» disse. «Mi dà sollievo. Perché se fosse bello, secondo l'antico concetto della bellezza greca, allora sarebbe anche buono. E quindi ciò che succede dentro le sue mura sarebbe cosa buona e giusta. Ma tu non mi segui.»

Aveva ragione, stanchezza e fame ormai mi obnubilavano la mente. Ero quasi tentato di mangiare quelle piante che aveva strappato quando fuggivamo da Cesena. Il magister era saggio e mi lesse nel pensiero.

«Andiamo a rifocillarci: mangeremo e dormiremo. Conosco una locanda di un brav'uomo, che un tempo apparteneva al mio stesso ordine, ma poi si è sposato. E domani ci presenteremo al tribunale.»

Ci dirigemmo a settentrione, lasciando il sole alla nostra sinistra, verso il quartiere denominato Ghetto, dove un tempo, così mi disse il magister, si fabbricavano le bombarde con il getto del ferro fuso.

«La "g" tedesca si pronuncia "gh". Il nome nasce da questo errore di pronuncia da parte della comunità ebraica askenazita. Che proprio in questo quartiere trovò pace e rifugio già alcuni secoli fa.»

«Gli uccisori di nostro Signore» obbiettai

«Già, ma se non fosse stato per loro, Gesù non si sarebbe immolato per i nostri peccati. Dovremmo ringraziarli.»

Mi feci il segno della croce, ma non osai replicare anche perché, a parte il rispetto dovuto al mio maestro, non trovai ragioni per contraddire le sue tesi sugli ebrei. Ma se pure ancora oggi sono d'accordo con lui, per tradizione e interesse economico devo continuare a perseguitarli, anche se molto meno dei miei predecessori: dai tempi dell'Esodo pare sia il loro destino, che tuttavia non credo abbiano proprio scelto.

La locanda si trovava in una piazzola, e aveva una tettoia davanti all'ingresso, sotto la quale finalmente ci sedemmo. Da alcuni orci di bronzo saliva il fumo scuro della brace, intiepidendo l'ambiente quel tanto da invitare gli avventori a sedersi. Un uomo con un curioso cappellino sulla testa si avvicinò a noi, pulendosi le mani su un grembiule sporco di sangue. Fece per inchinarsi quando riconobbe il maestro.

«Martino da Barga! Che i nostri dei ci fulminino entrambi, sei proprio tu!»

Si abbracciarono a si baciarono tre volte sulle guance. Poi il magister, che non amava il contatto fisico, si divincolò con gentilezza e mi indicò.

«Il mio allievo, Giovanni Ciocchi. Un bravo giovane, ansioso di imparare e anche di mangiare. E questi è Davide Ben Baruc, già conosciuto come frate Vorace e ritornato quindi ebreo quando inciampò nell'orrendo proposito di prendere moglie, e dovette fuggire a Venezia per non farsi bruciare. O ricordo male?»

Non seppi mai se Vorace fosse proprio il nome cristiano che si era scelto o fosse un soprannome, vista la robusta pinguedine.

«Già» rispose l'uomo, «hai detto proprio bene. Sarebbe quasi stato meglio rimanere frate. Da donna devota e mite, Rachele è diventata un'arpia, una menade, una strega! E mi accusa perfino di non fare il mio dovere coniugale a causa di questa.»

Si batté la mano sulla pancia, con aria più soddisfatta che afflitta.

«Vi porto subito da mangiare, e mi siederò con voi, perché mi devi raccontare tutto, Martino.»

In tavola arrivò subito un vassoio pieno di fagioli bianchi e cipolle, accompagnato da una brocca di vino cotto. I due vecchi amici iniziarono i conversari, ma di quelli non ricordo nulla, perché tutta la mia attenzione era rivolta al cibo. E ancora di più quando la moglie arpia Rachele, che non disse una parola e ci guardava come fossimo due appestati, ci riversò nelle scodelle una zuppa d'anatra, con i pezzi di carne che galleggiavano nella broda. Non ho mai più sentito quel profumo di selvatico e dolce insieme, che mi inebriò fin dal primo boccone.

SETTIMO GIORNO

Il Quadro e la Donna

Forse bevvi anche troppo perché, non so come, mi risvegliai in un comodo letto, con il magister che russava in un altro letto accanto al mio. Mi avvicinai alla finestra e la aprii in silenzio: avevo la canna turgida al punto che gli schizzi d'urina oltrepassarono una buona metà del vicolo. Tornato a letto, credo che sognai di femmine, ma fui svegliato sul più bello.

«Svegliati, torello. E datti una ripulita: una veste candida non basta.»

Il bagno lo avrei fatto a maggio, ma con un panno appena umido detersi viso e mani. M'infilai quindi alla svelta le braghe e i calzari, e sopra la camicia un semplice saio di lana bianca stretto in vita. Mi calcai una berretta di feltro, dono di mia madre, fino sulle orecchie. Il magister, tolta la veste da viaggio, indossò il saio bruno del suo ordine con cappuccio e cordone in vita, mentre i piedi erano nudi.

«Così si presentò il santo Francesco al papa e questi fu colpito e umiliato dalla sua modestia. Facciamo come gli artisti, un ingresso trionfale, ma da domani userò anch'io i calzari.»

Oltrepassammo il portone della Curia Patriarcale, protetto da un alabardiere della Repubblica, mentre la campana di un vicino oratorio suonava la terza ora. Le gocce di una pioggerella sottile facevano brillare i capelli grigi del magister, quasi fosse circonfuso da un'aureola. E io lo seguii orgoglioso nell'antro. Perché tale era il basso vestibolo, dalle pareti di legno scuro, vuoto come lo stomaco di un mendicante, fatta eccezione per una panca e, sul lato opposto, una scrivania ingombra di carte. Lì sedeva un uomo che pareva fare parte dell'arredo, tanto la sua espressione era vuota e immobile. Corpulento come un telamone, da cui differiva solo per l'assenza di barba e per il colore olivastro della pelle, si riscosse solo quando il magister si palesò per chi fosse.

«Sono Martino da Barga, francescano e inquisitore, comandato da sua santità Alessandro VI. Sono qui per il processo a carico del pittore Hieronymus Bosch, conosciuto come Bosco di Bolduc.»

Non fui presentato, ma mi bastava essere una propaggine del magister. Il gigantesco scrivano si alzò e senza dire una parola infilò, non senza difficoltà a causa della sua stazza, una porticina su un lato, che poco dopo si aprì di nuovo. Seppi subito chi era quella figura, che se pure si presentava austera, mostrava uno sguardo folle. Il cranio pelato, senza traccia di tonsura, mostrava una serie di bitorzoli, mentre il naso gibboso si accompagnava a due occhi di un incredibile azzurro. Mi squadrò come se avesse visto una lumaca spiaccicata sul muro e quindi si avvicinò veloce al magister, mentre la cappa nera svolazzante lasciava intravedere il bianco dell'abito. Si baciarono sulle guance con una freddezza glaciale. Il magister dovette chinarsi perché gli dava almeno un palmo in altezza.

«Jean de Longueville, l'ultima volta ci siamo visti a Parigi» gli disse, staccandosi dal freddo abbraccio e infilando le braccia nelle maniche, «all'apertura dell'anno santo.»

«Già» rispose freddo l'uomo, «e io mi ricordo che litigasti con il cardinale vescovo, il nobile Champigny.»

«Riteneva l'imperatore superiore al papa, e questo non era tollerabile.»

«Eri a casa sua.»

«E allora? Fossi stato anche a casa del diavolo avrei sostenuto la stessa tesi. Tu invece gli desti ragione.»

«Non conosci l'arte della diplomazia, Martino. Non imparerai mai.»

«Preferisco l'ignoranza alla sudditanza, quando non proviene da Dio» gli ribatté quieto il francescano, piegando la testa quasi in segno di arrendevolezza.

Compresi più avanti che era una sua tecnica: più uno si mostrava agitato e alzava la voce, più il magister rispondeva calmo, usando toni bassi e profondi. Insomma usava la mansuetudine per produrre un maggiore sconcerto nell'interlocutore, che o si quietava o diventava ancora più rabbioso, perdendo la ragione. Jean de Longueville parve scoppiare di collera e gli puntò il dito contro. Disse con forza qualche cosa che non compresi, ma a un tratto una voce autorevole lo interruppe.

«Inquisitori, vi prego!»

Mi voltai immediatamente e rimasi colpito dal volto di quell'uomo che aveva osato interrompere la disputa tra Jean de Longueville e il mio magister. La palandrana rossa con sopra una fascia e una berretta nera gli conferivano un'austerità e un'aura di comando, alla quale i due litiganti non potettero che soggiacere. Come appresi più tardi, si trattava di un membro del Consiglio dei Dieci, la massima autorità giudiziaria della Serenissima. Doge a parte, che in quegli anni era Leonardo Loredan. Sempre secondo il magister, si trattava di un uomo di poca tempra e di scarsa morale, più dedito ai propri affari che a quelli dello stato.

«Martino da Barga!» proseguì l'uomo. «Finalmente la Repubblica ha di nuovo l'onore di ospitarvi.»

Era incredibile: il mio magister sembrava conosciuto in tutto il mondo. Ovunque andasse aveva amici, ma anche nemici, a giudicare dagli sguardi d'odio che Longueville continuava a lanciargli.

«È un onore anche per me, nobile Bragadin, benché le circostanze non siano le più favorevoli.»

«Purtroppo è vero. Come sapete, preferiamo che la questione relativa all'accusa di blasfemia eretica nei confronti del pittore Bosch sia discussa e risolta dal tribunale ecclesiastico. Tuttavia abbiamo il dovere di controllare che lo scandalo non vada ad attentare alla sicurezza pubblica, turbando la morale della Repubblica. In tal caso...»

«Lo scandalo sulle questioni religiose è di esclusiva

pertinenza dell'autorità religiosa» lo interruppe Jean de Longueville, «che io rappresento su mandato del papa e dell'imperatore.»

Bragadin non rispose. Sorrise invece allo stesso modo in cui si sorride a una mosca appena sfuggita a una manata, come per dire che alla prossima non la scamperà.

«È ancora tutto prematuro per decidere. Intanto dovremo sentire quali sono specificatamente le accuse e quali le difese. E ascoltare il pittore, secondo le buone norme su cui si basa e ha prosperato Venezia. Ricordo che Bosch è attualmente ospite, non prigioniero, dei nobili Grimani, per i quali aveva appunto dipinto il quadro che gli è valso l'accusa. Secondo la legge e la prassi che deriva dalla carità cristiana, riconosciuta anche dalla Chiesa» ammiccò a Longueville, «egli ha quaranta giorni di asilo coatto. Per editto dogale, infine, può uscire di casa, ma non allontanarsi dalla città.»

«Da chi è pervenuta l'accusa?» chiese d'improvviso il magister.

«Una lettera assai circostanziata è stata inserita in una delle Bocche delle Denunce Segrete. Solo il Maggior Consiglio o lo stesso denunziante, per propria scelta, possono rendere pubblico il nome dell'autore.»

Jean de Longueville sbuffava come un mantice. Non faceva mistero di quanto lo infastidissero quelle disquisizioni sulla divisione dei poteri. Era chiaro che a lui interessava solo emettere una condanna.

«È talmente evidente l'eresia di quel quadro che non ha alcuna importanza chi sia stato a denunciare» disse. «Occorre soltanto fare presto, bruciare il quadro, condannare l'esecutore e consegnarlo alla giustizia secolare perché sia impiccato, decapitato o annegato in laguna. A piacer vostro.»

«Non a quello del povero Bosch.»

«Già lo difendete, Martino?»

«No, Jean, era soltanto una celia.»

Alla quale mi permisi di ridere sommessamente, e ricevetti con piacere un'occhiata di simpatia da parte di Bragadin.

«Comunque» continuò il magister, «è possibile intanto vedere l'opera eretica?»

Un giovane al seguito dell'inquisitore francese tirò fuori un mazzo di chiavi e a un segno imperioso di Longueville ci precedette per quella stessa porta dalla quale erano entrati. Da ultimo della fila, tirai per la manica il magister.

«La tengono sottochiave, pensano forse che possa scappare?»

Anche io mi volevo cimentare in una battuta di spirito.

«No. Si tratta del corpo del reato. Se venisse distrutto o se qualcuno lo rubasse, non ci sarebbe più il processo. *Nullum crimen sine corpore delicti*. Senza l'oggetto del reato non esiste il reato stesso. E ora fai silenzio.»

Così arrivai a vedere l'oggetto dello scandalo, facendomi largo con discrezione tra i presenti. Ne rimasi abbagliato, colpito, forse perfino affascinato, e compresi subito la sua pericolosità.

Si trattava di un trittico, con le ante aperte come un Cristo in croce. Al centro non c'era tuttavia il Salvatore, ma una giovane donna, con le braccia aperte e le mani inchiodate. E lunghi capelli biondi che le scendevano appena sopra le spalle. In un primo momento pensai che potesse essere una santa che avesse subito lo stesso martirio di Gesù. Anche se, con quello sguardo estatico, la scollatura della veste, rossa come il peccato, e il seno in evidenza, aveva ben poco di sacro. Poi, osservando bene, mi resi conto che quella corona in testa non poteva rappresentare altro se non il simbolo della gloria di Cristo, che poteva appartenere solo a lui. Mai ad altro uomo, se pure santo, e meno che mai a una donna, se pure martire.

Subito dopo, compresi tutta la gravità dello scandalo: sul volto della donna era dipinta una barba leggera, una vera e propria peluria, per niente casuale, del tutto simile a quella di Cristo. Gesù e la donna formavano un essere ibrido, androgino, ermafrodita. Quasi che lo scellerato pittore avesse voluto unire nel sacrificio supremo non il figlio di Dio, ma l'umanità intera, rappresentata sia come uomo che come donna. Nessuno, pur a distanza di tanti anni da quella visione, potrà mai levarmi dalla mente questa convinzione.

Feci qualche passo indietro per non essere turbato ancora di più di quanto già non fossi.

«Se è vero che il vescovo Grimani ha commissionato il quadro, così come appare, non vi è dubbio che anch'egli dovrà essere sottoposto al giudizio dell'Inquisizione.»

«Questo non sarà possibile, Longueville» osservò Bragadin senza guardarlo, in segno di evidente dispregio. «In quanto nobile, il Grimani rimane sotto la giurisdizione del Consiglio dei Dieci.»

«Ma è pur sempre vescovo e uomo di Chiesa!» protestò l'altro.

Le antiche dispute al tempo delle investiture, su chi dovesse avere la giurisdizione sui vescovi, se il potere temporale, rappresentato dall'Imperatore, o quello religioso, esercitato dal Papa, non si erano mai sopite. Ancora oggi ne sono invischiato e mi ritrovo davanti vescovi che si professano tali per grazia imperiale, e che non ho mai nominato e nemmeno conosco di fama.

«Qual è il peccato di questo quadro?»

La richiesta del magister interruppe la discussione tra i due. Non so se lo fece apposta, ma attirò su di sé l'attenzione di entrambi. Anch'io rimasi meravigliato: se l'eresia blasfema aveva colpito il mio sguardo, non poteva davvero essere sfuggita a lui. Longueville rispose con un ghigno superbo.

«Forse avete bisogno di occhiali. Sapete che qui a Venezia se ne fanno di ottimi?»

«Ditemi voi, allora, visto che ci vedete bene. Io vedo solo un sacro dipinto, di notevole maestria. La malizia, come è noto, è solo negli occhi di guarda.»

«Dio giudicherà» concluse Longueville, e ci indicò l'uscita. «A domani, Martino, alla terza ora.»

L'aria era tersa e umida e accusai una leggera sensazione di freddo, forse causata dalla visione del dipinto. Anche se non osavo dirlo apertamente, ero purtroppo d'accordo con Longueville, e non mi capacitavo di come il magister non si fosse accorto dell'empietà del quadro. Camminava silenzioso per le calli, su e giù per i ponti, indifferente alle grida dei barcaioli, alle richieste dei mendicanti e alle offerte dei bottegai. Oltrepassammo la locanda e io temetti che, assorto nei suoi pensieri, si fosse perso, e io con lui. Alla fine osai rivolgergli la parola.

«Dove stiamo andando, magister?»

«A palazzo Grimani, dal vescovo Domenico.»

«Conoscete anche lui?»

«No, voglio solo parlare con il pittore. Senza dubbio Longueville lo avrà già interrogato, e non intendo trovarmi in difetto.»

«Quindi sapete dove ci stiamo dirigendo, non credevo conosceste Venezia.»

«In effetti, no. Tuttavia i palazzi nobiliari sono quasi tutti a oriente, affacciati sul Canale Grando. Grimani è vescovo e cardinale, nobile e ricco, altrimenti non si sarebbe potuto permettere di chiamare il pittore Bosch dalle Fiandre. Quindi il suo palazzo dovrebbe trovarsi da quelle parti. Se mi dovessi sbagliare, chiederemo a qualche guardia.»

Il magister si era sbagliato, di poco però, e per difetto.

Attraversammo il Canale Grando camminando su tavole instabili montate su barche, nella zona di Rialto, e rischiai di cadere in acqua alzando lo sguardo su un nuovo ponte in costruzione, alto e all'apparenza superbo. Girato un angolo, ci infilammo in uno stretto vicolo tra case di mattoni rossi. Davanti a noi, a un paio di pertiche di distanza, apparve la porta del palazzo, così alta che ci sarebbero potuti passare sotto cinque uomini uno sopra l'altro. Il magister si annunciò e i soldati di guardia aprirono il pesante portone di legno borchiato di ferro.

Mi sembrò di essere entrato in un convento, perché il cortile era tutto un loggiato quadrato, ornato da colonnine di marmo bianco. Da qui salimmo per uno scalone, il cui soffitto era affrescato con stucchi di gesso e d'oro, per giungere infine in un salone gigantesco, che avrebbe potuto contenere una chiesa intera. Un servo ci condusse in una stanza più piccola, ma ugualmente lussuosa. Il magister, dicevo, si era sbagliato solo per l'ubicazione. E per difetto, come dicevo, perché il palazzo dei Grimani era di una sontuosità inquietante.

Mi misi a guardare quegli affreschi sulle pareti e sul soffitto, quelle figure mitologiche, e i tanti quadri appesi alle pareti all'interno di cornici di gesso decorato che sembrava marmo. Per non parlare delle tende di velluto e raso ricamate d'argento e delle sedie foderate di stoffe degne di un sultano, su cui mai avrei osato sedermi. Altro che ricchezza, eravamo finiti nella reggia del re Mida. Di più.

Madonna Isabella

Da qualche parte arrivava un canto dolcissimo, di una voce angelica, come se provenisse da uno dei putti che dal soffitto ammiccavano maliziosi e sereni al tempo stesso.

«Che bel canto, magister. Lo sentite anche voi?»

«Non sono sordo, Giovanni. E se non siamo in paradiso e questo non è il coro angelico delle Dominazioni, direi che tra poco ne scopriremo anche l'origine.»

Come il bel canto cessò, apparve una dea, più sublime della Laura del Petrarca e più nobile della Beatrice di Dante.

Nel secolo passato due monaci scriteriati e ignoranti scrissero un sudicio libretto contro le donne, il *Malleus Maleficarum,* che purtroppo ancora è considerato un testo fondamentale per l'Inquisizione. In questo libercolo ripugnante, la femmina è considerata fonte estrema di peccato. Si avanza perfino la teoria che avendo essa tre buchi anziché due come il maschio, è più facile che il demonio entri dentro di lei. Opporrei che potrebbe anche uscire più facilmente, se fosse vera l'ipotesi maggiore. E addirittura si sostiene che l'origine del nome *foemina* derivi da *fè minus,* come se la donna sia per natura dotata di meno fede in nostro Signore. Se potessi metterei all'indice quell'infame ricettacolo di calunnie. Perché la donna è quanto di più vicino esiste alla bellezza del creato.

Il magister fu costretto a darmi di gomito per ricordarmi

l'inchino dovuto e costringermi a rimettere a posto la mascella caduta. I gesti erano quelli di una padrona di casa.
«Isabella Lavagnolo, schiava vostra.»
Così si rivolse la dea al mio magister, e mentre a lui s'inchinava, sentii il dolce profumo di verbena dei suoi capelli biondo rossastri, e vidi il seno quasi fuoriuscire dalla veste azzurrina ricamata con putti danzanti, che Dio mi perdoni.
«Il pittore Bosch attendeva con ansia il vostro arrivo, frate Martino.»
Così proseguì la dea, e il magister alzò un sopracciglio. Lei sorrise e la stanza si alluminò.
«La vostra fama vi ha preceduto, e credo che anche il nostro pittore abbia desiderio di parlarvi. Darò subito disposizioni perché vi raggiunga nella sala degli specchi.»
Fece per allontanarsi, ma il magister la fermò con un gesto delicato della mano. Era un leone ma, quando voleva, sapeva essere morbido come un gatto.
«Aspettate, Isabella. Voi lo conoscete bene, suppongo. Posso chiedervi che cosa pensate di lui?»
«È un uomo chiuso in se stesso e nei suoi sogni. I suoi occhi a volte ti guardano senza vederti. Devoto alla Madonna: tutte le mattine si reca in cappella a pregare, prima di iniziare a lavorare. Non credo abbia mai voluto essere blasfemo nei suoi quadri, che pure ritengo inquietanti.»
«Vuol dire che ne ha dipinti altri, qui a Venezia? Intendo oltre alla crocifissione della santa.»
«Li potrete vedere voi stesso quando vorrete, sono nel suo studio.»
La guardai uscire, flessuosa come un giunco d'inizio primavera, quando i primi venti spazzano via le fredde nubi invernali. Più d'ogni cosa al mondo avrei voluto seguire la scia del suo profumo.
«Che cosa te ne sembra?»
«Bellissima.»
«Del giudizio sul pittore, intendevo.»
«Perdonatemi. Forse dai suoi quadri potremmo capire di più sul suo carattere. Ne abbiamo visto soltanto uno.»
«Ottima osservazione, Giovanni. E giusta: per giudicare

l'azione di un uomo occorre valutare tutto ciò che lo circonda. Attenzione, sta arrivando, ma non è solo, c'è un doppio scalpiccio di passi che scendono le scale.»

Infatti arrivarono in due. E non fu difficile intuire il ruolo di entrambi. Quello davanti, con la berretta rossa guarnita da un pippiolino paonazzo in cima, il mento aguzzo e fiero come il naso che gli cascava in bocca, non poteva che essere il vescovo Domenico Grimani. L'altro, che quasi gli si nascondeva dietro, un po' ingobbito e chiuso in una mantellina nera, era il pittore accusato, Hieronymus Bosch. Il cui nome dalle tante interpretazioni scriverò sempre in codesto modo, il più facile.

I due ecclesiastici si squadrarono, si pesarono e decisero che il ruolo di inquisitore e quello di vescovo per quel giorno avrebbero pareggiato in importanza. Grimani quasi spinse Bosch davanti al magister, che rimase con le mani infilate nelle maniche. Sorrise al pittore, annuì più volte, ma quando gli uscì il fiato si rivolse al padrone di casa.

«Vostra figlia ha una voce meravigliosa, ed è stata molto gentile.»

La risposta di Grimani fu tagliente come una lama e sibilò nell'aria.

«Non è mia figlia. Ma una cara amica che a volte sovrintende ai ricevimenti.»

Il magister s'inchinò leggermente, senza preoccuparsi di nascondere un accenno di sorriso. Grimani aggrottò il mento aguzzo.

«Vorrei ora parlare con il pittore, se vi aggrada. Credo sia opportuno per il suo come per il vostro bene» proseguì il magister.

«Che cosa intendete?» il vescovo aggrottò anche la fronte.

«Si vuole intendere che qualora si fosse dimostrato che la sacra immagine è blasfema, e qualora risultasse che aveste suggerito al maestro Bosch di dipingerla in quel modo, allora, e solo allora vi ricordo, potreste essere accusato anche voi.»

Il vescovo si mostrò sprezzante, e voltatosi prese il pittore per le spalle e come se fosse un burattino, lo piazzò davanti al magister.

«Già mi costa trenta ducati al giorno, non vorrei concedergli anche la mia testa.»

Fino ad allora il pittore Bosch non aveva proferito neanche una parola, un motto. Aveva invece continuato a saettare lo sguardo dall'uno all'altro dei due, l'ospite e l'anfitrione. Ma in quel momento mi piantò gli occhi addosso e cominciò a squadrarmi le fattezze del viso, quasi volesse riprodurle. E sono convinto che se il magister non avesse iniziato a parlargli sarebbe scappato a prendere tela, colori e pennelli e mi avrebbe fatto un ritratto.

Per fortuna tutto ciò non avvenne mai. Più avanti mi resi conto di quel che era capace di fare nel trasformare uomini e bestie in mostri allucinati: meglio così. Probabilmente, causa il mio viso affilato, mi sarei ritrovato con occhi di pesce, lingua di serpente, e il triregno sopra una testa di rana. Il che, per un papa, non sarebbe molto dignitoso.

Grimani se n'era andato, e i due, in un angolo della sala, seduti su due panche, parlarono a lungo. Bosch sembrava aver trovato la parola mentre il magister ascoltava, come fosse in confessione. O forse lo era davvero, per indurre il pittore a parlare liberamente, sapendo comunque di non poter poi utilizzare quanto detto nella formula sacrale durante il processo. Ma sapere la verità e non poterla rivelare non è tra i tormenti infernali? Purtroppo, nonostante tendessi l'orecchio, non riuscii a sentire una sola parola, e non seppi mai se quello che poi mi raccontò il magister fosse verità, totale o parziale, o menzogna, parziale o totale. So solo che alla fine del colloquio sembrava sollevato se non addirittura allegro.

Usciti da palazzo Grimani, i passi ci portarono verso una grande piazza, nella quale ci sarebbero potuti stare i giochi del Circo Massimo. Entrammo in una chiesa, i cui lavori dovevano ancora essere portati a compimento.

«Nome curioso, hai notato?»

A dire il vero non avevo notato nulla, ed ero piuttosto stanco. Sembrava che facesse tutto lui, ma ero io a portarmi dietro quei tre o quattro tomi che il magister voleva sempre avere a portata di mano.

«Il nome della Chiesa» proseguì, «Santa Maria Formosa.

Come se la Madonna avesse da mostrare delle curve femminili. Ma non credo sia questo il significato.»

Alzai lo sguardo per vedere se tra le pitture qualcuna potesse avere quei sembianti, ma la mia ricerca fu vana.

«Mentre mi ricordo come tu abbia notato le sinuose forme di quella brava donna, Isabella Lavagnolo.»

«Che avete scambiato per la figlia di Grimani.»

Il magister mi guardò con severità.

«Come fai a dire una cosa del genere, Giovanni? Mi sento quasi offeso, e dovresti esserlo anche tu per aver solo avuto un simile pensiero.»

Ci misi non poco tempo a comprendere se scherzasse o facesse sul serio. In effetti, entrambe le cose.

«Intanto, se costei si chiama Lavagnolo e non Grimani, non può essere ufficialmente la figlia. Se poi fosse una bastarda non la terrebbe mai in casa per evitare lo scandalo. E ora veniamo al punto: non hai notato il suo sguardo, le sue movenze, i suoi profumi?»

Eccome se li avevo notati: occhi, orecchie e naso erano ancora inebriati dalla sua presenza.

«Non è sua figlia» continuò. «Lo ha detto anche lui. Ha accennato che si tratta di un'amica che organizza feste. In pratica una cortigiana di grande classe, di primario spessore culturale e sociale. Non di quelle con la bocca dipinta di rosso e lo scialle sulla testa. Ho finto di credere che fosse sua figlia per divertirmi a stuzzicarlo. Comunque dovrei rivederla ancora. È molto interessante.»

Più spinto da una gelosia fuori luogo che dalla preoccupazione per la sua anima, osai controbattere.

«Ma non è peccato?»

«Solo se fornicassi con lei.»

La conversazione si chiuse con uno scappellotto, nelle intenzioni bonario, ma che nei fatti continuò a frizzarmi anche nella notte. Fino all'alba, quando ci alzammo pronti per sostenere il primo giorno del procedimento del tribunale dell'Inquisizione contro il pittore Hieronymus Bosch.

OTTAVO GIORNO

La prima udienza

L'emozione mi tagliava le gambe, più ancora della solita bisaccia piena di libri che mi ero caricato sulle spalle. Dopo i tanti racconti di mio padre giurista, che avevano sollecitato la mia immaginazione, tra grida, condanne, suppliche ed esecuzioni, di lì a breve avrei finalmente assistito a un vero processo.

Il magister mi precedeva, e quando entrammo nel portone del tribunale ebbi quasi un mancamento. Attraversato l'antro oscuro, raggiungemmo l'aula. Sulla parete di fondo si ergeva una balaustra di legno, dietro la quale lo schienale di uno scranno terminava con una cuspide triangolare, ornata da figure sacre. Davanti alla balconata, rialzata almeno di due braccia per incutere timore, stavano due tavoli contrapposti, ciascuno dotato di una panca. Piuttosto scomoda, come ebbi a scoprire. Jean de Longueville era già arrivato e il mio magister lo salutò sedendosi al tavolo di fronte. Accanto all'inquisitore dell'accusa sedeva, immobile, il telamone, probabilmente il suo segretario. Sulla nostra destra si ergeva una sorta di pulpito, sopra il quale notai alcuni ganci conficcati in una trave del soffitto.

«Per appendere i testimoni reticenti o, più spesso, l'accusato» mi sussurrò il maestro. «Ma non credo che servirà, almeno non oggi.»

Ci alzammo in piedi quando entrò il sommo magistrato, l'eccellentissimo Giacomo Bonaccorso. In realtà, come mi aveva spiegato il magister, costui aveva soprattutto una funzione rappresentativa dell'autorità di Venezia. Doveva essenzialmente controllare che gli inquisitori, pur trattandosi di un processo ecclesiastico, rispettassero comunque le leggi della Repubblica. Alla fine avrebbe espresso un placito, più che altro un parere, ma solo quando fosse stato chiaro se l'imputato era colpevole o meno sotto l'aspetto religioso. Tutta politica, insomma: oggi lo so, allora non lo sospettavo. L'assoluzione o la condanna e il suo peso sarebbero state decise dalla massima autorità ecclesiastica, ovvero dal papa o da un suo emissario.

Entrò anche il pittore Bosch: ancora più minuto di come mi era apparso a palazzo Grimani, e con un cappello floscio. Tra la folla assiepata dietro di noi si udì qualche risatina femminile. In effetti sembrava portasse una pentola in testa. Per un attimo ebbi l'impressione che tirasse fuori la lingua per scherno, ma forse mi ero sbagliato. Il primo a prendere la parola fu Jean de Longueville.

«In nome di Dio, per i poteri conferitimi da Santa Romana Chiesa e per prassi giudiziaria, proclamo da questo momento quaranta giorni di indulgenza plenaria per tutti coloro che risiedono nell'urbe veneta. Chiunque in questo periodo confessi le proprie o l'altrui colpe sarà quindi benedetto da nostro Signore. E siccome la giustizia divina è *mater et magistra* nel pulire l'anima dei peccatori confessi, a costoro sarà comminata solo una lieve pena pecuniaria. Ben poca cosa in cambio della salvezza eterna. *In nomine Patris, et Filii et Spiritus Sancti.*»

Non aveva ancora finito la formula trinitaria, che dalla sala si levò un mormorio di approvazione, seguito da un fitto cicaleccio.

«Longueville è stato molto furbo» mi sussurrò il magister. «Si è assicurato il favore del popolo, lo ha invitato alla delazione e si procurerà inoltre molto denaro. Tre risultati con una sola mossa, davvero astuto.»

«Temete che qualcuno accuserà il pittore per procurarsi il paradiso?»

«Per regola, l'accusato dall'Inquisizione è colpevole. Longueville non deve dimostrare nulla, siamo noi a dover trovare le prove della sua innocenza. Ammesso che vi siano, beninteso.»

«Ma non è giusto» obbiettai con veemenza, al punto che il magister mi invitò a tener bassa la voce.

«Sono d'accordo. Per Aristotele e nel diritto romano vale il principio *in dubio pro reo*. Ovvero che se non è provata la colpevolezza, l'imputato va assolto. Ma come insegna Socrate, se questa è la legge, in questo caso dell'Inquisizione, non si può fare altro che obbedirle. E ora taci, che stanno per essere formulate le accuse.»

Jean de Longueville si fece consegnare un librone, che aprì con solennità. Si bagnò l'indice e cominciò a sfogliare le pagine. Il magister mi sussurrò ancora:

«Sono morti in molti, secoli fa, per il gesto di voltare le pagine in questo modo. Una storia affascinante, un giorno te la racconterò.»

«Eresia e blasfemia sono peccati che conducono all'inferno non solo chi li commette, ma portano le opere e il pensiero del demonio tra tutta la gente. Per questo l'accusato, il pittore Hieronymus Bosch, qui presente, va condannato al supplizio. Tuttavia la giustizia divina è così amorevole che gli viene concesso di pentirsi e di abiurare l'eresia. Con la conseguenza che la sua pena sarà più lieve di quanto non meriti. Ma se dovesse perseverare nel difendere il prodotto del suo sacrilegio, né in cielo né in terra otterrà mai il perdono.»

L'eccellentissimo Giacomo Bonaccorso fece svolazzare le maniche della sua palandrana e ordinò allo scrivano di sbrigarsi a trascrivere quanto aveva detto l'inquisitore. Il pennino scricchiolava nel silenzio. Come smise, il magister si alzò in piedi: ora toccava a lui, e l'emozione mi salì fino in gola.

«Come non essere d'accordo con le considerazioni espresse dal dotto Longueville? Le sue parole appaiono senza dubbio ispirate dalla divina Misericordia. E anche io, che per grazia di Dio sono chiamato a indagare la verità, sono pronto a sottoscriverle. Perché una è la verità e il resto sono opere di Satana.»

Su questa frase si fermò, e se le conclusioni erano queste, il processo sarebbe finito il giorno stesso. E avrei dovuto riferire a mio padre di non aver capito niente della legge, della giustizia e dei processi. In quel momento, tuttavia, il magister alzò gli occhi al cielo, quasi che la scintilla dello Spirito Santo, fonte di ogni conoscenza, si fosse posata su di lui. Un atteggiamento ieratico che non gli avevo ancora visto.

«Grazie, mio Dio, per questo incarico» disse. «L'accusato sarà condannato. A meno che» fece una pausa «Dio stesso non ci illumini e ci permetta di vedere con i Suoi occhi l'opera di quest'uomo. Egli è il supremo giudice e sia io che il mio buon amico Jean de Longueville dovremo attenerci al Suo supremo giudizio.»

«Chiedete l'ordalia?»

L'interruzione mostrò tutta l'arroganza di Longueville. E sembrò fosse proprio quello che il magister desiderava.

«A suo tempo» rispose, «dal momento che essa è pur sempre una sfida a Dio, e lo obbliga a intervenire nelle nostre umane questioni. In questo momento Egli ha ben altre preoccupazioni, tra i fermenti contro Santa Romana Chiesa e i turcomanni che insistono sulle nostre coste, commettendo le più atroci turpitudini. Esaminiamo i fatti, traiamo le conclusioni e solo in caso di incertezza ci rivolgeremo alla sua Pietà e al suo Giudizio inappellabile.»

In tutto questo, avevo più volte rivolto lo sguardo verso il pittore, che sembrava indifferente. Scrutava la volta del soffitto, si guardava le mani, e si scosse solo quando dalla finestra arrivò un rumoroso frullare di ali e qualche grido. Gabbiani, forse, alla caccia di piccioni. O non capiva la lingua nella quale si discuteva o piuttosto il suo cuore e la sua mente erano gelidi, già avvolti in vita dai ghiacci dell'ultimo girone infernale. Traditore dell'arte, espressione suprema della bellezza di Dio. Ma proprio quando Longueville stava per replicare, un araldo si avvicinò all'eccellentissimo Bonaccorso e gli parlò all'orecchio. Il magistrato si alzò allora in piedi.

«Sospendiamo per un grave accadimento da poco avvenuto.»

«Eccellenza!» protestò Jean de Longueville.

Bonaccorso lo squadrò dall'alto del suo scranno e l'altro cedette, rimettendosi a sedere, furioso come un gatto minacciato. Il giudice fece quindi cenno al mio magister di seguirlo. Solo lui, non l'altro. E da quel momento iniziò veramente il mio apprendistato.

Il delitto

L'eccellentissimo Bonaccorso e il magister salirono per una scala ripida, e io andai loro dietro, carico come al solito dei libri. Un giorno o l'altro il peso della conoscenza mi avrebbe schiacciato. Entrammo in uno stanzone dalle pareti coperte di scaffali con centinaia di volumi e di carte, con solo due piccole finestre dalle quali entrava quel minimo di luce necessaria perché non fossimo semplici ombre. Nessuno dei due sembrava accorgersi della mia presenza, per cui mi sedetti su uno sgabello, un po' in disparte, ma con le orecchie ben tese.

«Questa notte, sul retro di palazzo Grimani, è stato trovato morto il nobile Pisani, magistrato ai conti. Il doge Loredan mi ha chiesto di informarvi.»

Bonaccorso sembrava stupito ancora più del magister.

«Ne sono lusingato, ma perdonatemi, non capisco il nesso né con me né con questo processo.»

«Una gondola vi aspetta sul retro del tribunale, vi porterà a palazzo Dogale. Lì ne saprete più di quanto non ne sappia io.»

Qui Bonaccorso concluse e ci fece cenno di andare, e in fretta, senza dissimulare il fastidio di essere stato solo un intermediario.

Allora, a Venezia, si doveva obbedienza assoluta al doge. Come oggi, qui a Roma, ci si deve sottomettere agli ordini del Vicario di Cristo, cioè a me. E non posso fare a meno di considerare che da quei tempi in cui arrivai nella laguna da semplice apprendista, fino a ora che sono papa, ho davvero percorso tutto il *cursus honorum*, cosa che mai avrei potuto immaginare a causa della mia modesta condizione di nascita.

Ma non voglio deviare ancora, perché ho molte incombenze, tra il ricevere ambasciatori e discutere con loro del niente, tanto poi decidono i loro re. E litigare con il Buonarroti, accidenti a quando lo nominai primo architetto della Fabbrica di San Pietro. E occuparmi della mia nuova villa fuori le mura del buon Aurelio, e mettere d'accordo domenicani e il nuovo ordine dei gesuiti, e soprattutto cercare rimedi e sollievi per la maledetta gotta che mi affligge da non so più quanti anni. Andiamo avanti.

La gondola procedeva lenta tra piccoli canali, palazzi di pietra e case di mattoni e legno. Un piccolo branco di muggini ci seguì per qualche tempo, sperando in qualche pezzo di pane, ma purtroppo, per loro e per me, ne eravamo sprovvisti. All'improvviso fuggirono quando, quasi in superficie, apparve un bestione, simile a un mostro marino che avevo visto disegnato in alcune stampe.

«Xe uno storiòn» disse il gondoliere con un sorriso. «El pésse picolo no xe amigo dei grandi, ma el grande sì.»

«Un pensiero filosofico perfetto» replicò il magister divertito.

La gondola ci portò sul Canale Grando e attraccò a fianco di una fusta, una galea sottile e bene armata di cannoni, che a occhio poteva arrivare quasi a venti pertiche. Scendemmo e ci incamminammo verso il Palazzo Dogale. Se l'esterno, con la loggia e le decorazioni, mi aveva lasciato a bocca aperta, l'interno mi deluse, un vero e proprio cantiere. Tra scalpellini, falegnami e muratori si respirava più polvere che aria. Un araldo ci fece passare in mezzo a una folla di nobili signori più intenti a litigare che a parlare, e ci introdusse infine in un salotto. Di lì a poco ebbi l'onore di conoscere il doge, il capo assoluto della Serenissima, Leonardo Loredan. Il cappello a corno, piuttosto buffo, e il paraorecchie non toglievano nulla alla sua autorevolezza.

«Martino da Barga!» esclamò, come gli altri. «Finalmente vi conosco. Ho sentito molto parlare di voi.»

Tutti sembravano felici di incontrare il magister.

«Tutte menzogne» sorrise lui. «Spero non prestiate ascolto alle malelingue.»

«Mi hanno parlato anche del vostro spirito, e in altre circostanze lo apprezzerei molto di più. Purtroppo non bastano i problemi che mi dà il sultano Bayezid. Mi ha preso Medone, Lepanto, e due anni fa anche Durazzo è caduta. Lo scorso anno abbiamo firmato la pace, ma alle sue condizioni. Lui ha giurato sul Corano e io sulla Bibbia. Ma per liberare Navarino, Zante, Cefalonia e Malvasia mi tocca pagare un tributo di cinquecento ducati d'oro l'anno.»

«Ho sentito. So quanto vi state spendendo», il magister sottolineò quest'ultima parola «a difesa della cristianità.»

«E qui a Venezia le cose non vanno meglio. Turbamenti sociali, brighe tra famiglie, sospetti di tradimenti. Per questo ho bisogno di qualcuno al di fuori di queste beghe. Voi, frate Martino. Vi siete fatta fama di uomo giusto, esperto di medicina e di filosofia, studioso dei misteri dell'anima e del corpo.»

«Cerco solo di mantenere attiva la mente in un periodo in cui il mondo sembra dimenticare di possederla.»

«Così sia e così speriamo che voglia Iddio. Pure questo processo contro il pittore fiammingo mi turba. I Grimani sono potenti, anche se ora possono apparire in disgrazia, e le nostre due famiglie sono amiche di lunga data. Questo omicidio sembra commesso apposta per metterli in difficoltà.»

«Proseguite, vi prego, e aiutatemi a comprendere.»

L'eccellentissimo Bonaccorso aveva parlato di morto, non di assassinio. Ma, al contrario di me, il magister aveva già compreso, perché a quella parola non batté ciglio.

«Da quanto mi ha riferito il nostro Volpato, il capitano di giustizia, sembra che qualcuno voglia far ricadere la colpa proprio sul vescovo Domenico o sui suoi ospiti. Un morto sotto casa può apparire come un segnale. Mi comprendete?»

«Temo di sì. Il corpo è stato già portato via?»

«Cancaro, no!» esclamò il doge poco nobilmente. «Ho ordinato che non lo toccassero fino al vostro arrivo.»

«Fatemi scortare, allora. E vi darò contezza dei miei rilievi non appena avrò esaminato il cadavere, il luogo, e quant'altro possa essere utile.»

Così imparai che il magister era conosciuto anche per altre qualità, come indagatore di cadaveri e delle cause di morte. Quattro menti in un solo corpo, e non fu mai ambizioso. Questo forse il suo maggior difetto.

Due guardie stazionavano ai lati del morto, quasi fosse un prigioniero. Dovemmo farci largo tra la folla prima di arrivarvi vicino.

«Il gusto per il macabro è insito nell'uomo, alcuni dicono sia una forma di scongiuro, altri perché il male fa parte dell'uomo stesso.»

«E voi, magister, che cosa pensate?»

Non mi rispose e si chinò sul cadavere, che era disteso a faccia in giù. Gli toccò una mano ed esaminò la testa: tra i capelli apparivano numerosi grumi di sangue. Ordinò quindi a una guardia di aiutarlo a spostare il corpo. Chiusi gli occhi quando vidi che due monete erano incastrate tra i suoi. Sotto il corpo c'era un bastone nodoso, macchiato di rosso, e mi parve strano che l'assassino lo avesse lasciato lì a bella posta, come volesse che lo ritrovassimo. Ma la cosa più bizzarra fu il ritrovamento di una scarsella con un bel gruzzolo di scudi dentro. Il magister mi fece cenno di avvicinarmi.

«Non ci sono tracce di sangue intorno, per cui l'omicidio è avvenuto in questo punto, e l'assassino o è venuto dal canale o si è calato da una delle finestre del palazzo.»

In effetti poteva anche provenire dal cortile, ma a meno che non si trattasse del vescovo stesso, sarebbe stato visto transitare dai servi. Il capitano di giustizia li aveva già interrogati e tutti avevano giurato che nessuno era penetrato nel palazzo. Per il magister era sufficiente, ma annunciò che avrebbe ancora esaminato il corpo, non appena fosse stato portato a palazzo Pisani, dove la famiglia lo avrebbe pianto, prima di farlo seppellire nella cappella di famiglia.

«Dovremo occuparcene stanotte, anche se fa freddo, domani potrebbe già puzzare. Non è necessario che venga anche tu, posso cavarmela da solo. Ho visto la faccia che hai fatto quando ho spostato il cadavere.»

«Avete ragione, ma mi hanno fatto impressione le due monete sugli occhi, sembravano delle orbite vuote. Chi può avergliele messe?»

«Ci riflettevo anch'io. Di solito rappresentano l'obolo per pagare Caronte, lo psicopompo. Dal greco, significa "traghettatore di anime". Un atto di generosità nei confronti del morto. Non ti sembra tuttavia strano che gliele abbia messe proprio chi lo ha ucciso?»

Non potei che annuire, ancora più perplesso. Poi mi venne un'idea.

«Non potrebbe indicare una sorta di pentimento? Dopo avere ucciso il suo corpo, avrebbe tuttavia dato il viatico all'anima per il paradiso.»

«Sì, ottima osservazione. Tuttavia gli si potrebbe dare anche un ulteriore significato: un riferimento alla ricchezza del Pisani. Al momento possiamo solo escludere una rapina, altrimenti gli avrebbe portato via tutti i denari. Ricorda sempre che per comprendere un delitto occorre innanzitutto cercare il movente, la causa. Quindi il *cui prodest*, ovvero a chi giova. Per adesso accontentiamoci di quel che sappiamo. E ringraziamo il doge che di fatto ha in qualche modo sospeso il processo. Magari lo ha anche fatto apposta.»

Dopo aver passato una notte quasi insonne con l'immagine di quel volto con le due monete d'argento sopra gli occhi, al mattino mi svegliai con addosso una stanchezza mortale. Dalla finestra cadevano dei leggeri fiocchi di neve, che non riuscivano ad attecchire. Il magister era già tornato e ora si trovava in ginocchio a dire le orazioni del mattino. Appariva concentrato come se il mondo intorno a sé, con il processo, con il delitto e con la mia stessa presenza, non esistesse. Recitai un *Pater*, *Ave* e *Gloria* e mi accinsi a vestirmi. Nel lanciargli delle occhiate silenziose mi accorsi che stava singhiozzando. Avvicinatomi a lui, gli posi con rispetto una mano sulla spalla. Quando voltò lo sguardo verso di me mi accorsi che non piangeva affatto, ma stava ridendo. Mi ritrassi, quasi offeso che nel momento della preghiera ci fosse in lui tanta ilarità. Se ne accorse, ma non mutò espressione.

«Non devi scandalizzarti, al Signore piace maggiormente un'anima allegra che lo ringrazi piuttosto che una lamentosa adusa a chiedergli grazie e conforto. Comunque la preghiera è pensiero, e nel pensare mi sono messo a ridere della mia stupidità. Questa notte, nel rovistare tra le tasche del Pisani, ho trovato una piuma, ma non le ho dato peso, forse perché ero troppo concentrato nel cercare segni sul corpo e non sui vestiti. Una piuma non entra da sola in una tasca e non credo proprio ce l'abbia messa il Pisani, bensì l'assassino.»

«Una piuma? E di quale uccello?»

«Bravissimo, è proprio lì il punto. Non me lo ricordo. Ma sono sicuro che sia stata una specie di firma, un segno lasciato volutamente. Potrebbe essere lo stemma di una casata, o anche indicare un'inclinazione sodomitica secondo un astruso parallelismo tra piuma, uccello e membro maschile.»

Come spesso mi accadeva in gioventù, sentii salire un lieve rossore su per le orecchie.

«Comunque» proseguì lui senza alcun turbamento, «se la mia ipotesi è vera, non è altro che un ulteriore indizio.»

Un leggero bussare interruppe il ragionamento. Una lettera, dal consistente odore di rosa, passò sotto la porta e mi affrettai a raccoglierla e consegnagliela.

«Il pittore Bosch chiede la nostra presenza a palazzo Grimani. Con molta urgenza, a quanto pare. Andiamo. Intanto Longueville si starà chiedendo che cosa succede. Meglio! Una mente irritata spesso si confonde, e io voglio arrivare alla verità prima di lui.»

Nel pur breve tragitto mi si bagnarono i calzari e invidiai alcuni gentiluomini i cui stivali sguazzavano tra le pozze d'acqua con la stessa arroganza dei loro padroni. L'acredine tuttavia mi passò quando quella meravigliosa dea di Isabella Lavagnolo ci accolse in un'anticamera, forse della sua stessa stanza da letto. Non poteva essere stata che lei a mandare il biglietto, avrei dovuto immaginarlo dal profumo.

«Hieronymus stesso mi ha chiesto di scrivervi, frate Martino. È agitato, preoccupato, e io gli ho consigliato di rivolgersi a voi, che mi sembrate un uomo buono e giusto.»

Poggiò appena il palmo della sua mano delicata sul dorso di quella del magister, che subito la ritirò infilando quindi entrambe nelle ampie maniche del saio. Io gliela avrei baciata, che Dio mi perdoni come sempre.

«Sentiamo dunque che cosa ha da dirci», la risposta del magister fu ferma ma cortese.

Isabella tirò un cordone e poco dopo il pittore entrò nella stanza. Il volto era torvo, gli occhi rossi, i pugni stretti e le nocche bianche. Sopra una camicia indossava un grembiule sporco di vernice. Fissava il magister con uno sguardo intenso. Poi, come se le nuvole che gli intorbidivano la mente fossero state squarciate da un raggio di sole, si aprì in un sorriso quasi infantile.

«Voglio tornare in Fiandra.»

«Temo che questo non sia possibile, al momento» rispose serio il magister.

«Frate Martino, io devo tornare nel mio paese. Non posso più restare qui», di nuovo apparve rannuvolato. «Non vedete quante brutte cose si aggirano tra queste casacce? Mi circondano, mi chiamano, mi spingono a pensieri orrendi. Di notte soprattutto.»

«Quali cose, mastro Bosch?»

«Mostri» sussurrò agitando le mani, «mostri orribili che compiono azioni orribili. Feste demoniache, sabba di streghe, accoppiamenti di corpi con nudità oscene. A volte mi fanno ridere, vi confesso, ma in altre occasioni mi fanno paura.»

Notai lo scambio di sguardi tra il magister e Isabella. Come se lui chiedesse a lei spiegazioni e non il contrario, come sarebbe giusto tra una donna e un uomo sapiente. Bosch continuò.

«Poi mi gira la testa, e più gira più quelle visioni aumentano. Mi risveglio a volte senza sapere di essermi addormentato. Vado ai pennelli, o forse credo di andarvi, ma al mattino mi accorgo di aver dipinto cose che non mi ricordo. E poi...»

Si zittì di colpo, come se un pensiero improvviso lo avesse distratto da quello che stava dicendo. Isabella lo fece accomodare su una panca, dove rimase seduto, muto, con lo sguardo fisso a terra. La donna si avvicinò quindi al magister, e nonostante questi stringesse le braccia sui fianchi, lo prese a braccetto e lo accompagnò lontano dal pittore, ma non abbastanza da me perché non sentissi.

«Buon frate Martino, non c'è proprio niente che si possa fare per lui? Anche questo omicidio, avvenuto proprio sotto le sue finestre, lo ha sconvolto. Capisco che sia un tipo bizzarro, ma non farebbe male a una mosca.»

«Mi dispiace» le rispose lui liberandosi dalla stretta, «finché il processo non sarà terminato ha l'obbligo di rimanere. Inoltre la avviso: se tentasse di fuggire le maglie della giustizia della Serenissima si stringerebbero intorno a lui. A quel punto, anche se innocente, non potrebbe più invocare clemenza e sarebbe condannato. Comunque permettetemi, donna Isabella, definirlo bizzarro è un eufemismo. State accorta. E ora scusatemi, non mi posso fermare oltre.»

Lo comprendevo. La bellezza di quella donna, le sue dolci movenze che non sembravano per niente quelle di una cortigiana interessata, ma di una sorella amorevole, avrebbero sciolto le carni e la volontà di ogni uomo. E forse anche di ogni donna. Uscimmo: la neve aveva ceduto a un sole malato, dal colore perlaceo. Il magister, dopo essersi tirato il cappuccio sulla testa, mi salutò bruscamente, e ancora una volta non lo vidi fino al mattino successivo.

DECIMO GIORNO
Il trittico maledetto

Non capivo come facesse il magister a dormire così poco. Mi rispondeva che lo considerava un fatto necessario, seppure non lieto, un po' come la vita stessa.

«Hypnos e Thanatos sono gli dei del sonno e della morte. Dal primo ci risvegliamo, ma non dalla seconda. È la loro unica differenza. Quando dormi profondamente, non sembri forse morto?»

Non potevo che dargli ragione, ma proprio quando credevo di aver compreso ciò che diceva, quasi mi ribaltava la dimostrazione.

«Tuttavia sarebbe interessante scoprire se il sonno e i sogni rappresentano una sorta di vita parallela, come diceva Plutarco. Nel nostro caso si tratterebbe però non di due persone, ma di due vite nella stessa persona. E pensa anche se la storia fosse scritta sulla base di ciò che noi sogniamo e non sulle azioni della veglia.»

A questo punto mi arrendevo, mentre lui tornava sorridente sui suoi pensieri.

Rientrò nella locanda con l'espressione di chi aveva appena vinto a sbaraglino con i dadi.

«Ho compreso! Siediti e ascoltami, Giovanni, anche se non capirai tutto quello che dirò, nel parlarti mi si faranno più chiare le idee. E se tu trovassi in esse delle aporie o vedessi che vado a infilarmi in qualche vicolo senza uscita, interrompimi senza temere.»

Obbedii e mi sedetti, cercando la concentrazione e rinunciando, per quanto potessi, a quei pensieri impuri che mi avevano tormentato per tutta la notte, per colpa della dolce Isabella.

«Un assillo: un tafano che mi pungeva nello stesso punto senza che riuscissi a scacciarlo. Fino a quando mi sono dato una manata sulla testa.»

«Bestie oltremodo fastidiose.»

«Non interrompermi, è solo una metafora. La mia presunzione mi accecava, davo per scontato che fosse stata la mia fama di indagatore a spingere il doge a chiamarmi per l'omicidio del Pisani. Un atto di umiltà davanti alla chiesa di Santa Maria Gloriosa, che appartiene al mio ordine, mi ha ridato la vista.»

Per quel vizio di parlare spesso per metafore il magister sarebbe stato un perfetto avvocato, o un politico di prim'ordine, ma non ne ebbe mai il pelo.

«Il doge manco mi conosceva, come avrebbe potuto chiamarmi? Non è stato lui, ma qualcuno vicino a lui e a me. Il Bragadin, naturalmente! L'hai conosciuto la prima volta che siamo entrati nel tribunale. Quello che ancora mi sfugge è perché lo abbia fatto.»

«Per amicizia? Per stima?» suggerii.

«Non basta. Forse esiste un'ulteriore spiegazione. Qualcosa che unisce il delitto al processo. Esaminiamo i fatti, o meglio le parole fondamentali. Su, avanti, dimmele tu.»

Mi sforzai, e per farlo imitai il suo comportamento. Mi alzai in piedi e presi a camminare per la stanza, guardando senza vedere, tra i muri scarni, le pietre, sperando che tra di esse si nascondesse quella filosofale. E come per miracolo le parole mi vennero in mente.

«Processo, pittore, inquisizione, quadro, omicidio» dissi rapido.

«Ancora.»

«Delazione» mi sentivo ispirato, «cadavere, eresia.»

«Fermati: la prima parola che hai detto è delazione. Come la conosci?»

«Mio padre ripete spesso che senza di essa molti processi non si farebbero nemmeno.»

«Delazione...» ripeté il magister, poi mi puntò l'indice «giusto! Il processo è nato da una spiata, che però, per legge, può restare anonima. Bragadin, tuttavia, che fa parte del Consiglio dei Dieci, conosce il nome di chi l'ha fatta. E come ci ha detto, non può rivelarlo. Lo conosce anche il doge, ovviamente. Quindi, un primo passo sarebbe apprendere il nome del delatore. È chiaro, no? Così riusciremmo a...»

Mi aveva detto che avrei potuto interromperlo se si fosse trovato in un vicolo cieco o qualcosa del genere. E lo feci.

«Perdonatemi, magister, ma non capisco la relazione tra la delazione al processo e l'omicidio del nobile Pisani.»

«Tu mi sopravvaluti, giovane amico. Non posso sapere tutto. Per adesso tale relazione rimane un mistero. Un po' come quelli della fede. Tu comprendi con la ragione l'Unità e la Trinità?»

«No, magister, in piena coscienza.»

«E pur tuttavia è cosa vera e buona e giusta. Quando non si riesce a dare spiegazione razionale a un concetto della fede, lo si chiama Mistero ed è tutto risolto.»

Mi sorrise, e io temetti che nelle sue parole vi fosse un velo d'ironia. Del tutto riprovevole se intorno alle sacre questioni.

«Ma scopriremo anche questo» proseguì, «un gradino alla volta, la scala verso la conoscenza è lunga, e dove non arriva l'intuizione arriverà la costanza. Per questo devo parlare ancora con il pittore.»

«E con donna Isabella» mi scappò detto.

Mi guardò di tralice, intuendo forse quello che stavo pensando, ovvero che avrei avuto molto piacere a rivederla ancora. A scopi di indagine, sperai di dirgli in silenzio, assumendo un aspetto molto serio.

Ci sono due modi per svelare un segreto, come ho imparato dal sacramento della confessione. Commettere un grave peccato, rivelandolo, oppure indurre il penitente a farlo. Il magister ne trovò invece un terzo.

Eravamo in grave ritardo quando entrammo nel tribunale. L'eccellentissimo Bonaccorso appariva contrariato. Il magister si scusò e prendemmo posto mentre Jean de Longueville continuava a puntare il dito su Hieronymus Bosch. Sentimmo quasi tutta la sua lunga e noiosa requisitoria, durante la quale invocò almeno venti volte, quasi fossero dei testimoni presenti, la Madonna, suo Figlio, l'Onnipotente, e una serie di santi, tra cui sant'Antonio dei francescani. Una stoccata al magister, visto che apparteneva a quell'ordine. Mi risvegliai dal torpore solo alla fine, colpito dalla veemenza delle sue parole.

«E voglio qui concludere. Per quanto riguarda gli eretici, come il pittore qui presente, essi sono colpevoli di un peccato che giustifica non solo la loro espulsione dalla Chiesa. Ma anche l'allontanamento da questo mondo con la pena di morte. È davvero un delitto molto più grave falsificare la fede, che è la vita dell'anima, che falsificare il denaro, che serve alla vita mondana. Se dunque falsari e altri malfattori vengono subito portati dalla vita alla morte legalmente a opera dei nobili laici, con quanto maggior diritto gli eretici, immediatamente dopo la loro incriminazione per eresia, non soltanto possono essere cacciati dalla comunità ecclesiale, ma anche a buon diritto giustiziati?»

Ciò detto si ritirò a sedere, soddisfatto. Il processo non era ancora iniziato e già veniva richiesta la condanna a morte. Il magister mi sussurrò all'orecchio.

«Ha citato quasi a memoria la famosa condanna contro gli eretici scritta dal dottore san Tommaso D'Aquino. Quando mancano i propri argomenti, si citano quelli degli altri. Longueville tenta di impressionarci.»

Per quanto mi riguardava c'era riuscito in pieno. Con Martino da Barga avrebbe tuttavia dovuto usare ben altre argomentazioni per indurgli un qualche timore. Il magister si alzò in piedi.

«Il dotto collega e maestro ha voluto impartirci una squisita lezione di teologia, e io ne sono rimasto affascinato. Non avrei più voluto smettere di ascoltarlo.»

Non possiederò mai la maestria del mio magister, la sua capacità di colpire l'avversario senza che questi o se ne renda conto o possa obbiettare. Se lo avesse accusato di ironia, il magister si sarebbe mostrato contrito affermando che le sue parole erano sincere. Il risultato furono, ancora una volta e non fu l'ultima, delle sommesse risate: a parte l'affondo finale e la richiesta di morte, il pubblico si era tediato profondamente. Anche l'eccellentissimo Bonaccorso aveva smesso ben presto di ascoltarlo, e aveva sfogliato a lungo, e distratto, un libro.

«Come ha fatto l'intelligente Longueville» proseguì il magister dopo aver lasciato che il riso si estinguesse, «anch'io mi permetto tuttavia di citare sommessamente il santo apostolo Tommaso, che per credere volle constatare di persona le piaghe di nostro Signore. Prima quindi di continuare la concione, confermo sia opportuno esaminare l'oggetto che tanto ha suscitato scandalo. Chiedo quindi che in questa aula sia portato il quadro.»

«Non è possibile» tuonò Longueville, «la sua visione propagherebbe lo scandalo. Sia invece giudicato il pittore.»

«Basterà che l'esimio pubblico presente sia fatto allontanare o mettere di spalle, in modo che possa essere visionato soltanto da noi. E nel caso non vi fosse accordo tra le parti, suggerirei che il molto eccellente magistrato nominasse una commissione di periti nella fede, nella pittura e nella legge, in grado di esprimere un parere autorevole.»

Longueville prese fiato per replicare, ma dalla sua bocca non uscì che un mezzo rantolo, non potendo controbattere con ragionamenti alla richiesta del magister.

Furono in molti a mormorare una protesta: credo anzi che la maggior parte dei presenti si trovasse lì proprio per poter vedere il dipinto, prima o poi. E anche per riscaldarsi, dato che un pungente vento di tramontana stava attraversando Venezia. Levando loro quella soddisfazione, il processo già perdeva di significato. Sarebbero tornati solo per la sentenza, sperando fosse di morte. L'impiccagione di un poveraccio, a meno che non si trattasse di vederlo dopo squartare, era un fatto abbastanza comune. Quella di un noto pittore, invece, sarebbe stata una festa grande.

Così il trittico arrivò, portato a braccia con circospezione da alcuni servi, quasi si trattasse di una preziosa reliquia o il sembiante di un pericoloso demone intrappolato nella pittura. Fu poggiato su un cavalletto, ancora coperto da un velo nero. Immaginai che sotto di esso vi fosse Isabella Lavagnolo, la cui bellezza era di per sé già motivo di scandalo. Quando Longueville gli si avvicinò e con un gesto maestoso lo scoprì, immaginai ancora che vi fosse lei nuda e si coprisse pudicamente il seno e il sesso.

Come nel grande quadro che avevo visto nella villa di Castello del duca de' Medici, opera dell'anziano maestro Alessandro Botticelli. Isabella come Venere, o come Frine, scoperta e denudata dal suo amante Iperide. Perché la bellezza, quando è assoluta, non può essere condannata. Non fu così. Longueville scoprì il trittico per mostrarne la mostruosità. Anche l'eccellentissimo Bonaccorso fu costretto a scendere dalla cattedra per esaminarlo, e poiché ormai la luce cominciava a fare difetto, un servo vi accese vicino una torcia.

«Fermi!» gridò Hieronymus Bosch.

Fino a quel momento era stato, come suo solito, piuttosto indifferente.

«Siete pazzi? Come osate avvicinarvi con il fuoco distruttore alla mia opera d'arte? Proprio con lo strumento di tutti quei demoni, quelle streghe e quei mostriciattoli assurdi che popolano i vostri sogni da quando eravate bambini. Non vedete come danzano intorno a voi? Come vi spingono ai più turpi pensieri? È grazie a loro che godiamo senza commettere alcun peccato» gridò, «perché nei sogni non ci macchiamo di alcuna colpa!»

Sembrò che il tempo si fosse fermato e tutti, me compreso, fossimo presi da un incantamento. Non un suono, non un colpo di tosse, non uno scricchiolio di pennino e nemmeno uno svolazzamento di vesti. Ma se il pensiero avesse potuto uscire dalla mente, sarebbe esploso in un urlo di meraviglia. Quel pittore bizzarro, come lo aveva definito la dolce Isabella, e che io credevo mite, si era scagliato contro l'inquisitore con estrema veemenza. Eppure la sua vita era appesa a un filo. Mentre ancora gli occhi di tutti erano fissi su di lui, egli si rimise a sedere e acchiappò una mosca che incauta gli era passata vicino alla testa. Se la portò all'orecchio, agitò il pugno nel quale l'aveva rinchiusa, sorrise, le parlò e si rimise infine a sedere.

DODICESIMO GIORNO
La cortigiana

Ero ancora scombussolato, e prossimo al sonno. Seguii il magister per delle stradine strette e costeggiando dei muri traslucidi di umidità. Dai sottopassaggi pendevano stalattiti di ghiaccio, come ghiacciate erano le deiezioni di uomini e animali sulle quali corremmo più volte il pericolo di scivolare. Si fermò infine, e io con lui, davanti a una locanda, la cui insegna, una corona di alloro al cui interno era dipinto uno storione sorridente, lo aveva colpito. Si chiamava Hospitium Sturionis, a Rivoalto, vicino la riva del ferro, dove approdavano le barche cariche di vino obbligate a pagarvi il dazio. Non appena entrati, mi arrivò alle narici un odore di pesce così forte che quasi svenni.

A onore del suo nome mangiammo proprio della carne di storione, bianca come il collo di una vergine. Prima portarono al nostro tavolo una ciotola delle sue uova, piccole e nere e luccicanti come perle. Ne stavo per trangugiare una mestolata quando il magister mi bloccò il braccio. E toccarmi non era davvero una sua abitudine, per come rifuggiva ogni contatto fisico.

«Contale» mi disse, «e dopo avervi messo due gocce di limone sopra, non metterne in bocca più dei comandamenti di Nostro Signore. Schiacciale appena con i denti, lascia che il loro umore scivoli sulla lingua, e prima di inghiottirle soffia leggero con il naso come se dovessi liberartelo. Così soltanto potrai apprezzarne il profumo e il sapore.»

Feci come disse e ancora oggi mi sembra di sentirne il gusto penetrante, vagamente acidulo ma profumato, che continuava a rigirarsi tra il naso e il palato. Spendemmo poco, da quanto vidi, solo mezzo ducato, e il magister chiese, dopo la lauta cena, di poter visitare una stanza. La vista sul Canale Grando era magnifica e dai suoi apprezzamenti compresi che avremmo lasciato a breve quella del suo amico ebreo per trasferirci in questa migliore locanda, dal pesce sorridente.

Durante la notte mi svegliai per orinare nel pitale (ho sempre avuto in uggia quelli che lo facevano fuori della finestra, pur avendolo fatto a mia volta) e trovai il magister sveglio, seduto a tavolino, che leggeva un libro alla luce di una piccola candela.

«Studiate la legge?»

«La Bibbia, Giovanni, una storia d'amore.»

Sgranai gli occhi, a fatica, a causa delle cispe. Rimasi perplesso: consideravo la Bibbia un libro di ammaestramenti.

«Il Cantico dei Cantici, una storia d'amore carnale. Come facciamo noi frati a dispensare consigli al gregge se non conosciamo tutte le pulsioni che lo animano?»

Non replicai, ripromettendomi di approfondire l'argomento, e, per vergogna, cambiai discorso.

«Ma non dormite mai?»

«Il giusto, quanto basta: il resto è ozio.»

Stavo tornando a letto quando la sua voce mi sorprese alle spalle.

«Tu credi che sia pazzo?»

«Assolutamente no, magister» protestai. «Siete saggio, astuto, e da voi sto imparando la vita oltre che la legge.»

«Mi riferivo al pittore.»

Arrossii, e ringraziai il buio che mascherò il mio disagio.

«Certamente, scusatemi, avevo male compreso. Di sicuro non si presenta normale. Un momento appare ingenuo e modesto e un altro quasi arrogante. Come se avesse un angelo e un diavolo sulle spalle e fosse preda a volte dell'uno e a volte dell'altro.»

«Proprio così, questo è tuttavia proprio uno dei sintomi della follia, non si tratta di angeli e diavoli. Secondo il medico Ippocrate la natura umana è composta da quattro umori, la bile nera, quella gialla, il flegma e il sangue, ai quali corrispondono i quattro temperamenti dell'uomo, la melanconia, la collera, la flemma e quello sanguigno. Quando non sono in equilibrio e prevale uno di essi, si hanno i comportamenti conseguenti. A meno che» concluse pensoso «il signor Bosch non stia ingannando tutti. Buonanotte, Giovanni.»

Spense la candela e, infilatosi a letto, poco dopo sentii il suo ronfare. Mentre io, perduto il sonno, rimasi a occhi aperti a riflettere sulle sue parole. Era l'alba e stavo finalmente per prendere sonno quando udii dei forti colpi alla porta. Aprii e mi trovai davanti il capitano di giustizia in persona, con due armigeri al seguito.

«Il frate Martino da Barga, per ordine del doge. Subito.»

Di fronte all'imperio, come tutti gli innocenti, temetti un arresto, ma il magister, che si era appena alzato, mi rassicurò. Uscimmo scortati sotto gli occhi torvi dell'oste, costretto ad aprire il portone di sotto, all'ora in cui di solito si coricava. Con il fiato che usciva vaporoso, quasi correvamo dietro alle guardie, finché arrivammo nei pressi della chiesa di Santa Maria Formosa, e ci fermammo davanti a uno stretto canale. Lì, distesa sopra una barca, giaceva una giovane donna. Sembrava addormentata, ma dagli sguardi del magister compresi subito che era morta. Una visione orribile. Sembra che la morte sia ancora più brutta quando uccide la bellezza. E quella donna era proprio bella, anche se non come Isabella Lavagnolo. Per fortuna non era lei, come ebbi a temere all'inizio, per via di quelle ciocche verdastre che le attraversavano la chioma.

«Chi è stato a trovarla?» chiese il magister

«Un fornaio, la barca è sua e ci trasporta il pane. Si è messo a gridare ed è corso al posto di guardia di Campo San Polo. Abbiamo avvisato quindi...»

«Non importa, capitano, grazie. Potete tirarla su? Credo sia più opportuno esaminarla a terra.»

Con delicatezza due uomini la presero dalla barca e la deposero sul selciato. La veste gialla, ricamata ai bordi, attestava un censo elevato. Rimasi colpito dalle pianelle, con delle zeppe alte forse un piede. Non si vedevano ferite evidenti, eppure era altrettanto chiaro che fosse morta. Il magister le guardò le braccia, si soffermò sul collo e rovistò tra i capelli alla ricerca di qualche ferita.

«Strangolata» disse quasi con indifferenza.

Si odorò quindi le dita. Le frugò nelle tasche e nella scarsella che portava legata a un fianco, mi mostrò le monete e annuì. Quindi, con mia grande vergogna, dette ordine di sollevarle la veste. Osservai le calze bianche, legate sotto il ginocchio, e quando l'orlo salì ancora, non fui solo io a ritrarmi tra l'inorridito e lo stupito. Le mutande erano bagnate di sangue e proprio lì, nel mezzo, aveva infilato un flauto. Se ne scorgeva solo un pezzo, il che significava che le era penetrato in profondità. Mi indignai pensando quale mente perversa, quale mostro di turpitudine poteva aver commesso un simile omicidio, e così brutale. Un demonio, senza dubbio, se non nelle fattezze, quanto meno nell'animo.

«Non toccate nulla» disse il magister alle guardie. Poi, rivolto a me: «Andiamo, ho bisogno di camminare».

Camminammo, a passi veloci e apparentemente senza meta. Ci ritrovammo nella piazza della Formosa. Il mattino era ormai arrivato, ma il sole faticava a uscire dalla bruma.

«Hai fame?»

«Molta» confessai.

In effetti non avevo messo niente nello stomaco, neppure una goccia di latte. Ci sedemmo sui tavolacci di una locanda già gremita di gente curiosa. Il magister spilluzzicò appena qualche tocchetto di uno strano pesce secco, prendendolo con indifferenza dal mio piatto.

«Lo si secca appendendolo a un palo come un impiccato» mi disse, e mi passò la voglia di mangiarlo.

Mentre lasciavo che il magister finisse il mio piatto, dalla piccola folla che si era accalcata intorno al cadavere della donna sorsero delle grida femminili. Pensai di riconoscerle, e quando ci avvicinammo ne ebbi purtroppo conferma. Era lei, Isabella Lavagnolo: in lacrime, con delle righe di trucco nero che le segnavano le guance, i boccoli scarmigliati sciolti sulle spalle, scalza e con indosso una leggera vestaglia di seta dorata. Una mantella foderata di pelliccia di lupo cerviero le scendeva dalle spalle e la proteggeva dal freddo. Per impedirle di buttarsi sul corpo della donna, che per fortuna era stato ricomposto, una guardia la tratteneva.

«Lasciatela» ordinò il magister, «era la sua migliore amica.»

Mentre mi chiedevo come facesse a saperlo, la guardia obbedì. I due corpi, della viva e della morta, erano ora avvinghiati in un abbraccio che nulla aveva della pietà verso i defunti. Avvinghiati (quell'immagine è ancora impressa tra i miei ricordi più osceni), come nell'estasi dell'amore. E Isabella la riempiva di lacrime, di singhiozzi, di parole amorevoli e perfino di insulti, chiedendole perché l'avesse lasciata sola.

«Dolce piccolo uccellino, non era così che pensavamo di uscire dalle nostre gabbie d'oro. A presto, amore mio.»

Per anni ho cercato di comprendere appieno il significato di quelle parole, e solo nell'età matura ho realizzato che non era solo l'amicizia a legare le due donne. L'amore, ho compreso da tempo, non ha sesso, ed è talmente potente che osa perfino andare contro natura.

Facendo un notevole sforzo su se stesso, il magister si avvicinò e la toccò sulle spalle. E come lei si voltò le offrì addirittura la mano per aiutarla ad alzarsi. Poi, con mia grande gioia, mi fece cenno di sorreggerla. Le passai quindi il braccio attorno alla vita, mentre lei appoggiava la testa sulle mie spalle. Inebriato, estasiato, ebbro di desiderio come dicono i poeti, la accompagnai fino nelle sue stanze, a palazzo Grimani. Il vescovo Domenico, come ci disse un valletto, era fuori Venezia, ma aveva l'ordine di servirci per qualunque nostro desiderio.

Quando la distesi sul suo letto, disfatto, pregai Dio che mi levasse la forza di resistere alla tentazione, e che il magister fosse costretto ad andarsene di corsa chiamato a Palazzo Dogale. Avrei coperto di baci e non solo quella creatura angelica che nella gravità del momento e nell'assenza di ogni belluria cosmetica mi appariva ancora più avvenente e desiderabile. Non dirò più che Dio mi perdoni, perché credo abbia ben altro di cui occuparsi che non le memorie di un vecchio sulle sue pulsioni giovanili. Oltretutto Egli non mi ascoltò. Infatti il magister mi ordinò di scansarmi e si sedette su un panchetto vicino alla donna, che stava sdraiata sul letto con il dorso della mano destra poggiato sulla fronte.

«Pregherò per l'anima della sua amica, Isabella. Il nome?»

«Ester, ma per tutti era Grazia.»

«Ora vi lascerò riposare, ma vi posso chiedere come avete saputo della sciagura?»

«Me lo ha detto Hieronymus. Mi ha fatto svegliare, non ci volevo credere, ma sono corsa qui.»

Stava per farle una carezza, ma vi rinunciò. Uscimmo, quasi fuggendo, mentre un rombo di tuono annunciò un improvviso cambio di tempo. Mutevole, il tempo, come la fede delle donne o le loro promesse. Meglio l'amicizia virile. Poco dopo arrivò infatti uno scroscio di pioggia, e ci rifugiammo sotto un portico buio. Il magister mi guardò per alcuni istanti e tirò quindi fuori una piuma.

«L'ho trovata nel suo corsetto, della morta intendo. È simile a quella che avevo intravisto, senza darle importanza, nelle tasche del Pisani.»

Pioveva, e avevo freddo. Quello che penetra nelle ossa e annebbia il cervello, al punto che avevo difficoltà a seguire il suo ragionamento. Per cui annuii, sperando che il magister mi aiutasse a comprendere.

«Le coincidenze appaiono tali solo a degli occhi superficiali» proseguì. «Non essendo casuale, questo ritrovamento ha un significato. Una firma, un sigillo, un indizio, un segno che l'assassino ha voluto lasciare. Una sfida, forse. Non vorrei peccare di superbia, ma è come se l'avesse lanciata proprio a me.»

La paura aiutò la mente a risvegliarsi dal torpore.

«Potremmo essere in pericolo, allora.»

«Potremmo. Credo sia giunto il momento di cambiare alloggio.»

«Dormiremo ospiti del vescovo Grimani?»

«Troppo vicino al fuoco, Giovanni. Correremmo il rischio di bruciarci. No, andremo in quella locanda di Rivoalto, lo Sturiòn, mi sembra che ti piacesse molto.»

Avrei preferito sapere di dormire in qualche stanza vicina a Isabella, magari andando a origliare il suo respiro. Il solo immaginarla vicina mi avrebbe riscaldato più di dieci coperte di lana. Ripensai all'omicidio della sua amica e al suo dolore.

«Chi può essere stato a uccidere la donna, magister? Avete qualche idea?»

«Dovessi morire questo pomeriggio, lascerei scritto che si tratta della stessa persona che ha tolto la vita al nobile Pisani. Ma» aggiunse con un sorriso ambiguo «poiché non ho alcuna intenzione di morire presto, lascerò che le idee si raccolgano con calma, come pecore nell'ovile, al sicuro dai lupi che ci circondano. Si stanno già muovendo, ma ne parleremo più tardi, con calma.»

La pioggia era cessata e per la seconda volta arrivammo in ritardo al tribunale. Toccava al pittore, oggi, essere interrogato, ma per fortuna non era ancora giunto. Longueville sedeva con le braccia serrate, lo sguardo torvo puntato su di noi.

«Ho mandato le guardie a prelevarlo» ci disse l'eccellentissimo Bonaccorso.

Di lì a poco, invece, Bosch si presentò da solo, zuppo di pioggia, con un tabarro di lana verde lungo fino al polpaccio. I suoi borzacchini colavano acqua dalle suole e lo sciacquio dei suoi passi assomigliava a uno sciabordio di remi. Gli occhi apparivano ancora più rossi e spiritati del solito. Quando il trittico venne portato nuovamente nella sala e svelato, alzò le braccia al cielo, e poi le aprì come se fosse un Cristo in croce.

Io sono Hieronymus Bosch

Jean de Longueville avvampò di rabbia. A volte osservo quanta ira può nascondersi dietro un uomo di Dio, anche se fa di tutto per dissimularla. E come sommo buon pastore mi chiedo se non dovrei intervenire ammonendo quelli tra noi che mancano di pietà. Temo tuttavia che resterei più o meno da solo in questo faraonico complesso, che pure dovrebbe essere d'esempio per tutta la cristianità. Certo che a leggere le memorie del buon Giovanni Burcardo, che ha servito come cerimoniere ben quattro papi, al confronto, quelli attuali sono tempi di santità. Per cui mi debbo contentare e mi adatto, facendo spesso finta di non vedere.

L'avversario del mio magister non aveva però tutti i torti. Bosch stava imitando la postura della martire barbuta, mostrando così di farsi beffe di lui, di noi, della Chiesa e del tribunale. Nemmeno Franceschetto, il figlio del papa, avrebbe mai osato tanto.

«Comportatevi con il rispetto dovuto a questo tribunale, se non temete la giustizia divina!» tuonò Longueville.

«Io sono Hieronymus Bosch» pronunciò queste parole come se avesse ricevuto un'ispirazione divina, o forse demoniaca, «membro della Confraternita del Cigno, credente in Dio, nella Trinità e nella Madre di Cristo. E nella somma arte della pittura che non è altro che l'espressione suprema della gloria del Padre Celeste.»

«Silenzio!» gridò ancora Longueville. «Parlerete soltanto quando sarete interrogato. E quando avremo finito» aggiunse a mezza voce, «vedremo se avrete ancora tutta questa arrogante baldanza.»

Si tirò su le maniche della tunica e inforcò delle lenti sulla sommità del naso adunco. Vidi il magister sorridere e immaginai il suo pensiero. Longueville era più giovane di lui e non aveva i suoi capelli bianchi, ma anche lui soffriva dei primi attacchi dell'età matura. Ne so qualcosa, io, che dovrei essere morto già da un pezzo visto che ho superato le sessanta primavere.

«Siete voi» pronunciò solenne Longueville «Jeroen Anthoniszoon van Aken, nato a Hertogenbosch nell'anno del Signore 1453, addì due di ottobre, meglio noto come Hieronymus Bosch o Bosco di Bolduc? Rispondete.»

«Chi altri se non io se ne può vantare?»

Il solito brusio divertito percorse la sala gremita di nobili e cortigiane, che ormai avevo imparato a riconoscere dalle vesti e dal trucco. Longueville non si scompose e continuò.

«Siete voi l'autore di questo dipinto blasfemo?» indicò con disprezzo il trittico, posizionato in modo che il pubblico ne potesse vedere solo la parte posteriore.

«Del dipinto sì, ma non vedo alcuna blasfemia.»

«Silenzio! Rispondete solo alle mie domande, farete le vostre osservazioni quando vi sarà chiesto. E ora, la Madre di Dio mi perdoni per quanto sto per dire, avete voi pitturato oscenamente la barba di Gesù sul volto della crocifissa, onde recare offesa a Nostro Signore?»

«Non vi è alcuna offesa, monsignore. Molte donne accusano una lieve peluria sul viso, che tuttavia mascherano con belletti e creme.»

Le risa questa volta furono rumorose e lo stesso Longueville fu costretto a interrompersi. Guardai il magister: impassibile. Il suo volto non mostrava né scandalo né divertimento. Quando l'ilarità si quietò, l'inquisitore cercò a più riprese di riprendere il tono accusatorio, ma ogni volta che lanciava un anatema, il pubblico rispondeva con mormorii di disapprovazione, mentre ci mancò poco che applaudisse alle risposte di Bosch. Pur continuando a prendere appunti, come il magister mi aveva ordinato di fare, anch'io mi divertivo alle sue repliche. Anche se quel suo modo di fare mi sembrava potesse portare solo dritto verso il patibolo. A meno che non avesse una silenziosa e totale promessa di protezione da parte del doge Loredan o del papa Alessandro o dell'imperatore Massimiliano. Tuttavia, meglio stare lontani dal porre la propria vita nelle mani dei potenti, che cambiano opinione a ogni refolo di vento. Purtroppo, io stesso, che sono papa, talvolta sono costretto a farlo: dalle circostanze, beninteso.

Le schermaglie proseguirono fino a quando vi fu luce: la regola prevedeva che al calare del sole si interrompesse ogni funzione. L'eccellentissimo Bonaccorso rimandò quindi il processo di due giorni, in quanto l'indomani sarebbe stata domenica. Stavamo uscendo quando il peso della bisaccia dei libri che portavo sulle spalle aumentò a tal punto da costringermi a fermarmi. Non era un prodigio, ma la mano di Longueville che vi si era posata sopra apposta, per fermarci.

«Lo hai sentito, Martino» disse al magister senza degnarmi di uno sguardo. «Da servo di Dio a servo di Dio, stai attento a lui. Le sue risposte hanno qualcosa di demoniaco. In tanti anni al servizio della Chiesa, sono stato offeso, aggredito e insultato e mi hanno pregato, adulato, scongiurato e hanno tentato di corrompermi con denaro e altro ancora. Ma mai la parola di Dio è stata sbeffeggiata in questo modo.»

«E tu non peccare di superbia, Jean. Magari ha voluto prendere in giro te, non Dio.»

Non gli dette il tempo di replicare e mi spinse quasi via. Ma sono sicuro che le parole di Longueville lo avevano turbato, o forse lo era già da prima, e l'inquisitore aveva solo messo il dito in una piaga aperta. Come gli avevo visto fare in altra occasione, mi lasciò da solo. Ordinandomi, nel frattempo, di cambiare locanda, e di trasferire le nostre poche cose in quella dello Sturiòn.

La bellezza della vista della camera mi compensò della fatica del trasloco e della solitudine con cui consumai un pasto che non poteva definirsi frugale. Una zuppa di trippa con patate e pancetta di maiale, e dei biscotti che la padrona chiamò baicoli e che inzuppai in un vino dolce. Finito che ebbi, la padrona mi chiese se volessi compagnia e sulle prime non compresi. Quando lo feci, ebbi un brivido e arrossii, senza risponderle.

Appena preoccupato per l'assenza del magister, mi coricai e la solitudine mi invogliò ai pensieri. Nell'incoscienza della mia giovinezza mi misi quindi a pensare se fossi stato io a essere chiamato a discutere del processo e a indagare sui due delitti. Nel primo caso non avrei davvero saputo come fare, e d'altronde neanche il magister mi sembrava avesse le idee chiare. Forse era giusto così, era presto per formarsi un'opinione, tuttavia mi sembrava un pescatore in attesa del pesce, poco convinto però che avrebbe abboccato. In tutta onestà il secondo caso mi intrigava di più, a causa della morbosità di quei delitti, che tanta presa ha sugli animi giovani.

Soprattutto l'omicidio della ragazza: chi mai avrebbe potuto compiere un simile scempio? Se non un vero e proprio diavolo che sorgesse improvvisamente dai canali, un uomo quanto meno indemoniato, che mi immaginai aggirarsi di notte per le calli e i portici, a tendere agguati alle sue vittime. E se avesse quella notte stessa ucciso il magister, proprio perché era sulle sue tracce, per impedirgli di riconoscerlo? In questo caso che cosa avrei fatto io, da solo, a Venezia, senza alcuna conoscenza? A parte naturalmente la dolce Isabella Lavagnolo. Ecco, lei mi avrebbe accolto, consolato, aiutato come fossi un fratello minore. Questi pensieri mi portarono lentamente ad addormentarmi, sebbene gli ultimi non avrebbero potuto definirsi casti come sarebbe d'uopo tra fratello e sorella.

TREDICESIMO GIORNO
Il Carnevale

Venezia era entrata nel vivo del Carnevale, festa che già conoscevo, grazie alla munificenza della famiglia de' Medici, che ne aveva fatto un vanto della Signoria. E alla prodigalità del gonfaloniere Piero Soderini, che ne aveva continuato la tradizione. A Firenze, dove ero stato un paio di volte, giravano carri allegorici, si esibivano artisti in maschera per le vie e per le piazze, e si scherzava in modo volgare e licenzioso, con i popolani che si vestivano da nobili, e i nobili da popolani. Facendo, gli uni e gli altri, quello che non era permesso loro fare in tutti gli altri periodi dell'anno. Perfino preti e frati usavano acconciarsi con ornamenti femminili, scambiando effusioni con giovanotti ignari.

Avevamo onorato la festa comandata, e usciti dalla chiesa di San Zaccaria, il padre del Battista, dopo aver ascoltato la messa ed esserci comunicati, guardavo le maschere e i travestimenti e mi divertiva il modo buffo con cui la gente, da sconosciuta, si salutava.

«Buongiorno, signora maschera.»

«Buongiorno a voi, signora maschera», e così via.

«Da quanto ne so» dissi al magister con orgoglio, «questa festa è stata inventata da Lorenzo, il figlio più illustre della casata dei Medici.»

«Pur amando la Toscana come una madre saggia e grassa, ti devo deludere, Giovanni. Qui festeggiavano quando a Firenze ancora ci si batteva il petto.»

Accusai l'osservazione, un po' piccato, e cercai di replicare mostrandogli quanto sapessi sull'argomento.

«Carnevale, *carnem levare*» risposi con un pizzico di sussiego, «astenersi dalla carne.»

«Tutt'altro» mi corresse ancora il magister. «È il trionfo della carne. *Carnem vale,* è una forma di saluto come per dire evviva la carne. Astenersi dal cibo equivale invece a una forma di purificazione successiva al pentimento. Ora si pecca, per poi pentirci durante la quaresima, fare quindi penitenza il Venerdì Santo e apprestarci con gioia alla resurrezione di Cristo.»

Come al solito, con ironia, la sua logica mi aveva battuto, ma senza alcuna prosopopea. Sorrideva, il magister, guardando il cielo e inspirando a pieni polmoni l'aria frizzante. La pioggia notturna aveva spazzato via l'olezzo dei rifiuti che il sole rendeva insopportabile, anche d'inverno. Una donna giovane, che riconobbi per tale dalla corsa leggera, mi venne incontro e mi baciò sulla guancia, lasciandomi di sasso, poi corse via. Mi ritrovai in mano un mucchietto di semi.

«Assaggiali» mi disse divertito il magister.

Avevano un sapore dolce e squisito, e gliene offrii, per buona educazione. Non li rifiutò, per mia sfortuna.

«Sono ricoperti di sale arabo. Si chiamano coriandoli, dal nome ebraico della manna.»

Non osai chiedere come lo sapeva, perché mi avrebbe inondato con la sua sapienza, mentre io volevo solo godermi quell'atmosfera. Al di là dell'allegria, mi colpì soprattutto il fatto che parevano tutti ricchi. Le pellicce si sprecavano, come pure i cappelli, ornati di piume d'ogni foggia, che il magister non esitò a elencarmi. Di pappagallo, di pavone, di fagiano, di cicogna, di gufo e di civetta, d'oca, d'anatra, d'airone e di struzzo, e per ognuna mi descrisse le caratteristiche e i colori.

«Purtroppo» aggiunse con sincera modestia «non ho mai letto Plinio il Vecchio, che pare abbia classificato la maggior parte delle specie di uccelli.»

Io continuavo a osservare le maschere, e l'atteggiamento di chi le indossava. Quella che pareva una vedova inconsolabile, con tanto di veste nera e una veletta che le copriva il volto, si lasciava toccare e baciare da due cavalieri che l'accompagnavano, abbigliati da pirati saraceni. O magari lo erano veramente, spie che durante il Carnevale non avevano bisogno di alcun travestimento. Alcune maschere tuttavia, senza espressione, mi incutevano timore: bianche e senza bocca, coprivano interamente il viso, come sudari.

«Baùte» disse il magister, «dette anche larve. Eh sì, paiono maschere mortuarie. Vedi come il becco si protende in avanti? Così viene alterata anche la voce, in modo che risulti ancora più difficile riconoscere chi vi si nasconde dietro. Tuttavia sporge quel tanto da permettere di mangiare.»

Vidi anche alcuni uomini, dai grandi tabarri rotondi, essere fermati dalle guardie della Serenissima e perquisiti, e gliene chiesi conto. Tanto, se non glielo avessi domandato, me lo avrebbe riferito di sua sponte.

«Spesso vestono così banditi o soldati mercenari allo sbando, perché sotto quei grandi mantelli neri si possono nascondere spade, asce e archibugi. Tutto è permesso, a Carnevale, ogni smargiassata o spavalderia, ma tra queste non è compreso l'uccidere o il ferire.»

Si fermò davanti a un ambulante che offriva delle seppie già cotte, con tanto del loro nero. Le annusò. Il profumo era invitante, ma a me faceva ribrezzo quella carne molliccia, e se ne accorse.

«A proposito, non abbiamo forse da ragionare intorno agli omicidi? Potremmo fermarci a riflettervi sopra. Niente di meglio che davanti a una tavola di buon cibo. Il Bragadin mi ha suggerito di pranzare una volta, a nome suo, presso L'Osteria della Campana. È di un suo amico, che fa parte, come lui, del Consiglio dei Dieci. Saremo ospiti, mangeremo bene e non pagheremo un soldo.»

Giunti in zona di Rialto non faticammo a trovare quell'Osteria, al primo piano di un palazzo. Il proprietario, tale Marin Sanudo, non era presente, ma al magister bastò pronunciare il nome di Bragadin per aver subito un tavolo vicino a una finestra, che sembrava copiata da un palazzo turco.

Dopo un abbondante piatto di una verdura rossa, fumante, ci portarono un risotto condito con dei ghiozzi. Un sapore acuto, ma piacevole. I frati non disdegnavano il cibo e quella volta il maestro confermò la fama cirenaica del suo ordine. Anche nel bere un vino, detto Marzemino, dal sapore gentile e dal vago sentore di frutta. Ce ne volle più di una caraffa per mandare giù un piatto di fegato di maiale dorato, al sugo agrodolce di una composta di fichi e cipolle. La lingua mi si sciolse presto, seguì una breve sonnolenza, dalla quale il magister mi svegliò con delicatezza. Mi scossi, grato comunque del riposo accordatomi.

«Rifocillato lo stomaco, occupiamoci ora della mente, Giovanni. Credo di averti già detto che per indagare su un delitto occorre in prima istanza...»

«Trovare il colpevole!» risposi senza pensarci, ma mi pareva logico.

«Questo è lo scopo» mi rispose con un sorriso, «ma per arrivarci, salvo che non si abbia una libera confessione, occorre, come già ti dissi, risalire ai moventi, al *cui prodest*, a chi giova. Ebbene, abbiamo due morti, che apparentemente non si conoscevano tra loro, un nobile e una cortigiana. Cadaveri eccellenti, che il doge in persona mi ha incaricato di esaminare. Che cosa ti dice l'istinto?»

«Di andare a defecare. Perdonatemi, ma torno subito.»

Ritornai, più libero e con la mente più pronta. Non è mai esistito niente al mondo che dia maggiore soddisfazione di una buona cacata.

«Ho pensato, magister, mentre cacavo, e questi due omicidi potrebbero avere lo scopo di turbare l'ordine pubblico.»

«Ottima osservazione. Tuttavia superficiale. Vi sono indizi, come la piuma, l'efferatezza delle modalità e alcuni particolari, che mi fanno pensare a dell'altro. Non ne sono sicuro, per cui tentiamo un'altra strada, saltando per un momento lo scopo. Chi può aver commesso simili turpitudini?»

Nel caso della cortigiana amica di Isabella la prima immagine che mi era venuta alla mente era stata quella di un demonio, ma non osai farvi menzione. Il magister sembrava non credervi. Per lui il Male era prodotto dagli uomini, se pur ispirato dal diavolo stesso. Mi morsi le labbra e scossi la testa.

«Vedi, Giovanni, una volta riflettevo su alcune scomparse di giovani uomini di cui erano stati rinvenuti dei pezzi, squartati, in un affluente del Serchio, in quel di Lucca. Scartai le cause soprannaturali che il popolo gridava a gran voce, sostenuto anche dalla nobildonna nei cui possedimenti erano avvenute le sparizioni. Mi chiesi quindi chi poteva essere stato e a quale scopo. Un pazzo, forse: e i loro sono i delitti più difficili da risolvere, perché non hanno senso. Un uomo robusto, che potesse facilmente avere la meglio sulle sue vittime. Ma un particolare mi fece sorgere un sospetto: i pezzi dei loro corpi erano nudi, senza traccia di alcun vestito addosso. Tu che cosa avresti pensato?»

Giovani uomini, tagliati a pezzi e nudi. Pensai a un sabba, ma di nuovo vi sarebbe entrato di mezzo il demonio, che al limite non usa la spada, ma i denti e gli artigli. Mi arresi.

«In breve, non voglio tediarti con tutta la storia. Il colpevole era la stessa nobildonna, usa a sedurre con il potere giovani virgulti che poi faceva precipitare in un pozzo di lame taglienti, per evitare che, dopo i convegni amorosi, potessero parlare e suscitare scandalo. Non erano le azioni di un folle, ma di una mente diabolica, se pure umana.»

«Ma come faceste a scoprire l'assassina?»

«Usai una capra. Un'esca, per comprendere. Chiesi a un giovane baldo e prestante di farsi conoscere, nelle osterie e nelle locande. Di lì a poco fu adescato da un'ancella ruffiana, che gli fece balenare l'onore di giacere con la sua bella padrona. Dopo l'amplesso, il giovane, avvisato, comprese che veniva spinto in una trappola. Io ero già pronto con degli armigeri e scoprii il tutto, compreso il pozzo intriso di sangue, situato nella stessa camera da letto della donna.»

Mi vennero i brividi.

«E voi volete che sia io a...»

«Ma no!» rise di gusto. «Non lo farei mai. Dobbiamo solo entrare nell'animo dell'assassino. Perché non dubito che questi due morti siano infatti opera di una sola mano. Che non appartiene a un folle, bensì a una mente acuta, senza timore di Dio o degli uomini, perversa come il Male stesso. Ed è vicina, vicinissima, la sento aleggiare sopra di noi come un uccello del malaugurio, se credessi agli uccelli del malaugurio. Quando si dipinge un affresco, il valente pittore produce prima una sinopia, un disegno preparatore che fungerà da modello per l'affresco stesso. Un disegno, comprendi? Fatto di particolari, di equilibri, una composizione ordinata e logica.»

«Pensate allora si tratti di un pittore?»

«Era una metafora, Giovanni, non ho detto questo, ma tutto è possibile.»

L'oscurità arrivò presto e con essa i fantasmi di quei giovani squartati che mi sembravano spuntare dietro ogni angolo. Il cibo abbondante e il vino lenivano tuttavia le mie paure. Così quando il magister mi lasciò per andare a conferire con una sua vecchia conoscente, la madre badessa di un convento, mi diressi di corsa alla locanda e dopo aver chiesto e ottenuto un'altra brocca di vino, per scaldare le membra e confortare la mente, mi addormentai senza accorgermene.

QUATTORDICESIMO GIORNO

Il cibo uccide

Grazie al vino e al cibo, la prima parte della notte mi portò benessere, mentre la seconda, per la legge del contrappasso, fu orribile. Come già successo, il magister doveva aver passato la notte fuori. Se non fossi stato sicuro della sua castità, avrei sospettato che avesse anch'egli festeggiato il Carnevale. Era quasi l'alba quando entrò nella stanza come l'Erinna Tisifone, la castigatrice dei delitti.

«Questa volta sono stato io» disse. «Vestiti, presto.»

Senza dirmi altro ridiscese veloce le scale, e mentre mi infilavo braghe, camicia, mantella, calze e calzari, pensai con angoscia che la sua potesse essere una confessione e che fosse stato lui a commettere un terzo omicidio. Che fosse accaduto, di quello non dubitai mai.

Ancora stordito dal sonno, seguendolo a fatica, causa il suo solito passo frettoloso e concitato, mi inoltrai con lui tra vicoli, strade e ponti. Finché non ci ritrovammo in una piazzetta, tra la chiesa di San Lorenzo e un monastero che le dava il fianco. Un gruppo di monache era accalcato attorno a un pozzo, alcune gli davano le spalle, altre scrutavano all'interno. Sembravano pronte a un girotondo o alla danza del brando. Quando videro arrivare il magister, si staccarono e gli corsero tutte intorno. Lui alzò i gomiti per difendersi da quell'aggressione: immaginai il suo fastidio, se avessi anch'io avuto la debolezza di soffrire del contatto fisico. Una monaca, con una bianca gorgiera attorno al collo, forse la madre badessa, fece cenno alle altre di tacere.

«Nessuno si è visto, frate Martino. E nessuna ha toccato nulla.»

«Grazie, sorella Donata, potete anche allontanarvi, adesso. Il mio assistente basterà ad aiutarmi.»

Fui orgoglioso delle sue parole e salutai con deferenza prima la badessa e poi le monache, che a loro volta mi sorrisero.

«E mandate pure qualcuno alla posta di giustizia, nel tempo che impiegheranno i soldati ad arrivare, avrò finito la mia indagine.»

L'orrore continuava, eravamo a tre, nel giro di pochi giorni. Tre omicidi. Sui due gradini che circondavano il pozzo, giaceva supino un giovane uomo, grasso e ben vestito, con una giornea di velluto verde strappata in più punti. La sua pinguedine era evidente perfino nel viso, dalle guance flosce. Lo deturpava in modo osceno una bava rossa che gli usciva dalla bocca, sembrava una bestia assetata di sangue, uccisa da un cacciatore dopo aver consumato l'ultimo orrendo pasto. Il magister mi lesse, come suo solito, nel pensiero.

«Non è sangue, ma vernice. Avvicinati e usa l'olfatto. Ne stiamo perdendo l'uso, ma tra i sensi inganna meno della vista.» Obbedii, non senza una certa reticenza, e percepii uno strano odore, come di chiesa.

«Sangue di drago» continuò il magister. «Una resina odorosa, dal profumo simile all'incenso. Se applicata su una ferita, aiuta a rimarginarla, ma se ingerita è un potente veleno. Gliel'hanno versata in gola, e forse è morto soffocato, senza poter gridare aiuto e soffrendo oltre il giusto. Aiutami a girarlo. Ma prima» mi sussurrò «manda via le galline.»

Mi guardai intorno, ma non vidi alcun pennuto che razzolava, e rimasi incerto fino a quando il magister non mi indicò con un cenno della testa il gruppo delle monache che si erano fermate a guardare poco lontano. Guardandole meglio, la maggior parte di loro mi appariva molto giovane, e dovevano pure essere di censo elevato, perché portavano sul petto dei crocefissi riccamente decorati in oro e argento e anelli nobiliari alle dita.

«Sorelle, vi prego» dissi loro con malcelato sussiego, «ritiratevi. Non sono scene adatte ai vostri santi occhi.»

Forse avevo esagerato con il mio aulico eloquio: alcune di loro, con la mano davanti alla bocca, si misero a ridere. Tuttavia mi obbedirono, e proprio come un branco disordinato di galline si diressero verso il portone del convento. Ritornai dal magister e lo aiutai a girare il pesante cadavere. Se la situazione non fosse stata tragica e seria, avrei riso anche io: sotto il corpo apparve una salsiccia, bella grassa. Senza toccarla, rimettemmo il corpo nella posizione originaria.

«E con questo siamo a tre. Credo di avere mancato il nostro assassino di poco. Ma non è escluso che la vittima avrei potuto essere io.»

«Padre mio» risposi preoccupato, «che cosa dite?»

«Dopo compieta, ero venuto a parlare con la madre badessa, Donata dei Carlini di Barga, una mia lontana parente. Volevo saperne di più sui due morti ammazzati e su tutto ciò che li circondava, parenti, usi, abitudini, conoscenze. Per questo non c'è niente di meglio delle mura di un convento. Nella clausura, per noia soprattutto, i bisbigli diventano voci e le confidenze si propagano. La badessa, per proprio dovere, le raccoglie tutte e me ne ha raccontate una sporta, per ore e ore. L'assassino potrebbe avermi seguito fin qui, e dopo, stufo dell'attesa, al posto mio ha ucciso questo giovane che per disgrazia si trovava a passare. Quando sono uscito il corpo era ancora caldo. Mi sento quasi responsabile.»

«Siete sempre convinto sia opera della stessa persona?»

«Ho molti dubbi e poche certezze, nella vita, ma questa è una di quelle.»

«Allora» affermai «è davvero un demone senza Dio.»

Lo avevo detto un'altra volta. Il magister mi guardò e scosse la testa. Lo vidi mutare espressione: per fortuna la mia frase lo aveva in qualche modo divertito.

«Ricorda bene, Giovanni. *Daimon* significa essere divino, per cui sei caduto in contraddizione. A meno che tu non la pensi come il filosofo Eraclito che sosteneva che le contraddizioni facessero parte di un'unica unità. Però, non hai tutti i torti. C'è qualche cosa di divino, di metafisico, in questi omicidi.»

All'epoca non conoscevo Eraclito e nemmeno altri filosofi greci, per cui annuii, senza comprendere.

«Magari non voleva uccidere me» proseguì sovrappensiero. «Ma di sicuro la vernice rossa e la salsiccia sono dei simboli. Se solo riuscissi a comprenderne il significato, potremmo avvicinarci alla verità. Denaro sugli occhi, violazione delle parti intime e ora questi altri due segnali. È come se volesse darci degli indizi e al tempo stesso nasconderceli.»

«La salsiccia può avere a che fare con la fame» azzardai per esperienza.

«E il giovane è grasso.»

«Mangiare troppo è peccato» dissi ancora, ma il magister, alla vista del capitano di giustizia, si era già diretto verso di lui.

Discussero a lungo, lui e Volpato, e da quello che potei percepire erano più le domande che rivolgeva alla guardia che non viceversa. Il giovane non aveva un nome né sembrava possedere alcun documento notarile che ne attestasse l'identità. Se nessuno avesse reclamato il corpo, al terzo giorno sarebbe stato seppellito nella fossa comune nell'isola di Santa Maria di Nazareth, che aveva già ospitato i morti della grande peste. Il cadavere venne issato e steso su un birroccio, quando il magister ordinò alle guardie di fermarsi. Avvicinatosi, frugò tra la giornea e la camicia del morto, e poco dopo si voltò verso di me con aria trionfante, mostrandomi una penna d'uccello. La firma dell'assassino, ormai non potevano esserci dubbi.

I demoni non hanno piume d'uccello, tutt'al più ali di pipistrello, quindi le mie supposizioni superstiziose, come le chiamava il magister, erano da scartare. Poteva essere un cacciatore? Sarebbe stato più logico rinvenire allora delle zanne di cinghiale, delle corna di cervo o delle zampe di lupo. Chiunque poteva procurarsi una piuma, soprattutto nel periodo carnascialesco: i cappelli degli uomini e delle donne ne erano pieni. Anche la figura del folle era stata esclusa dal magister, così nella mia mente baluginavano fasci di luce che, nel momento in cui stavano per illuminare il volto dell'assassino, si spegnevano, lasciandomi amareggiato e deluso.

Ci allontanammo, ripercorrendo il cammino a ritroso, verso la locanda. Speravo di tornarvi, per fare colazione con quei baicoli e del buon latte caldo, quando ci fermammo davanti a una chiesa e il maestro mi spinse dentro.

«Appartiene all'ordine delle stesse monache di San Lorenzo» disse rapido.

La santa messa stava giusto per iniziare. Senza porgli domande, mi segnai e presi posto accanto a lui, su una panca della navata di destra, vicino a un confessionale.

«Vai dalla parte opposta» sussurrò il magister. «Accanto all'altro confessionale, e osserva bene chi si confessa e quanto a lungo si trattiene nella preghiera penitenziale.»

Obbedii, ma per tutto il tempo non vidi nulla di interessante, se non un rossore diffuso sui volti di alcune donne. Mi sarei invece aspettato una maggiore devozione da parte di un gruppo di monache, vestite proprio allo stesso modo di quelle di San Lorenzo, e forse le stesse. Avrebbero dovuto seguire la regola di San Benedetto, e pur non conoscendo io tutti e settantatré i capitoli, quella generale prevedeva l'*ora et labora*. Non sapevo se lavorassero, ma in quanto a pregare le vedevo soltanto ciacolare, come si usava dire a Venezia, sorridere e continuare a voltarsi verso un gruppo di giovani eleganti, molti dei quali avevano una maschera appesa al collo. Mi comunicai pensando di avere l'anima linda, pur avendo avuto cura di pronunciare prima l'atto di contrizione.

Alla fine della funzione, lasciai uscire tutti i fedeli, prima di incamminarmi verso l'uscita, ma fui colpito nel vedere tra la gente Jean de Longueville seguito come un'ombra da quel telamone del suo segretario. Sapevo che abitavano entrambi nella foresteria del tribunale, e immaginavo che Longueville officiasse nella cappella e non si dilettasse ad andare in giro, soprattutto in quei giorni di festa. Giorni ho detto, i più esagerati questi, ma si trattava piuttosto di settimane: i veneziani pareva non pensassero ad altro. Non mi sarei meravigliato che tra le monache ve ne fosse qualcuna fasulla, magari una cortigiana comandata a istruirle da qualche nobilotto desideroso di insidiarle.

Longueville non si accorse della mia presenza, ma forse l'altro sì. Una volta fuori riferii quanto avevo osservato al magister, che tuttavia sembrava pensare ad altro.

«Credo di avere peccato» disse senza troppa umiltà. «Durante la messa non ho fatto altro che pensare alle relazioni fra i tre delitti. E alla tua ultima frase. Ti chiedo perdono, Giovanni, per non averti dato ascolto.»

Mi sarei meravigliato meno se avessi visto Cristo scendere dalla croce e comunicare i presenti che non il magister chiedermi perdono. Oltretutto non capivo nemmeno a cosa si riferisse.

«Mangiare troppo è peccato, hai detto. E di quale peccato si tratta?»

Ancora sconvolto dalla frase precedente, non riuscii a rispondergli, ma non ce ne fu bisogno perché il magister si dette da solo la risposta.

«È uno dei sette peccati capitali, la gola. E guarda caso, al giovane sconosciuto hanno versato del sangue di drago liquefatto proprio in gola. In più, sotto il corpo, diciamo in corrispondenza dell'ano, abbiamo trovato la salsiccia. Non ero io la vittima designata, ma voleva che me ne accorgessi. Come ho fatto a non pensarci prima?»

«L'avevate intuito.»

«L'intuizione è pericolosa. Per comprendere le cause di un assassinio occorre usare la ragione, come forse ti ho già spiegato. Ovvero dedurre, che significa andare dal generale al particolare, indurre, che è il suo contrario, e abdurre, in cui si parte da una premessa certa, in questo caso l'omicidio, per arrivare a una conclusione probabile. Questo appartiene alla logica, non all'intuizione.»

Avevo fatto fatica a seguire il ragionamento del magister, e non ero del tutto sicuro di aver compreso.

«Quindi intuire è male?»

«Non è detto, l'intuizione è come una spada, cambia molto se la prendi per l'elsa o per la lama. In questo caso spero di averla impugnata per il verso giusto. Comunque, senza la tua frase non sarei arrivato a questa conclusione che mi appare manifesta anche alla luce della logica. Forse troppo.»

«Quindi» conclusi, «sappiamo adesso che l'omicida conosce il significato del peccato.»

«In greco peccato si dice *hamartia*, e significa mancare il bersaglio, che è il bene. L'assassino ha invece centrato perfettamente il male. Comunque, bravo Giovanni, hai detto bene, ma non è tutto. Se riuscissimo a dimostrare che anche le altre morti risalgono in qualche modo a degli altri peccati, saremmo sulla strada giusta. I fatti esistono, ma è la loro correlazione che li rende intellegibili. E ci rivelano il perché di ogni cosa. Che Dio esista, per esempio, è un fatto, giusto?»

«Certamente.»

«Ne sei sicuro?»

Non mi ero mai chiesto se Dio esistesse, lo davo per scontato, e a quella domanda rimasi stupito. Il magister continuava a fissarmi, con aria severa ma sorniona, inarcando le sopracciglia e attendendo la mia risposta. Alla fine mi arresi, non trovando una ragione valida se non la mia fede, anch'essa senza ragione, e questo mi preoccupò ancora di più, per la salute della mia anima. Bei tempi, quelli, in cui l'anima era la prima delle mie preoccupazioni. Ma devio ancora, e questa fu la risposta del magister.

«Chi non crede in Dio» enunciò «dice che non c'è, ovvero nega la sua esistenza. Ma per negare qualche cosa occorre conoscerla. Pertanto, quando l'insipiente nega l'esistenza di Dio, inconsapevolmente la afferma. Ecco perché è un fatto che Dio esista.»

Mi ripetei mentalmente le sue parole almeno tre volte e alla fine forse compresi. Lo ammetto: soltanto forse, e ancora adesso, quando mi diverto a lambiccare la mente di qualche vescovo, gli ripeto questa lezione, per vedere in lui la stessa espressione beota che all'epoca dovetti mostrare al mio magister.

«E adesso spiegami per quale motivo esiste» continuò, per divertirsi alle mie spalle.

Piegai la testa sconsolato, e per la prima volta il magister mi posò benevolmente una mano sulla spalla.

«Non lo so nemmeno io, mio giovane amico. E a volte ritengo addirittura che Dio esista solo perché lo pensiamo. Ma non dirlo a nessuno. Longueville ne approfitterebbe immediatamente per denunciarmi come eretico.»

Ho conservato quel suo segreto fino a questo giorno, ma posso giurare di non aver trovato nella vita mai nessuno con una fede così profonda come quella di frate Martino. E se Dio esiste davvero, in questo momento staranno discutendo allegramente di filosofia.

SEDICESIMO GIORNO
Fuga

Arrivò il martedì, e come uscimmo dalla locanda dovemmo addossarci al muro per evitare di essere travolti dalla gente che correva. Mentre ci dirigevamo verso il tribunale venivamo continuamente spintonati. Dalle voci che rimbalzavano fra la folla apprendemmo che una fusta da ricognizione della Serenissima era stata attaccata al largo da due galee e alcune feluche, ed era sfuggita a malapena a un tentativo di abbordaggio. Secondo quanto si mormorava, non si trattava di pirati uscocchi ma di navi comandate nientemeno che dal famigerato Ariadeno Barbarossa, il feroce ammiraglio al soldo del sultano Bayezid II. Il fatto che non si trattasse di una rapina a una cocca mercantile, ma di un attacco a un battello militare, e oltretutto in acque venete, configurava un premeditato atto ostile, di guerra. La mia angoscia divenne palese.

«Non possiamo caricarci dei mali del mondo» mi ammonì il magister. «Come stai imparando, il male si trova dappertutto, dalle aule dei tribunali fino alle strade, e pure in mare aperto.»

«Ma se il turco dovesse attaccare Venezia?»

«La attaccherebbe» concluse, e affrettò il passo, lasciandomi di stucco per la sua indifferenza.

L'ansia di un possibile o imminente attacco non sembrava tuttavia aver turbato più che tanto le maschere. Dai passi stanchi, da come qualcuno più sobrio reggeva il compagno ubriaco, si trattava a ben vedere di nobili tiratardi, che andavano a dormire, mentre il popolo era già al lavoro.

Davanti al peccato, soprattutto di sconosciuti, mi avevano insegnato a mormorare delle orazioni. Hanno più ascolto in Cielo le preghiere per l'anima degli altri che non quelle per la propria. Magari, un domani, qualcuno le avrebbe dette per me. Oggi mi servirebbero più dell'acqua delle fonti, da quanti peccati ho commesso, e da quanti ne commetterò ancora, senza alcun pentimento. La vita di un papa è soggetta al peccato più di quella degli altri, un po' come nostro Signore, che si caricò di quelli di tutta l'umanità. Non so se sto bestemmiando, ma di sicuro sto deviando.

E mormoravo anche a fatica, perché a causa del peso dei libri, della camminata veloce e degli scontri con la gente, dalla bocca mi usciva piuttosto un biascichio affannato. Davanti al tribunale, a fianco della cappella di San Teodoro, alcune guardie discutevano con Jean de Longueville. Questi, come ci vide, ci puntò l'indice contro.

«Bosch è fuggito» gridò. «La sua colpevolezza ormai è manifesta. Ho già dato ordine che venga ricercato.»

«Lo sapete per certo?» chiese il magister. «Non potrebbe semplicemente essere in ritardo?»

«L'avevo mandato a prelevare, proprio per evitare che ripetesse il suo disprezzo per gli orari. Non è a palazzo Grimani e nessuno dei servi lo ha visto uscire. Deve essere fuggito durante la notte.»

Il magister non replicò e mi fece cenno di seguirlo fin dietro un angolo.

«Vai da Grimani e vedi di scoprire quello che puoi. Io ti raggiungerò lì non appena potrò.»

Non aspettai nemmeno che finisse che già mi ero incamminato, e non mi pesava neanche la sporta dei libri. Era il primo incarico, da solo, a Venezia. Di non poca importanza e segreto. Forse corsi, non ricordo, ma poco dopo, quasi avessi vissuto in sogno la distanza fra il tribunale e palazzo Grimani, mi ritrovai davanti all'ingresso. Entrai, senza che i servi mi facessero domande, e rapido salii lo scalone principale. Solo allora mi resi conto che non avevo la benché minima idea di quello che avrei dovuto fare. Come fare a sapere dove si trovasse il pittore? Chiesi a un servo del padrone di casa.

«Monsignore Domenico è stato chiamato d'urgenza a palazzo Dogale» mi rispose con sussiego. «Non avete sentito del proditorio attacco navale alla Repubblica?»

Dal fallito abbordaggio a una fusta a un attacco alla città, a me, che pure non mi intendevo di battaglie o di guerre, mi sembrava ci passasse un'enormità. Ma così sono le notizie: quando passano di bocca in bocca, il miagolio di un gatto diventa il ruggito di un leone.

«Sì, ho sentito» risposi con ancora maggiore alterigia, «ma si tratta di un fatto isolato, non c'è da preoccuparsi.»

Mi guardò sbarrando gli occhi, come se avessi appena bestemmiato l'ostia consacrata. Poi riprese il suo ruolo, con voce quasi rotta dall'ansia.

«Se volete, potete conferire con madonna Isabella.»

Mi contenni a fatica, e senza volere la bisaccia mi scivolò dalle mani e cadde a terra. Madonna Isabella Lavagnolo: nella concitazione della missione mi ero quasi dimenticato di lei.

«Grazie, avvisatela che Giovanni Ciocchi, l'assistente di frate Martino da Barga, avrebbe necessità di parlarle.»

Più desiderio che necessità, e il cuore cominciò a pulsarmi più forte di quando correvo con i libri. Il servo si accomiatò, e prima che ritornasse avevo contato per due volte le gambe di tutti i personaggi e degli animali degli affreschi sul soffitto. Mi accompagnò quindi in anticamera, e mi lasciò solo. Mi sedetti in punta di una sedia, pronto ad alzarmi non appena l'avessi vista.

Mai una visione fu più conturbante e meravigliosa. Indossava una vestaglia di damasco azzurra, bordata di pelliccia al collo e ai polsi. Il colore ben si intonava ai suo capelli di un rosso autunnale. Sotto si apriva una lunga camicia bianca, tutta pizzi e ricami, che quando avanzò lasciò intravedere il profilo delle gambe. Portava dei leggeri calzetti di pelle argentata e traforata, a punta, che mostravano il tallone nudo. Si mise il dorso della mano sulla fronte e, senza che potessi avere il tempo di soccorrerla, la vidi accasciarsi su un divanetto.

«Madonna Isabella? Isabella?» ripetei più volte, incerto sul da farsi.

Visto che non dava segni di risposta, mi avvicinai, cautamente, e mi inginocchiai. Tra le mie presi la sua mano, diafana, dalle lunghe dita sottili, e le detti dei piccoli colpi. Il turbamento dei sensi mi assalì, fuoco sotto dei ramoscelli secchi, come secca mi diventò la gola. Poggiai la bocca sulla sua mano e le labbra, mosse dall'istinto, come dotate di propria volontà, si atteggiarono a un bacio. Dimentico di tutto, posai la testa sul suo grembo e chiusi gli occhi. Fu allora che sentii l'altra sua mano sfiorarmi leggera i capelli, e le dita attorcigliarglisi intorno. La vitalità sorse improvvisa, prepotente, senza temere l'ira divina alla quale chiedevo perdono durante la notte dopo essermi consumato.

«Vieni» mi disse alzandosi. «Dimentichiamo i nostri affanni, cerchiamo la consolazione nell'amicizia.»

Tenendomi per mano, mi condusse nella sua camera, si tolse la vestaglia e si sdraiò sul letto. Io, in piedi, davanti a lei, la fissavo senza che una sola parola potesse uscirmi dalla bocca. Mi sorrise, aprì le braccia come una santa benedicente e da quel momento non oso ricordare più nulla. So solo che fu il primo e il più dolce dei peccati carnali che abbia mai commesso nella mia pur lunga vita. Le sue parole mi risvegliarono da un sogno troppo bello perché potesse mai ripetersi.

«Ho bisogno del tuo aiuto, Giovanni. Posso contarci, non è vero?»

Cercai la sua bocca, avido ancora dei suoi baci, ma lei interpose la mano. Con fermezza.

«Dimmi che mi aiuterai, ho bisogno di te. E promettimi che non mi tradirai e conserverai i nostri segreti nel profondo del tuo cuore.»

Giurai quello e altro con tutta sincerità e d'istinto, visto che la mente ancora vagava perduta tra le delizie della carne appena godute.

«Vestiti, allora, che devo mostrarti alcune cose.»

Raccolse le mie vesti e me le gettò addosso, per celia, anche se poi mi invitò a ricompormi nella stanza accanto. Riprese il ruolo della padrona di casa e in quel momento pensai con raccapriccio all'eventualità che ci avesse sorpresi il vescovo Domenico. Avrei dovuto porre un freno ai miei sensi, essere più prudente, anche per difendere l'onore di Isabella, beata la mia ingenuità di allora.

Così le andai dietro, con aria seria, seguendo i suoi passi, ma avrei potuto farlo anche da bendato, solo sulla scia del suo profumo. Su per una scala di legno, per salire la quale Isabella fu costretta ad alzarsi la veste, arrivammo in un piccolo loggiato aperto, nel quale erano appese lenzuola e tovaglie in gran quantità. Non ci fermammo e di sfuggita potei osservare i tetti di numerose case, ben più basse, dai coppi rossi. Una tortora aveva fatto il nido in un angolo, fra una trave e il muro, e i piccoli attendevano pigolando il suo arrivo. Isabella girò intorno alla torre merlata di un camino, e picchiò per terra con il tacco della sua scarpetta.

«Sono io» disse.

Non potendo immaginare che parlasse alla calce o alle blatte messe in fuga dai nostri passi, aguzzai la vista e mi accorsi che in quel punto il pavimento era di legno, ben mimetizzato. Poco dopo udii un rumore di chiavistello e si aprì una botola. Scendemmo dei gradini di mattoni grezzi, fino a quando ci ritrovammo in uno stanzone con delle finestre in alto su due lati, che irroravano il pavimento di una luce tagliente. Alcuni fogli disegnati giacevano sparsi sul pavimento mentre un uomo, di spalle, stava dipingendo una tela: uno strano imbuto di luce, quasi una galleria in fondo alla quale si intravedeva un'estrema luminosità.

Un paio di anni fa restai svenuto a lungo, come morto, e nonostante l'orda dei medici intorno al mio letto, mi risvegliai vivo. Durante il sonno, sognai di andare verso un cono luminoso, dove ero sicuro che avrei trovato pace e serenità. Lo stesso cono dipinto da Bosch.

«Accomodatevi dove potete» disse senza voltarsi.

Ero stato mandato a palazzo Grimani per riuscire ad avere notizie del pittore, e, senza volerlo, la mia missione era andata al di là di ogni aspettativa, visto che me lo trovavo davanti.

La droga

Ogni volta che lo incontravo, Hieronymus Bosch mi appariva diverso. Una volta dimesso, una volta arrogante, un'altra ancora perso nei suoi pensieri. Stavolta mi si mostrò affabile, se pure con quella indifferenza tipica dei potenti. Si voltò con un sorriso compiacente e, con un gesto gentile del braccio, che ancora impugnava il pennello, mi invitò di nuovo a sedermi. Non trovando posto che non fosse occupato da tele e fogli e poiché Isabella rimaneva in piedi, accennai solo un inchino, senza sedermi. Con calma posò il pennello, prese l'acqua da una brocca e la versò in un catino sbeccato. Si lavò quindi le mani con della lisciva e le asciugò con un panno di lino. Finalmente mi si rivolse.

«So chi è stato. Ma non ho le prove.»

Mi voltai verso Isabella, sperando mi aiutasse a comprendere. Ma lei non fece altro che andare verso il pittore e carezzargli la testa. Fui preso da un attacco di gelosia e li guardai entrambi, aggrottando le sopracciglia. La rabbia superò la secchezza della gola.

«Che cosa intendete?»

«Suvvia, frate, non fingete con me.»

«Non sono frate.»

«Lo sarete, ne avete le stimmate. Le ho percepite la prima volta che vi ho visto.»

«Ne dubito, studio legge.»

«Legge, teologia, retorica e filosofia. Che cosa sono queste materie se non l'apprendistato di un buon frate, erudito come il vostro maestro? La legge studia la giustizia, la teologia Dio stesso e i santi, la retorica l'arte del Verbo e la filosofia le regole di vita. Tutte cose utili a servire nostro Signore. Che è nei cieli, ma anche in terra, anzi sottoterra.»

«Non vi capisco.»

Tutte quelle parole mi stavano stordendo, e in più la confidenza delle carezze che Isabella gli aveva concesso aveva rotto l'incanto e già pensavo di andarmene. Lei probabilmente se ne accorse, e si riavvicinò a me, con un sorriso enigmatico, del tutto simile a quello che poi ho rivisto alla corte del re di Francia nel ritratto di madonna Lisa Gherardini, frutto del talento raro e universale di Leonardo da Vinci. La perdonai in un battito di ciglia.

«È naturale che non capiate, siete troppo giovane. Quanti anni avete, venti? Voi non conoscete i brulicanti orridi infernali e nemmeno le delizie del paradiso. Non avete mai volato, presumo, non siete quindi stato in cielo. Non siete nemmeno morto, per cui non avete appreso che cosa nascondano le profondità della terra. E la vostra mente non è mai esplosa in mille piccoli pezzi di vetro nei quali si poteva specchiare ogni brandello della vostra anima. In breve, avete vissuto solo in superficie.»

Mi guardava con commiserazione, e io voltai lo sguardo, più confuso che irritato, verso Isabella. La vidi invece annuire, con un'aria che avrei definito materna, se non avessi avuto paura di incorrere in pensieri incestuosi. Mi rivolsi quindi nuovamente al pittore, cercando di capire se mi stesse gabbando o se fosse serio nell'enunciare quella serie di sesquipedali fandonie.

«Intuisco» proseguì «che non avete creduto a una sola parola di quanto vi ho detto. E dato, e non concesso, che mi trovo a essere nascosto e prigioniero nella casa in cui ero pervenuto come ospite gradito, ho il tempo per convincervi. Al tempo stesso vi offro un'occasione unica per aumentare le vostre conoscenze: quelle stesse che il vostro maestro impiegherebbe mesi e anni a inculcarvi. La differenza che esiste tra la fiamma e il fulmine: la prima ci mette giorni a distruggere una casa, il secondo un attimo.»

Si diresse verso una teca e prese un'ampolla, versando alcune gocce in un calice di vetro che mi porse con decisione.

«Bevete, e non abbiate timore.»

«Non ho paura di nulla» risposi con l'incoscienza dei miei anni.

In realtà ne avevo, e molta. Perché più sentivo parlare il pittore più mi sembrava l'incarnazione di Satana. Ma come poteva un angelo come Isabella apparire così tranquilla davanti a un rappresentante dell'inferno? Lei non provava alcun timore, e io volevo a tutti costi mostrarmi coraggioso davanti a lei. Per cui presi il calice e me lo portai alla bocca. Poi vi ripensai. Davanti a me immaginai il volto severo e ammonitore del magister.

«Che cos'è questa bevanda torbida? Volete avvelenarmi?»

«No, Giovanni» intervenne Isabella, «fidati di me se non puoi farlo di lui. Io stessa l'ho provata e ti assicuro che ti sentirai forte come un toro, intelligente come un cavallo e mansueto come un agnello.»

A parte il florilegio di animali ai quali non avevo alcuna voglia di assomigliare, l'invito veniva adesso da Isabella, con la quale avevo giaciuto, per sua grazia, e alla quale avevo giurato protezione, fiducia e amore infinito. Avrei mai potuto tradirla davanti alla prima prova?

Bevvi, tutto d'un sorso. Lei mi prese allora per mano e mi fece sdraiare sull'impiantito. Sulle prime non compresi e dubitai che volesse accoppiarsi con me davanti al pittore. Poco dopo, tuttavia, cominciai a sentire degli strani odori, come fossi sulla riva di un rigagnolo puzzolente. Mossi la mano davanti al naso, per cacciare la puzza, ma più la agitavo più mi sembrava una foglia che cresceva a dismisura, fino a che non mi sentii del tutto avvolto da essa. Da qui la memoria si fa confusa, e non per gli anni passati. Devo ammettere che all'inizio la sensazione fu più che piacevole. I baci che Isabella mi dispensava con le labbra sempre più turgide mi inebriavano. Ma la sua bocca, lentamente, si espanse e si aprì finendo per ingoiarmi come un luccio con la rana. Precipitai nelle sue viscere, ma sotto un'aura di incantamento, sguazzando nel suo ventre sempre più immenso. Al buio galleggiavo e nuotavo, senza alcun timore, quasi fosse un fatto naturale.

«Vieni», sentivo delle voci, ma confuse. «Sali. Siamo qui. Ti aspettiamo.»

L'angoscia prese allora il posto della serenità: quelle voci mi chiamavano, ma non sapevo dove andare e iniziai ad annaspare. Più mi agitavo più le forze mi venivano meno, e infine precipitai in un pozzo senza fondo. Un dolore acuto mi trafisse la mente, ma fu proprio allora che una luce improvvisa mi violentò al punto che ne rimasi quasi accecato. Dal nulla sorse Isabella. La riconobbi, anche se sotto le sembianze di femmina di cane (non uso cagna per non disprezzarla). Di pelo rossastro. La teneva al guinzaglio il pittore e sulle prime ne ebbi fastidio. Ma subito mi cedette il laccio con un sorriso e da lei guidato, come Beatrice con Dante, percorsi un sentiero tra mille meraviglie, che nel frattempo erano sorte per magia. Fontane lussureggianti di acqua cristallina, fiori e frutti colorati e all'apparenza gustosi che pendevano da alberi così minuti che dovevo chinarmi per raccoglierne i pomi. Giovani uomini e donne che libavano in allegrezza, cantando canzoni d'amore.

«È il paradiso?» le chiesi

«Vai» fu la sua risposta.

Non sentii più la terra sotto i piedi e iniziai a librarmi in volo, risucchiato da quello che sapevo essere il regno di Dio. L'aria sapeva di erba e di fieno appena tagliato e più salivo più il profumo si faceva penetrante, fino a quando non percepii quello di verbena, il suo profumo, quello di Isabella. Lei era il paradiso. E in quell'infinità di bellezza forse mi addormentai. Al risveglio mi ritrovai al buio.

DICIASSETTESIMO GIORNO
Le visioni

Il cuore mi batteva forte, e se non fosse stato per il suo pulsare avrei pensato di essere morto. Mi sentii peggio all'idea di essere stato seppellito vivo, sottoterra. Tutto, intorno a me, era infatti avvolto dall'oscurità più profonda. Fu nel mettermi le mani alla testa, per la disperazione, che mi accorsi di avere una benda nera sugli occhi. Me la levai di scatto già temendo ciò che avrei visto. La visione fu tuttavia piacevole: Isabella. Mi premette una mano sul petto.

«Ora comprendi?»

La voce mi arrivò da lontano, mentre cercavo di mettere ordine nella mente confusa. La mia espressione dovette divertirla, perché sorrise, mostrandomi la perfetta chiostra dei suoi piccoli denti.

«Hai avuto una visione» mi disse ancora. «E sei stato là dove il nostro buon amico giace ancora.»

Voltai la testa e vidi il pittore sdraiato, alla mia sinistra, con la bocca semi aperta, da cui colava un sottile filo di bava. La voce che uscì dalle mie labbra non mi parve la mia. Piuttosto biascicai.

«Forse è morto anche lui... ma dove sono?»

«Non è morto, sta sognando. Dai sogni trae l'ispirazione per i suoi dipinti.»

Al contrario di quanto si dovrebbe tra maschi e femmine, fu lei ad aiutarmi a rimettermi, le membra mi pesavano come fossi più grasso di un porco. Inciampai più volte nei miei stessi piedi, meravigliandomi del mio stato. Avevo visto ubriachi barcollare con il viso stravolto in un'ignobile maschera, e ne avevo provato disgusto. Ebbi paura di dare la stessa impressione a Isabella.

«È normale che tu ti senta in questo modo. Immagina di aver fatto un lungo viaggio e di essere così stanco da non reggerti in piedi. Ma di aver conosciuto in questo lungo tuo peregrinare luoghi e genti straordinarie. Non ne saresti forse soddisfatto?»

Mi porse un calice che rifiutai quasi spingendola lontano.

«È solo acqua.»

Presi allora la brocca dalla quale aveva versato l'acqua e la trangugiai con avidità. Sbadigliai come un orso appena uscito dal letargo. Ora che la mente cominciava a liberarsi dai fumi della magia, i pensieri ricominciarono, se pure con lentezza, a riordinarsi. Tuttavia non sapevo come comportarmi con lei. Ancora una volta la sua caritatevole dolcezza mi venne incontro.

«Succede così la prima volta. Tra poco riacquisterai tutta la tua lucidità. Ma finché conservi il ricordo dei sogni, che sogni non sono, ricorda, ti voglio mostrare qualche dipinto del maestro Bosch, così comincerai a comprendere chi è e, magari, potrai mettere una buona parola per lui davanti a frate Martino.»

Buon Dio, il magister! Ebbi un brivido al pensiero di che cosa avrebbe pensato di me. Ma la mano di Isabella, che strinse le sue dita alle mie, mi fece ancora una volta dimenticare i miei doveri. Mi condusse al tavolo dove giacevano confusi una serie di fogli. Prese a mostrarmeli uno dopo l'altro. Alcuni erano semplici schizzi, altri figure intere, solitarie, altri ancora sinopie pronte a essere messe su tela. E su ciascuno di essi io intravedevo figure simili a quelle che avevo vissuto, più che visto, in sogno. Nonostante sia passato quasi mezzo secolo, di alcuni di essi ho un ricordo vivissimo.

Uno spartito musicale tatuato sulle natiche di un corpo, in mezzo a strumenti musicali giganteschi: un'arpa, un liuto e una gironda. Un uomo che volava in cielo su una slitta da ghiaccio e un altro infilato nel becco di un mostro metà uccello e metà umano. E donne nude, in pose a volte caste e in altre lascive, che Isabella mi mostrava senza che sul suo volto apparisse alcun turbamento. Ma oltre a questi disegni orripilanti, alcuni abbozzati, altri vividi come se scaturissero dai fogli stessi, ve n'erano altri ancora di natura oserei dire angelica. Fiori rigogliosi, dominazioni con le loro trombe, e uccelli, tantissimi uccelli, con sfumature di grigio e di rosso, date dal carboncino e dalla sanguigna. A quella vista un'ombra mi passò per la mente, che ancora non si era del tutto ripresa, ma il dolce volto di Isabella mi riportò alla realtà.

«Bosch dipinge ciò che vede, e tu sai che non possiamo controllare i sogni. Essi vengono quindi da Dio, e come potrebbe essere colpevole chi rappresenta con maestria la Sua volontà?»

Il ragionamento non faceva una piega, ma notavo, senza rendermene conto, qualche nota sgraziata nell'armonia della sua voce.

«È proprio così.»

Un suono dall'oltretomba mi arrivò all'orecchio. Il pittore si era alzato e ora mi fissava con interesse.

«Spero abbiate compreso» continuò. «L'erba del diavolo o, come la chiamate voi istruiti, lo stramonio, conduce alla conoscenza, alla visione dei misteri dell'universo. Che è opera di Dio, come l'erba stessa. Se non avesse voluto che la possedessimo e ne facessimo uso, non l'avrebbe creata. I miseri, gli ignavi, i veri poveri di spirito non comprendono questo semplice ragionamento. Ne hanno paura, come si ha paura di tutto ciò che non si conosce.»

Se avessi avuto il magister accanto, avrebbe ben saputo come rispondergli, ma allora non ero in grado di controbattere. Anche perché la sua logica, già accennata da Isabella, mi pareva inattaccabile: la logica, non il cuore, che mi suggeriva altro. Comunque almeno adesso sapevo quale incantesimo aveva prodotto quelle visioni. Avevo sentito parlare dell'erba del diavolo, di cui si servivano le streghe per volare e confluire nei sabba in cui il caprone malefico dispensava loro consigli e metodi per avvelenare le anime dei mortali e renderle schiave di Satana, con il quale alla fine si congiungevano.

Mi passò per la mente proprio un processo contro tali streghe, in cui mio padre era stato avvocato di una famiglia alla quale le fattucchiere avevano rapito un infante, per poi sgozzarlo e berne il sangue. Giustizia era stata fatta, sotto la tortura della ruota, le donne sopravvissute avevano confessato il loro crimine, e per pietà erano state impiccate prima di essere bruciate sul rogo.

E se il pittore Bosch fosse stato uno stregone che parlava delle opere di Dio per confondermi? Se, per assurdo, Isabella fosse stata sua complice, e non, come doveva essere, una vittima dei suoi incantamenti? E se io stesso fossi stato preda di qualche sostanza che mi rendeva schiavo delle sue azioni? In più avevo peccato carnalmente e quindi la mia anima poteva cadere più facilmente nelle grinfie del demonio.

Troppe domande alle quali non sapevo dare risposte. Per cui, ormai libero nella coscienza e con i sensi appagati, mi ersi in tutta la mia statura e cercai di riprendere il controllo della situazione. Ero lì per una missione e l'avrei portata a termine.

«Quando vi ho incontrato avete detto di sapere chi è stato. Che cosa intendete?»

«Bravo Giovanni» mi sussurrò Isabella.

«Intendevo dire che so chi mi ha denunciato per blasfemia e tutte quelle altre sciocchezze.»

«Parlate, dunque.»

«Conoscete l'invidia? Sapete, è una gran brutta bestia. Io stesso l'ho dipinta in un quadro, insieme agli altri peccati capitali. Si può dire che abbia dipinto le peggiori bassezze umane, con molto divertimento. Ho qui una copia, se la volete ve ne farò dono.»

«Continuate, vi prego.»

«È stato un pittore di corte a denunciarmi, in maniera anonima, naturalmente, come si usa a Venezia, in una delle Bocche delle Denunce Segrete. Il suo nome è Giovanni Bellini. Bravo nel ritrarre volti, ma niente di più. Dopo aver fatto il ritratto del doge Loredan, pensava che nessuno avrebbe mai potuto rosicchiargli la fama. Io l'ho oscurata, con la mia arte, o meglio ancora ho gettato così tanta luce in questa città nebulosa che tutti i suoi dipinti appaiono svaniti. Per questo, dopo aver notato, con meraviglia e invidia, quella donna o quell'uomo, il che è lo stesso, in croce, ha pensato bene di denunciarmi al tribunale dell'Inquisizione. Per togliermi di torno. Andate, interrogatelo sui motivi, estirpate da lui la verità e saprete molte più cose di quanto non appaiano agli occhi.»

«Riferirò a frate Martino, che nel processo avete per fortuna vostra come difensore, per nomina papale.»

«Beninteso» intervenne Isabella, «senza rivelargli dove si trova nascosto il nostro amico.»

Non risposi, combattuto tra due pulsioni di fedeltà opposte. Optai per un diversivo.

«Vi troveranno, e a quel punto sarete condotto in prigione. Oppure la vostra assenza sarà considerata come colpevolezza.»

Non ho mai saputo se fosse grazie al potere dello stramonio, ma le parole che uscirono dalla mia bocca furono limpide e corrette come se fossi già un dottore della legge, e non un semplice apprendista.

«Può essere.»

Così rispose Bosch, per la prima volta con un tono accomodante: avevo colpito nel segno, la mia prima vittoria.

«Può essere» ripeté, «ma al momento preferisco una libera cattività a una finta libertà. E poi odio i processi, a chi piacciono? Solo agli avvocati, che ne traggono un pingue guadagno, sia che il loro cliente venga impiccato sia che venga mandato assolto e in pace con Dio. Andate, adesso, e non scordatevi il disegno dei sette peccati. Sarà la prova che mi avete incontrato, frate Martino ne sarà lieto, immagino. Anche se si tratta di una copia, un giorno, credetemi, avrà un valore immenso.»

Il giuramento

Era pomeriggio inoltrato quando uscii da palazzo Grimani, con un'angoscia opprimente in gola e un rotolo sotto un braccio: le ombre, già lunghe, stavano svanendo. Di lì a poco i feralanti avrebbero acceso le lampade a olio, generando altre ombre, ben più inquietanti. Trovai il magister nella nostra camera alla locanda dello Sturiòn: il suo sguardo era tempesta. Non osai nemmeno pensare da quanto tempo mi cercasse. Non v'era bisogno che mi ponesse alcuna domanda, perché era facile intuirla, ma non sapevo quale risposta dargli, senza tradire né lui né Isabella.

«Ho informazioni, magister» dissi distogliendo il mio dal suo sguardo.

Ho imparato con il tempo a mentire, con le parole, con la postura del corpo, con il sorriso e con la piega delle labbra, ma allora questa capacità era ben lontana dall'essere sviluppata.

«Parla, dunque, ti ascolto.»

L'indifferenza del tono mi colpì ancora più gravemente del suo sguardo. Quasi avesse già compreso che mi apprestavo a dire il falso o a nascondere la verità, nell'espressione del suo volto una sorta di tristezza si sostituì alla collera iniziale. E il mio sconcerto aumentò. Mi gettai in ginocchio, le mani giunte.

«Perdonatemi, magister, ho fatto un giuramento.»

Gli avrei chiesto di confessarmi per potermi liberare l'anima, ma la vergogna superò la mia volontà.

«Parleremo del resto, ora dammi le informazioni che ritieni di avere raccolto.»

Insensibile alla mia genuflessione, iniziò a carezzarsi la sottile barba grigia, che tanta autorevolezza gli conferiva. Presi coraggio.

«Pare che sia stato tale Giovanni Bellini, pittore veneziano, ad aver fatto la denuncia anonima per blasfemia contro Bosch. Mosso dall'invidia per la crescita della fama del rivale. Potremmo convocarlo come teste e fargli confessare tutto sotto giuramento.»

«Vedo che già ti intendi di legge come un giurisperito. In poche ore hai acquisito un'esperienza di anni. Devo essere davvero bravo come maestro.»

L'assunzione dello stramonio poteva in effetti avermi aperto la mente, ma non era questo che il magister pensava davvero. L'ironia con la quale era solito condire le sue frasi era diventata sarcasmo, e me ne dolsi.

«Andiamo avanti» proseguì. «Vista la tua sagacia, quale beneficio ritieni che potremmo avere da tale testimonianza?»

«Siete stato voi a dire che poteva avere importanza!»

«Davvero? Non me ne ricordo, meno male che ci sei tu a supportare la mente di un povero vecchio.»

Il cuore mi divenne ancora più pesante: sembrava avesse quasi pietà di me, delle mie menzogne, delle mie paure. Non ce la facevo più. Mi tappai gli occhi con le mani, per allontanarmi da quella situazione. Da piccolo, chiudendo gli occhi immaginavo che non vedendo io, diventassi invisibile: il mio modo per nascondermi. Quel maledetto giuramento fatto a Isabella era delizia e croce e non avevo via di scampo: o tradire il magister o la donna che amavo. Presi una grave decisione, l'unica che potessi.

«Avete ragione a dileggiarvi di me. Torno da mio padre, non sono degno di restare accanto a voi.»

Mi rialzai e mi voltai. A testa bassa mi diressi verso il mio giaciglio, per mettere insieme le mie poche cose e andarmene.

«Anche io ho fatto un giuramento» la sua voce grave mi

arrivò alle spalle. «A tuo padre. Di tenerti con me, di proteggerti e di istruirti. Non mancherò al mio e non mancherai nemmeno tu. Siediti. Puoi almeno dirmi dove sei stato?»

«A palazzo Grimani, come mi avevate ordinato.»

«Ti ho cercato proprio lì, ma mi hanno detto di non averti visto.»

«Ve lo giuro, credetemi.»

«Lo farò, ma vai avanti. Chi ti ha ispirato le parole che mi hai detto prima?»

Presi fiato, cercando di ordinare le idee per potergli rispondere, non tradire Isabella e non ingannarlo. Trovai una scappatoia, alquanto ingenua, mi rendevo conto.

«Non chiedetemi dove, vi prego, ma ho incontrato il pittore. È stato lui a dirmi di Bellini e a suggerirmi di riferirvelo.»

«Sta bene, non te lo chiederò. E immagino sia lui ad averti dato quel rotolo che tenevi in pugno come un sacro *mandylion*.»

Non avevo mai sentito un termine simile e guardai stupito il magister. Che se ne accorse e, ringraziando Iddio, abbozzò uno dei suoi soliti sorrisi.

«Ignorante ragazzo. E se ti dicessi "acheropita" scommetto che ti mostreresti ancora più sconcertato. Il *mandylion* è il sacro telo sul quale è impresso il volto di Cristo acheropita, ovvero non fatto da mano d'uomo. E ora rispondi prima che imiti la rabbia di san Pietro e ti tagli un orecchio.»

«Sì, me lo ha dato lui, in regalo. Mi ha anche detto che un giorno, pur essendo una semplice copia, avrà un valore enorme.»

«Può darsi anche che quel giorno arrivi presto. Quando muore un bravo pittore in genere le sue opere si rivalutano all'istante perché non ne può più produrre. Il che non è sempre vero, in quanto è in quel momento che i falsari si scatenano. Comunque se Bosch continua a nascondersi, verrà processato in contumacia per essersi sottratto agli obblighi giudiziari che gli avevano concesso i quaranta giorni di diritto di asilo. Lo troveranno: i servizi segreti della Serenissima sono pari a quelli del papa. In tre giorni sarà giudicato e condannato. La gogna e il carcere lo attendono. E lo stesso accadrà ai suoi complici.»

Mi guardò con aria indagatrice, e non riuscendo io a nascondergliela, lesse nei miei occhi la colpevolezza. I suoi non mi accusavano, ma mi ammonivano.

«Abbiamo un solo vantaggio» proseguì, «in attesa che riappaia, il procedimento inquisitorio è stato sospeso. Lo strano è che la richiesta è arrivata al sommo magistrato da parte dello stesso Longueville.»

In quanto a me, non ero stato ancora perdonato, il magister aveva soltanto sospeso il suo giudizio. Per mostrarmi il più possibile vicino a lui (non per rientrare nelle sue grazie, questo lo avrebbe deciso solo quando gli sarebbe parso), presi il rotolo, che non avevo ancora visionato, e glielo porsi. Dopo averlo steso sul tavolo, con quattro libri a tener fermi gli angoli, il magister cominciò a passargli sopra un lume. Con curiosità, dietro le sue spalle sbirciavo il dipinto, bizzarro come il suo autore.

Pur non essendo colorato a olio, la sanguigna e il carboncino rendevano il disegno vivido e pieno di passione. Ulteriore bizzarria era la sua conformazione, rotonda come il cerchio di Giotto. Tutt'intorno si svolgevano in sette riquadri i vizi capitali, ira, invidia, avarizia, gola, accidia, lussuria e superbia. Mi ritrovai a sorridere, perché quasi tutte le figure erano grottesche sia nella postura che nelle espressioni del viso. Non avevo mai visto rappresentare questi terribili peccati sotto una luce ridicola, e divertente. Quasi avesse tratto ispirazione da quelle compagnie di girovaghi che si permettevano di scherzare su tutto.

«Lo sfogo della folla piace ai potenti» disse una volta mio padre mentre assistevamo a uno spettacolo nella piazza di Monte San Savino, nei giorni del Palio. «Come ai tempi dei Romani, dona al popolo il pane e i giochi del circo, accontentalo con lazzi e burle anche contro Domineddio, e potrai così fare quello che vuoi di lui.»

Parevano vive quelle facce così umane, come si potevano vedere ogni giorno nei mercati. Persone normali, con addosso ricche vesti o stracci, ma tutte intente alla realizzazione di un peccato. Chi da vittima inconsapevole, chi da ladro o assassino, spesso con qualche piccolo mostro vicino appena accennato, forse una metafora del diavolo, ma anche questo ridicolo più che spaventevole. Il magister non smetteva di guardarle e da un cassetto tirò fuori una lente di quarzo o vetro, che appoggiò sopra il disegno. Costretto a guardare sempre di sguincio, ora le figure apparivano ancora più grottesche, comiche e volgari.

«Bizzarro, lo aveva definito donna Isabella» osservò il maestro. «A me paiono piuttosto i disegni di una mente malata. A proposito» proseguì continuando a guardare il rotolo, «hai visto anche lei?»

Mi arrivò una stretta all'inguine, e se quest'ultimo avesse potuto parlare, avrebbe ripercorso ogni particolare di quell'incontro, con la sola speranza che ne seguissero altri. Naturalmente il mio solito rossore non solo mi impedì di negare, ma rese manifesta la mia lussuria. Il magister scosse la testa.

«Comprendo molto di più di quanto tu stesso sappia» disse alzando finalmente gli occhi dal disegno. «E la mia, bada, non è presunzione, ma esperienza, anche se questo potrebbe turbarti o modificare il tuo giudizio su di me.»

«Volete dire che anche voi...»

Mi morsi la lingua: quel poco che non aveva ancora espresso il mio volto lo fecero le mie parole, e ancor più quelle che tacqui.

«Non sempre sono stato vecchio o frate. Ho conosciuto l'amore carnale, ancorché non benedetto dal matrimonio, prima di quello spirituale. Vedo ora in te gli stessi miei segni. Non te ne devi vergognare. La difficoltà sta nel tenere i sensi sotto controllo, far sì che sia tu a suggere la vita, non loro la tua. E mi domando, senza volerti offendere, quali grazie abbia trovato in te la Venere Isabella. Non hai denari e non sei cavaliere in grado di darle quella rispettabilità che spesso le cortigiane, anche le più illustri, ricercano per porre fine in modo glorioso alla loro carriera. Forse tuttavia hai qualche cosa che può interessarle. Non so se mi hai inteso.»

Non intendeva offendermi, aveva detto, e aveva ragione. L'insulto non era rivolto a me, ma a Isabella, quasi che il suo amore fosse frutto di calcolo. Anche io mi ero fatto la stessa domanda, ma la risposta era stata tutt'altra: la purezza dell'amicizia e della giovinezza (anche se non sapevo quanti anni dichiarasse), le affinità di pensiero, perfino un momentaneo turbamento, anche se speravo non fosse così. Speravo fosse amore. A ogni buon conto, per quella che conobbi poi essere la proprietà transitiva, mi sentii lo stesso oltraggiato.

«Isabella mi ama, e io amo lei.»

Il magister sospirò e io detti la buona notte, dimentico non solo delle mie colpe ma anche di mangiare.

DICIOTTESIMO GIORNO

I disegni di Manuzio

Tra me e il magister qualcosa si era spezzato. Me ne resi conto al mattino, non tanto dal suo atteggiamento, quanto dal mio. Non provavo più quella devozione filiale ma, pur con la medesima stima e il rispetto, una sorta di ribellione. Volevo scrollarmi di dosso quella che sotto il manto della saggezza ritenevo fosse supponenza. E nonostante mi parlasse con la consueta amabilità, m'irritava l'ironia con cui condiva le frasi, come se nulla fosse cambiato fra di noi. Tutto questo non faceva che aumentare il mio disagio e l'unica cosa che avrei voluto era buttarmi tra le braccia di Isabella.

Un messo del tribunale gli consegnò un biglietto: all'ora nona Longueville e l'eccellentissimo magistrato Bonaccorso richiedevano la presenza del magister.

«Vediamoci lì davanti, per quell'ora. Se vuoi, vai per Venezia, osserva la gente e le sue abitudini, osserva come commercia, come parla e come si veste. Guarda anche come si comportano diversamente i poveri e i ricchi: da tutto questo trarrai più insegnamenti sulla legge che dai testi giuridici. Se puoi, evita palazzo Grimani e controlla il fuoco che ti arde. Perché per capire bene la giustizia, alla quale cerco di indirizzarti, occorre essere esenti da passioni. Infatti, la giustizia applicata senza assenza di passione corre sempre il rischio di non essere giusta.»

Avrei voluto rispondergli, ma le parole mi morirono in

gola. Nel mio animo sapevo quanta ragione avesse, ma da qui ad ammetterlo vi passava più acqua di quanta ve ne fosse in tutti i canali della laguna. Mi dette perfino qualche denaro, e quando stavo quasi per ringraziarlo, me lo impedì. Mi recai quindi alla mensa della locanda, dove la padrona mi porse subito una zuppa fumante.

«Carne di pollo, maiale e vitello, rosso d'uovo, aceto e qualche altra spezia. Vi piace?»

Tra un cucchiaio e un altro, le risposi con garbo.

«Davvero saporito, padrona.»

«Caterina, sciocco. Padrona è per gli altri.»

Si sedette al mio desco con aria complice.

«E non senti forse un pizzicorino in bocca?»

Ne avevo avuta una percezione piacevole, che dalla lingua scivolava in gola fino a sciogliersi nello stomaco.

«Pepe nero» continuò, «zenzero e noce moscata, una prelibatezza. Io sola ne conosco i segreti. Queste spezie, unite all'uovo, regalano la robustezza del toro e infiammano gli amanti. Non ti senti già rimescolare, angelo mio?»

Mi prese la mano che impugnava il cucchiaio e si mise quest'ultimo in bocca, ingoiandone il contenuto e fissandomi negli occhi. Mi liberai dalla stretta, e a testa bassa ripresi a mangiare. Con la coda dell'occhio la vidi alzarsi e udii la sua voce beffarda. Ancora oggi, in certi momenti, mi risuonano nelle orecchie quelle profetiche parole.

«Ho capito, angelo mio. Peccato, sei bello, ma purtroppo non mi chiamo Caterino.»

Solo in seguito, molti e molti anni dopo, già oltre la mia ordinazione sacerdotale, compresi il significato del suo provocante motteggio. Felice comunque di essermi sbarazzato di quella femmina che aveva osato interporre le sue abbondanti grazie davanti a quelle delicate di Isabella, me ne uscii.

Seguii il consiglio del magister. La giornata era propizia: nessuna nuvola in cielo e un'aria tersa e frizzante, soffiata da uno zefiro messaggero di primavera, favorivano lo sciamare di gente d'ogni sorta. Senza dovere più correre appresso al magister, potevo finalmente bighellonare e osservare. Mi colpirono innanzitutto le botteghe dei lanaioli, ve n'era una ogni venti passi. Braghe dalla doppia tinta, sottovesti bianche come colombe, giornee rosse e dorate, i colori della Repubblica, che immaginai andassero di moda per orgoglio cittadino. E questo solo per la moda maschile. Quella femminile era ancora più variegata. Dalle semplici gonnelle e camicie, a berrette di ogni foggia, guarnelle, cioppe broccate e gamurre pavonazze. Tutti nomi che imparai chiedendo ai commercianti. I prezzi andavano da due soldi fino a venti o trenta ducati. Rispetto alla gente della mia Toscana, sembravano aver tutti fretta, mentre il vociare era almeno pari al berciare dei miei concittadini.

Nella piazza antistante il Palazzo Dogale, notai un assembramento e ne fui incuriosito. Alcuni giovani si passavano tra le mani un foglio e mormoravano espressioni di meraviglia, quasi pudichi, indicando quelle che sembravano delle figure. Provai a osservare meglio, da dietro le loro spalle, ma uno del crocchio mi si rivolse contro in malo modo.

«Io l'ho pagato, se vuoi vederlo va' da Manuzio e compralo.» Scossi la testa per far intendere che non conoscevo detto Manuzio.

«Xe lo stampatore, àseno! Trovalo in Confinio Sant'Agostin.»

Per riattraversare il Canale Grando mi bastò un piccolo in mano al veloce gondoliere, che imprecò per il traffico e per poco non venne alla mani con un altro che, a dir suo, gli aveva tagliato la strada.

«To mare can» gli gridò, e a Venezia imparai presto il significato di questa espressione.

Una volta a riva, chiesi indicazioni, e poiché tutti sapevano dove si trovava quella bottega, vi arrivai rapido. In quell'antro, dove si spandeva il dolce odore del piombo, trovai subito quello che cercavo. Con cinque soldi (speravo meno) me ne impossessai e per poco non caddi a terra per la sorpresa. Tre disegni, uno sopra l'altro. Il primo di un uomo a terra, con dei denari sparsi intorno. Il secondo di una donna, con la veste rialzata, distesa su una barca. E il terzo di un giovane grasso con la bocca sporca e aperta sdraiato accanto a un pozzo in una piazzetta. Con un frate incappucciato chino su tutti e tre e una scritta che prendeva l'intero foglio: *avis obscena et vespillo*. Mi fu facile tradurre per quel poco che sapevo di latino: beccamorto uccello del malaugurio. E non mi ci volle nemmeno molto a capire che quel frate era il magister, quasi fosse sua la colpa dei tre delitti, come portasse sfortuna.

Mi sentii offeso al posto suo, ma era troppo presto per riferire al magister. Vagai ancora, senza una meta, forse troppo, al punto che mi ritornò l'appetito. Non volendo rientrare alla locanda mi fermai accanto a dei gentiluomini che guardavano le esibizioni di alcuni giocolieri. Come loro, rimasi affascinato dall'uomo mangiafuoco e da un altro che faceva volare insieme tre coltelli, riuscendo sempre a prenderli dal manico. Dal carro dietro di loro scesero quindi alcune donne che mostravano senza pudicizia il seno rigoglioso, chiedendo con fare arrogante e divertito insieme un compenso ai presenti. Quei giovani signori, che sul viso portavano maschere dorate, risposero alla richiesta con generosità: vidi uscire dalle loro tasche almeno tre ducati, e quelle svergognate gli si strusciarono addosso.

«Chiedo venia» dissi loro quando stavano per allontanarsi, «dove posso gustare un pasto leggero?»

Mi indicarono la locanda di tale Biasio Cargno consigliandomi di ordinare il suo famoso guazzetto alla bechera. Una vera delizia, anche se... ma di questo dirò più avanti.

In anticipo davanti al tribunale, con il foglio in mano, attendevo il magister. Vidi invece arrivare Longueville, seguito dal suo immancabile telamone, sempre silenzioso. Nascosi il foglio nella giubba. Ma fu un gesto inutile, ne aveva ben due in mano, e me ne consegnò uno.

«Non gli rende giustizia, il pittore, a frate Martino, non trovate?»

«Non saprei, monsignore.»

Come prima volta in cui gli rivolgevo la parola, mi parve l'appellativo corretto.

«Padre è sufficiente» rispose beffardo. «Manca il sorriso, a questa figura. Sarà contento il vostro padrone che il processo sia stato rimandato. Tuttavia le strade del Signore sono tanto misteriose quanto determinate. Il pittore sarà condannato, vedrete.»

Stavo per replicare, sia pure con umiltà, che frate Martino non era il mio padrone, quando entrambi lo vedemmo arrivare. In quel momento suonava l'ora nona. I due inquisitori si salutarono con un inchino, ed entrarono nel tribunale. L'eccellentissimo Bonaccorso li attendeva nel suo studio, impegnato come sempre a scartabellare qualche libro.

In silenzio osservai tutti e quattro, il magistrato, il magister, Longueville e il suo segretario. I volti assorti, piegati in una maschera di circostanza, mi ricordarono quelli che avevo visto nello studio del pittore Bosch. Portando al limite le loro rughe, distinsi quei tratti caricaturali e osceni che caratterizzavano le sue figure. Quasi che le visioni del pittore, delle quali io stesso, segretamente, ero stato partecipe, potessero scavare fin dentro l'anima di ciascuno e far scaturire la loro vera essenza. Bonaccorso mi apparve come un nano tutto testa e senza gambe. Il magister una giraffa bianca che dall'alto osservava quieta e triste le vicende umane. Longueville era un corvo dal becco lungo, mentre il segretario telamone un enorme istrice con un elmo sul capo. E quando alzò il braccio per grattarsi la testa, ebbi come l'impressione che tenesse in mano una spada, pronto a menare teribili fendenti.

«Nobili inquisitori» pronunciò l'eccellentissimo Bonaccorso, «come già sapete, il procedimento a carico del pittore Hieronymus Bosch è stato sospeso su istanza del Consiglio dei Dieci. In questi giorni di traffici intensi per la Repubblica, con l'arrivo di navi e di commerci sono di pari passo incrementati degli episodi occulti e criminali. Tutte le forze di giustizia, la mia compresa, sono state messe al servizio di questi casi.»

«Immagino» intervenne il magister «che non vi stiate riferendo agli omicidi per i quali sono stato chiamato a indagare.»

«No, ma per disgrazia. Avvicinatevi, signori.»

Lo feci anch'io, nonostante quell'invito fosse rivolto soltanto ai due inquisitori, ma a parte un'occhiataccia il magistrato non m'impose di allontanarmi.

«Che scompaiano bambini è sempre capitato. Che in questi mesi la loro scomparsa si sia fatta più intensa è un dato. Ma nell'ultima settimana il fenomeno si è ingigantito. Madri disperate per la loro perdita e altre angosciate che ai loro figlioli possa accadere lo stesso si sono precipitate in gramaglie dal doge Loredan. Nell'ultimo mese» abbassò ancora di più la voce «ne sono scomparsi più di trenta.»

Orripilai, e ancora una volta danzarono davanti ai miei occhi i mostri di Bosch. Che dalle sue visioni avesse creato, in combutta con il demonio, un terribile *homunculus* in grado di strappare di notte i figli dalle loro culle senza che nessuno se ne avvedesse?

Longueville si coprì il viso con le mani, e quella volta sembrò che la sua freddezza cedesse finalmente alla pietà. Il telamone rimase, come suo solito, immobile e inespressivo, mentre il magister incrociò le braccia sotto le ampie maniche del saio.

«Non conoscevo i motivi di tale rimando, ma non posso che approvarli. Questo mi potrà consentire di dedicarmi con ancora maggiore impegno alla soluzione degli altri omicidi.»

«Martino» gli disse Longueville, «osserva bene i segnali che Dio ti invierà e conoscerai la Sua verità.»

«La verità è una, Jean.»

«Appunto, la Sua.»

«Vi prego» Bonaccorso interruppe entrambi, «non è il momento di discutere di simili sottigliezze. So dove alloggiate e vi farò sapere non appena potremo riprendere il procedimento.»

«Che si goda pure la libertà, il signor Bosch» disse Longueville, «la mano di Dio è ferma e tende l'arco.»

Fuori dal tribunale mi rivolsi al magister.

«Sembra che Longueville non abbia più interesse a cercare il pittore.»

«Immagino tu ne sia soddisfatto. In effetti è parso strano anche a me. Purtroppo se lo trovassi per altre vie» ammiccò «per dovere dovrei farlo arrestare. Meglio non sapere, allora. Come il marito becco con le peripezie della moglie.»

Mi sorrise, e io a lui. Fu allora che, mutata l'espressione, gli mostrai il disegno che avevo comprato nella stamperia dei Manuzio. Lo osservò e vidi anche il suo volto mutare. Mi guardò, piegò il foglio e, come se un temporale fosse scoppiato nella sua mente, mi congedò con un gesto.

VENTESIMO GIORNO
Considerazioni

La cena alla locanda dello Sturiòn non era iniziata con i migliori auspici. La padrona Caterina mi aveva salutato chiamandomi "allegro giovinotto". Nel portarmi un petonciano tagliato a fette, aveva detto ridendo che forse lo avrei preferito intero, e proseguì con altre facezie del genere. Nel tirare via il piatto fece un'ulteriore allusione, condita da una risatina.

«Domani vi preparerò del finocchio, forse lo gradirete maggiormente.»

Quando si fu allontanata, chiesi al magister che cosa avesse voluto significare. Rispose alla mia domanda con un'altra.

«Che cosa le hai fatto?»

«Niente, sul mio onore.»

«Forse» meditò ad alta voce «è proprio questo il punto. Non le hai fatto ciò che lei avrebbe voluto che tu le facessi. Per questo ti ha offeso, tipico delle femmine.»

«Che cosa intendete?»

«Quando una donna» abbassò la voce in modo che gli altri commensali non sentissero «viene rifiutata da un uomo, considera questa la più grave delle offese, molto più di una bastonata. Allora, per vendetta, appellano l'uomo come sodomita. Anche davanti alla gente, ma più spesso dietro le spalle.»

Strinsi i pugni e dalla rabbia mi venne quasi da piangere.

«Ma non è vero!» protestai. «E voi lo sapete. Insomma, intendo dire che sapete quanto ami donna Isabella. Comunque avete ragione, l'altra sera mi fece chiaramente intendere che, se avessi voluto, insomma...»

«Non andare oltre, è tutto chiaro. Così ti ha dato del finocchio.»

«Non capisco ancora.»

«Il finocchio è una pianta di poco conto, un ortaggio di infimo valore che si trova perfino libero nei campi. Per metafora s'intende appunto di uomo di scarse qualità, o meglio di scarse capacità, insomma non in grado di soddisfare una femmina, anche per mancanza di voglia. Orientato quindi verso la sodomia. È capitato anche a me di sentirmelo dire.»

«A voi?»

«Essere frate non significa abiurare la propria virilità. Soltanto tenerla a bada. La castità che ci viene richiesta è un esercizio di volontà, una rinuncia. Al fine di rafforzarci nei confronti di tutte le altre tentazioni del mondo: il denaro, il potere, la sopraffazione, il Male in generale. Ma non crucciarti e lasciala scherzare, si stancherà presto e si rivolgerà altrove. E ora parlami di Bosch.»

Le parole del magister mi fulminarono, e il cucchiaio mi rimase a mezz'aria. Nonostante il profumo della manteca di merluzzo, mi passò la fame. A quella domanda diretta non potevo sottrarmi, e comunque parlando del pittore, non avrei tradito la mia amata. Che in quel momento desideravo avere tra le braccia più di ogni altra cosa al mondo, anche per scacciare l'immagine di me sbeffeggiata dalla locandiera.

«Che cosa volete sapere?»

«Tutto ciò che ti viene in mente. Ma non descriverlo, mostramelo, nelle sue movenze, nelle parole, nella voce e nei silenzi, e fai così in modo che io lo veda.»

Iniziai dall'aspetto fisico, ma non era certo quello che il magister voleva sapere.

«Dimmi delle sue inclinazioni.»

«È... audace» fu la prima parola che mi venne in mente. «Sembra che niente lo possa toccare, come se si sentisse superiore a tutti. Con altra armatura che non siano i suoi pennelli, lo si direbbe un cavaliere da torneo, o uno di quei giocatori di dadi che sfidano la sorte e la morte.»

Le frasi mi fluivano senza fatica, immaginandolo, proprio come il magister mi aveva chiesto di fare. Incerto se raccontargli o meno dell'assunzione dello stramonio, alla fine decisi di dirglielo.

«È uso assumere una droga, che gli procura le visioni che poi trasferisce nei suoi dipinti.»

«Quale droga?»

«L'erba del diavolo» mi segnai, «che procura una conoscenza diretta dei misteri del mondo.»

«Chi ti ha raccontato questa fandonia?» esclamò. «Lui stesso?»

Non risposi e abbassai gli occhi: d'improvviso il suo sguardo mi fece venire dei dubbi. Scosse la testa.

«Sei mai stato ubriaco?» mi disse severo. «I muri delle strade si piegano verso di te, diventano archi. I topi ti appaiono grandi come conigli e un leone ti si mostrerebbe come un gatto mansueto. Da sopra un ponte vedresti l'acqua come un letto caldo nel quale tuffarti, e confideresti i tuoi segreti più intimi al primo ladro o alla prima prostituta, interessati solo a cavarti il denaro o la vita stessa. È realtà, secondo te?»

«No, maestro.»

«L'erba del diavolo, la *Datura stramonium*, come la chiamavano i latini, non apre la mente verso la conoscenza, ma la distorce, l'obnubila esattamente come l'*aqua vitae* o il vino in grande quantità. Si chiama "del maligno" proprio per questo, perché ti illude e ti inganna, come fa lui. Non hai idea di quante ve ne siano, la mandragora, l'elleboro, il giusquiamo. E ancora la ruta siriana e perfino alcune specie di lattuga selvatica. La assume spesso?»

Tutti quei nomi mi fecero girare la testa, ma al contempo rimasi ancora una volta meravigliato delle conoscenze del magister. Se tuttavia non le aveva mai provate come faceva a parlarne in quel modo così saputo? Sembrò leggermi nel pensiero.

«Le ho sempre evitate, nonostante la curiosità mi spingesse a provare. Per conoscere è sufficiente l'esperienza che ti danno i libri, altrimenti dovresti cominciare sempre dallo zero arabico. Uno spreco inutile di fatica. Ma ti ripeto, Bosch assume spesso queste sostanze?»

«Da quanto mi risulta» risposi con sincerità, «lo fa abitualmente.»

«Lo temevo e lo sospettavo.»

La megera Caterina (ormai non potevo definirla in altro modo) si avvicinò al tavolo. L'aria sbruffona era mutata in livore, e guardava il magister.

«Non voglio guai» disse. «Meglio che ve ne andiate se non volete che vi faccia cacciare.»

Il magister fermò il mio braccio che già si stava levando verso di lei: potevo sopportare che offendesse me, ma non lui.

«Quali nuove, buona padrona?» le disse quieto, secondo il suo sistema.

«La polizia vi cerca, e io ho detto che non vi conosco.»

«In effetti è vero: siamo qui solo da pochi giorni, come si fa a comprendere in così breve tempo l'animo e le abitudini di un uomo? Tuttavia, siate gentile, dite loro che vi siete sbagliata, che avete troppe cose di cui occuparvi, e che frate Martino da Barga sarà lieto di dividere il desco con loro. Naturalmente a mie spese.»

L'ultima frase fu forse quella che la convinse. Asciugandosi le mani sul grembiule se ne andò, e poco dopo, con un gesto imperioso, indicò al capitano di giustizia che già conoscevo e a un suo soldato il nostro tavolo. E le cadde la mascella quando vide l'ufficiale inchinarsi davanti al magister.

«Pessime notizie, frate Martino» disse Volpato.

Non vi fu bisogno di dire altro. Il magister mi guardò tuttavia corrucciato, prima di alzarsi, quasi fosse mia la colpa di quanto accaduto. Non sapevamo ancora niente, ma già immaginavamo entrambi.

VENTUNESIMO GIORNO
La vedova Corner

Che volassero offese tra la gente del popolo era cosa nota, e altrettanto che gli sgarri finissero a volte a colpi mortali di coltello. Tra i nobili le contese si svolgevano diversamente: o attraverso messaggeri di mestiere, che portavano le ragioni degli uni e degli altri, cercando una mediazione, o se proprio non vi era verso di giungere a un accomodamento ci si rivolgeva al tribunale, o al Consiglio dei Dieci nei casi più gravi. A meno che non si trattasse di congiure politiche o colpi di stato, in cui gli uccisori erano noti quanto gli uccisi. E in questo caso il vincitore si insediava ai piani alti del Palazzo Dogale, mentre il vinto nelle carceri a piano terra. Dotate comunque di ampie finestre con inferriate in modo che potesse parlare a parenti e passanti e ricevere elemosine.

Ma non era mai avvenuto da tempi immemorabili che a Venezia si commettessero omicidi senza apparente ragione, e in più tra chi godeva di rendite e benefici, se non addirittura tra la nobiltà. A parte qualche caso di gelosia, dove la moglie fedifraga colta in flagrante era uccisa insieme all'amante per salvare l'onore del marito e della sua famiglia. Non poteva certo dirsi questo del caso che ci si presentò, pur trattandosi di una femmina. Rispetto all'amica di Isabella (il cuore mi opprimeva il petto ogni volta che la nominavo, anche soltanto nella mia mente) mostrava molti più anni.

«La conoscete?» chiese il magister a capitan Volpato.

«Sì, eccellenza. È donna nota. Vedova del conte Corner,

delle Case Vecchie. Antica nobiltà tribunizia. Quello alle mie spalle è palazzo Malombra, la sua residenza.»

«Che altro? Possibile camminasse da sola, senza che nessuno la accompagnasse? E che nessuno abbia visto niente?»

«Si dice» proseguì il capitano con aria impassibile «che cambiasse domestici a ogni piè sospinto, li trattasse male e li pagasse peggio. Una donna tanto ricca quanto superba. Forse è per questo che non c'era nessuno con lei.»

«Magari i domestici sono scappati. Dovremo interrogare la servitù. Del giovane grasso qualcuno ha reclamato la sparizione?»

«Nessuno, domani finirà nella fossa comune.»

«Ditemi ancora, la donna aveva figli? Infanti, intendo.»

«Uno solo, annegato ubriaco lo scorso Carnevale. Per farne nuovi non aveva più l'età, frate Martino. Ma perché lo chiedete?»

«Era soltanto una supposizione, per scartare l'idea che questa morte abbia a che fare con la sparizione dei bambini.»

Mi fece cenno di avvicinarmi al carretto sopra il quale giaceva il corpo della donna, con la testa che ciondolava fuori dal pianale. Gli occhi spalancati conferivano al volto, truccato di polvere di rosa, un'espressione di meraviglia, più che di terrore. Come non avesse creduto alla morte, e nemmeno al suo assassino.

«Il boia» osservò il magister «l'ha strangolata con la sua stessa collana di perle. Guarda come sono grosse, con quel filo potresti armare una cocca.»

«Non è rapina, quindi. È lo stesso uomo, non credete? Un folle maniaco!»

«Tutt'altro, Giovanni. Smettila di pensare alla follia ogni volta che non comprendi le ragioni degli altri. La sua logica è invece ineccepibile, anche se ancora oscura. L'assassino ci sta fornendo informazioni, come per esempio, il suo disprezzo per questa donna. Il carro su cui è distesa portava una botte, guarda i segni sulle assi.»

Delle scanalature indicavano proprio tale presenza, ma non capivo il collegamento. Il magister mi spiegò, e come al solito ne imparai una nuova.

«Questo carretto viene portato a mano da chi è comandato a spurgare i pozzi neri delle abitazioni più lussuose. Invece di gettare gli escrementi nei canali o nei vicoli, alcuni palazzi godono di tubature che dalle latrine finiscono in apposite cloache, che devono essere svuotate con regolarità. La ricchezza di questa donna sembra non essere indifferente per l'assassino. Se fossimo a Firenze il delitto potrebbe essere addossato ai Piagnoni, quei bigotti seguaci del Savonarola. Per loro ogni lusso doveva essere colpito senza alcuna pietà.»

«E per voi, maestro?»

«Mi è indifferente. Ma siamo a Venezia, e quest'uomo ci dice quindi che la nobile Corner non è altro che merda, per dirla senza giri di parole. Hai compreso bene?»

Avevo inteso benissimo, il magister non avrebbe potuto essere più chiaro, e in più non lo avevo mai sentito esprimersi in quel modo. Staccatosi dal gruppo dei militi che in cerchio tenevano lontano i curiosi, il capitano di giustizia si avvicinò a noi.

«I servi della Corner sono tutti schierati e pronti a essere interrogati: quando volete, frate Martino.»

Il magister gli fece cenno di aspettare e a me di dargli una mano a spostare il corpo. La veste ampia impediva i movimenti, ma riuscimmo a tirarlo a terra con la delicatezza dovuta. Dal carro caddero alcuni fiori secchi, trascinati dal corpo stesso. Il magister ne raccolse uno da terra, lo osservò bene e quindi me lo mostrò, pronunciando un nome che avevo già sentito.

«*Datura*, lo riconosci? È l'infiorescenza dell'erba del diavolo.»

«Non l'ho mai vista prima.»

Non mentii. Se pure la bevanda che avevo ingerito era a base di quella pianta, non ne conoscevo né le foglie né il fiore. Il mio maestro impugnava lo stelo con la mano destra e lo agitava verso di me, quasi volesse con quello lanciarmi un anatema.

«Fa' che non sia ciò che penso» disse e s'infilò il fiore nella tasca interna del saio.

Sul carro ne erano rimasti alcuni, e un melograno rinsecchito, che era forse sfuggito alla vista del magister. Glielo indicai, timoroso della rabbia che mi sembrava gli stesse montando.

«Bene», lo custodì insieme con i fiori, «magari anche questo è un segno dell'amico nostro. Adesso dovremo cercare chi, a Venezia, possiede della *datura*, in vaso o secca. Questa volta la traccia con cui ha creduto di beffarci gli si ritorcerà contro. Troviamo una piuma, adesso.

In silenzio iniziammo entrambi a rovistare tra le pieghe della gonna, della mantellina, sotto la cuffia e perfino nelle maniche. Il magister le alzò pudicamente la gonna, ma si ritrasse poco dopo per l'immondo fetore che proveniva da sotto. Come imparai più tardi alla presenza dei rei che venivano impiccati, la morte per strappo o per strangolamento produceva a volte un allargamento dell'ano, con la conseguente fuoruscita degli escrementi. Se l'assassino avesse saputo anche di questa circostanza, l'ipotesi del magister, che costui considerasse la nobile Corner come sterco, sarebbe stata ancor più avvalorata. Purtroppo non trovammo alcuna piuma. Poiché lo vidi perplesso e incerto, provai a dargli un suggerimento.

«Magari non è il nostro uomo. Non potrebbe essere stato un servo di casa?»

«Potrebbe» rispose laconico.

«Interrogando la servitù potremmo forse risolvere il delitto. E con questo gli altri.»

«Potremmo.»

I suoi pensieri vagavano: ormai conoscevo i suoi atteggiamenti. In quel momento avrei potuto dirgli di avere visto un gatto cacare un uovo e un asino librarsi in volo attorno al campanile di San Marco, e mi avrebbe risposto ugualmente con i suoi "potrebbe" e "potremmo". Infatti lo sussurrai appena e non dimostrò alcuna sorpresa.

«Magari stiamo sbagliando tutto» provai a provocarlo. «Noi cerchiamo un uomo, ma potrebbe essere una donna gelosa delle sue ricchezze o sua rivale in amore.»

«E perché non un uomo che disprezza le donne?», scosse la testa. «Una donna non sarebbe mai in grado di stringere il collo in quel modo.»

Aveva sentito e compreso tutto: solo che prima non aveva alcuna voglia di rispondermi.

«Avrei giurato sulle stimmate di San Francesco che avremmo trovato una piuma, come nei precedenti omicidi. Per fortuna credo poco in questi segni. Dio non ha bisogno di queste esteriorità per confermare la sua presenza, non credi Giovanni? Comunque abbiamo la *datura*, ricordalo bene, e un melograno. Anche se di questo non comprendo il senso.»

«Potrebbe essere caduto da un albero?»

«Potrebbe» disse ancora e mi guatò di traverso, «ma solo se fosse la stagione e fosse maturo, ed entrambe le circostanze sono da escludere. La tua deduzione è impossibile e quindi falsa, ed *ex falso sequitur quodlibet*. Ricorda anche questo, che dal falso può nascere ogni cosa. Secondo Duns Scoto, dove sia vera un'affermazione falsa, ne consegue che sia tutto vero e tutto falso allo stesso modo, il che è impossibile. Ti è chiaro? Un po' come il tuo asino che vola sopra la torre campanaria.»

Aveva proprio udito tutto, compresa la mia provocazione di poco prima. Ma aveva fatto finta di niente. Con il tempo e gli anni ho imparato questo insegnamento. Una prerogativa dei vecchi come me è fare finta di essere molto più sordi di quanto non si sia. In questo modo non solo si odono molte più calunnie e maldicenze, ma si può anche decidere se far finta di non averle udite. E in più, nel farsi compatire per la sordità, ci si leva d'impiccio dagli scocciatori.

«Mi spiace» sono oggi solito dire, «ma il tempo della supplica è scaduto, la prossima volta parlate più forte, ma senza essere maleducato, altrimenti vi faccio cacciare via.»

Anche questo trucco forse fu inventato da Duns Scoto.

«Non sembra invece che tu abbia compreso» proseguì il magister, «ma non importa, andiamo a interrogare i servi. Temo tuttavia che non ne trarremo un ragno dal buco. Io ho un sospetto, forse so chi è il colpevole, ma non ho al momento le prove per dimostrarlo.»

Nel dirigerci verso palazzo Corner, ancora una volta mi guardò in modo strano, con un misto di pietà e rimprovero, quasi avesse individuato la mia colpa, ma aspettasse che fossi io a confessare.

L'interrogatorio

Il capitano di giustizia li aveva fatti mettere tutti in fila, nella sala da pranzo. Alcuni tremavano spaventati, altri si mostravano sfrontati e sorridenti: era evidente come la padrona non godesse del loro affetto, per usare un eufemismo. Le donne, divise dagli uomini, stavano per lo più a testa bassa. Senza eredi, il palazzo sarebbe rimasto chiuso per chissà quanto tempo e, per molte di loro, restare d'improvviso senza un lavoro significava la fame. Gli uomini se la sarebbero cavata più facilmente, come sempre. Il soffitto a volta era affrescato, quasi per contrappasso, con scene di tripudio e lusso. Giovanetti e giovanette in pose gaudenti si cibavano di frutti di ogni sorta e bevevano vino da preziosi calici. Ninfe danzavano quasi nude, osservate dagli occhi lubrici di fauni che si nascondevano dietro alberi rigogliosi, mentre un Pan dagli enormi zoccoli li invitava alla festa. In un angolo, un Bacco grasso e ridente, con una corona di pampini da cui scendevano grappoli d'uva, si divertiva a guardare compiaciuto i mortali e le divinità minori a lui devote. Il magister passò in rassegna la servitù, osservandola muto: anche i più insolenti non sostennero il suo sguardo indagatore.

«Sono frate Martino da Barga» disse d'improvviso, «comandato dal doge Loredan a fare luce su questo orrendo fatto di sangue.» Si fermò un attimo per poi riprendere con ancora maggiore decisione: «So che uno di voi è colpevole dell'uccisione della vostra padrona. Dite, comandante, qual è la pena per tale brutalità?».

«Il taglio delle mani e dei piedi. L'affogamento in laguna, davanti al popolo, legati a catene di ferro, la requisizione dei beni e, ove non bastassero a compensare la perdita per gli eredi reclamanti, la riduzione in schiavitù dei familiari.»

Senza volere, mi segnai. Spaventato per le pene che il capitano aveva elencato, e perplesso per la sicurezza con cui il magister aveva affermato di conoscere il colpevole. Non me ne aveva parlato, ma ne rimasi più scosso che amareggiato.

«Capitan Volpato, quale pena per chi è considerato complice» proseguì il magister, «per aver protetto con il silenzio o altri atti l'ignobile gesto?»

«Non vi è differenza, stessa pena» rispose, alzando il mento.

Alcune donne si misero a piangere, mentre gli uomini cominciarono a guardarsi tra loro. Il magister cambiò tono, da arrogante si fece quasi supplichevole.

«Come farei tuttavia a rinunciare alla pietà e al perdono che m'impone questo saio? Come nella sacra confessione, dalla quale l'anima esce linda come quella di un *puer* appena battezzato, così ciascuno di voi ha l'opportunità di redimersi. E se il reo o la rea che confessi la sua colpa sarà perdonato in cielo, se non in terra, così sarà redento *ex illis terris sed haec loca* chi mi darà notizia sul colpevole. Avanti dunque, parlate!»

Se fino a quel momento avevo assunto un'espressione di compunta compostezza, non riuscii a evitare un moto di meraviglia. Se il latino non mi tradiva, il magister aveva usato una locuzione del tutto inappropriata. Che cosa ci azzeccava la redenzione e la colpa con la frase *da quei paesi di questa regione*? Compresi un momento dopo, quando a quegli zoticoni, a sentir parlare aulico e latino, vennero i brividi. L'astuto indagatore aveva semplicemente usato una frase a effetto, di nessun significato logico, ma era riuscito nel suo intento. E compresi anche che era tutto un trucco, un modo per ottenere qualche notizia. In effetti, come mi disse successivamente, non pensava minimamente che uno di loro fosse colpevole.

Una giovane fantesca, dai cui occhi zampillavano lacrime, si fece avanti e si gettò in ginocchio.

«*Mea culpa*, padre, perdonatemi! Tutta la notte ho peccato con quell'uomo» indicò uno dei più sbruffoni, «ma non so altro.»

Dopo averla guardata severamente, il magister si rivolse a me.

«Quei due di sicuro non hanno visto né sentito niente se non i loro gemiti. Chi di voi» disse quindi rivolto agli altri «ha allora visto la padrona uscire accompagnata?»

Un servo, dalla barba nera e con un orecchino che gli pendeva dal lobo sinistro, avanzò, mento in avanti.

«Ieri sera la padrona ha ricevuto un biglietto e appariva contenta. È uscita senza volere nessuno con sé, dicendo che eravamo stolti e corrotti e che presto avremmo pagato il fio dei nostri peccati. Invece» sputò per terra «è toccato a lei.»

«Era mascherata?»

«Nossignore.»

«E dov'è la missiva?»

«Non lo so.»

«Trovatela!» gridò il magister. «Uno scudo a chi la recupera e mille giorni di indulgenza dal purgatorio.»

Sciamarono tutti come cavallette bibliche. Il capitano si mise di guardia alla porta, con i suoi soldati, e rimanemmo da soli. Il magister sospirò.

«Odio dover ricorrere a questi espedienti. Le indulgenze, quelle vere, sono ispirate a principi di carità, non a mercimonio. Come cancellare i debiti o restituire la libertà agli schiavi, per ricordare la misericordia di Dio verso il popolo eletto, quando lo guidò fuori dall'Egitto. Anche se, per questo, fece uccidere migliaia di Egiziani. Ti confesserò, Giovanni, che se dovessimo prendere alla lettera gli insegnamenti biblici, troveremmo più omicidi commessi dal Signore che in tutti i secoli a venire.»

Pregai che Colui che sta in cielo, in terra e in ogni dove non lo avesse sentito, ma essendo appunto in ogni luogo, lo aveva udito di sicuro, ma altrettanto sicuramente lo aveva perdonato. Il magister abbassò la testa e chiuse gli occhi: lo vidi addormentarsi nel giro di un amen. Poco dopo, mentre ancora pregavo in silenzio per la sua anima, fui interrotto nelle mie orazioni da delle grida. Anche il magister aprì gli occhi. Una donna correva verso di noi mentre un uomo cercava di afferrarla.

«Fermi!» gridò imperiosamente il magister. «O volete che vi faccia mettere in prigione?»

I due si arrestarono di botto, ma l'uomo continuava a cercare di prendere un foglio dalle mani della donna.

«L'ho trovato io, ma questa donna, cui l'ho fatto vedere, se n'è impossessata.»

«Non è vero! Sono stata io, frugando tra i vestiti della povera contessa. Un uomo non l'avrebbe mai fatto.»

Il magister, con fare autoritario, si fece consegnare il foglio. Lo guardò con attenzione, e invece di riporlo lo poggiò su un tavolo.

«Dal momento che uno di voi due mente e non è dato di sapere *quam ad cognoscendam veritatem*, che sia distrutto, e niente indulgenza. Capitan Volpato, procedete!»

La donna cominciò a singhiozzare.

«È suo» disse allora l'uomo, «che sia data a lei la remissione dei peccati. Si sa che la donna è più colpevole dell'uomo.»

«Mille giorni a ciascuno, allora» sentenziò il magister «e mezzo ducato a testa. Per averlo ritrovato e per l'atto di generosità.»

Ormai niente che provenisse da lui mi poteva meravigliare. Aveva aggiunto una variante al giudizio di Salomone: un dono nei confronti dei due servitori. I quali s'inginocchiarono per ringraziarlo.

Io non gli chiesi niente, né lui mi accennò qualcosa in merito al contenuto del biglietto, che alla fine aveva preso. Un'umida penombra era già scesa su Venezia quando ci incamminammo verso la locanda. I muri sbrilluccicavano a tratti investiti dalle fiammelle delle torce, e queste disegnavano le nostre ombre sul selciato.

Dov'era Isabella? Dovevo scriverle, farle recapitare in qualche modo i segni del mio amore, perché andarla a trovare, con il magister che aveva compreso il mio turbamento, mi pareva un'impresa ardua, come soltanto il domandarglielo.

Un'edicola votiva mi apparve all'improvviso, appena illuminata da una piccola lampada a olio, e pregai la Madonna. Mi sono sempre chiesto se le preghiere hanno valore quando non sono indirizzate verso buoni propositi ma per richiedere grazie sconvenienti. Vincere del denaro a dadi, augurare la morte a un avversario o appunto, come nel mio caso, ripetere un peccato così gradito. Ed ecco che, girato l'angolo e attraversato l'ennesimo ponticello, lessi che ci trovavamo nientemeno che alle fondamenta della Tetta. Subito il pensiero mi corse a quando la più bella delle donne mi aveva invitato a suggerle le mammelle. A come mi ci ero avventato con foga e a come invece mi aveva insegnato a dedicarmici con dolcezza, ripetendo l'atto sulle mie, e facendomi provare la prima di molte ebbrezze allora sconosciute.

Oggi sorrido all'antico ricordo, ma allora immaginai davvero che la Madonna mi avesse ascoltato. Non solo, ma che fosse andata ben oltre le mie poco caste intenzioni. Infatti, leggendomi forse nel pensiero, come suo solito, il magister fermò i suoi passi.

«Va' da lei. Preferisco vederti bruciare piuttosto che desiderare il fuoco fino alla consunzione.»

«Padre...» dissi, e non riuscii ad andare avanti.

Non capivo se mi stesse davvero dando il permesso oppure se, dietro le sue parole, vi fosse una qualche trappola. Troppa la grazia ricevuta. Oggi, che conosco il latino più di quanto mi serva con alcuni dei miei cardinali analfabeti, direi *timeo Danaos et dona ferentes*, temo i Greci soprattutto quando ti offrono i doni, con riferimento al famoso cavallo di Troia.

«Sono sicuro che la tua Penelope sta tessendo una tela, ma non è quella che la regina di Itaca utilizzava per tenere lontani i Proci. Piuttosto quella di un ragno, e tu sei la mosca.»

Lo disse con disprezzo, e ne provai vergogna, ma la bramosia di rivedere Isabella mi faceva accettare ogni insulto.

«Ancora non so perché lo faccia, forse si tratta di amore.»

«Oh, sì» risposi convinto.

«Non verso di te, sciocco, mi riferisco a un'altra persona, e tu sai a chi.»

La grazia che mi aveva fatto la Madonna si trasformò in un incubo. Rivissi nella mente quell'atteggiamento di confidenza tra lei e il pittore, e fremetti di dolore e di rabbia. Strinsi i pugni fino a farmi diventare blu le nocche, e piegai la testa fino a baciarmele e a mordermele. Avevo rimosso quel ricordo, e il magister, nella sua crudele saggezza, lo aveva resuscitato. Così ebbe pietà di me.

«Va' da lei» ripeté «e di' al pittore che gli voglio parlare. Entro domani, in privato, non importa né dove né come. Bada, Giovanni, ne va di mezzo la vita, la loro e anche la tua. Se vuoi, non tornare prima di domani, ma per allora voglio una risposta.»

Un equivoco

Lasciai il magister senza un ripensamento, ma per la strada che mi separava dal palazzo Grimani e dalla mia adorata Isabella, nella mente continuavano a rimbalzare le sue parole. Il suo ammonimento mi tormentava perché sembrava sapesse con sicurezza che il pittore si trovava a palazzo. Se pure non glielo avessi detto, rispettando la promessa fatta a Isabella. Speravo che lei lo comprendesse, anche se avrei dovuto riportare l'ambasciata del magister. Giunsi angosciato al palazzo e i servi, che ormai mi conoscevano, mi fecero entrare senza indugio. Nel salire le scale udii una voce alterata, e come arrivai nel salone mi imbattei nel padrone di casa in compagnia di Isabella. Tacque, appena mi vide, poi mi fece cenno di avvicinarmi.

«Giusto voi, si può quasi dire che vi aspettassi.»

«I miei rispetti, monsignore», mi inchinai. «Donna Isabella...»

Nel guardarla il cuore mi venne meno: sembrava avesse appena pianto.

«Non è con voi frate Martino?»

«Si è dovuto trattenere presso il magistrato» inventai la prima scusa che mi venne in mente, «ma vi porge i suoi saluti.»

«Immagino si tratti della scoperta dell'assassino.»

Rimasi senza parole e la mia meraviglia lo stupì a sua volta.

«Non sapete? Non è un segreto, comunque. Hanno individuato il colpevole, credevo che il vostro padrone ve lo avesse comunicato, ma è notizia fresca.»

Dietro le spalle del vescovo, Isabella mi fece cenno di tacere, senza farsene accorgere da lui. Quel gesto mi fece sorgere il più orribile dei sospetti, e in un istante pensai quello che il magister aveva forse tentato più volte, a modo suo, di farmi capire. L'assassino era Hieronymus Bosch. Per quale motivo lo ignoravo, forse in quei raptus di follia che lo stramonio produceva. O forse la soluzione era nascosta in quel biglietto che aveva causato la morte della vedova Corner. Gli occhi rossi di Isabella erano la prova di quanto pensassi, il dolore per il suo protetto. Se non addirittura il suo amante. Dovetti appoggiare una mano sul bracciolo di una sedia per non cadere, mentre mi crollava addosso il mondo intero.

«Comprendo il vostro turbamento» proseguì il vescovo. «È una storia orribile, ma per fortuna è finita. È stata indetta una riunione a Palazzo Dogale, del Maggiore e Minore Consiglio e quello dell'avvocatura dei Pregàdi. E non è tutto. Vista la contumacia del mio ospite sarò anche costretto a difendermi dall'accusa di aver dato ospitalità al traditore della Serenissima. Come ben sa» si rivolse a lei severamente «donna Isabella, che promosse la sua venuta. Per tutte le anime del purgatorio, tra onore e ducati mi è costato più che armare una galea!»

Senza più aggiungere null'altro, se ve ne fosse stato bisogno, batté le mani. Un servo in livrea gli porse una mantella rossa e lui uscì, senza salutare.

Isabella e io ci guardammo fissi per qualche istante. Tutto l'ardore mi venne meno, o meglio, a essere sinceri, cercai di sconfiggerlo, in quanto non mi pareva il caso di manifestarlo. Chinai la testa.

«Dovevo portarvi un'ambasciata del mio maestro. Ma a questo punto credo sia del tutto inutile.»

«Di che natura?» chiese, tirando su con il naso.

«Che importa, ormai? Se l'hanno trovato colpevole, è del tutto inutile. Il magister lo aveva intuito, ma avrebbe voluto prima parlare con lui, forse per comprendere o per salvargli almeno l'anima.»

Gli occhi della mia amata persero il dolore e si strinsero fino a diventare due fessure. Lo sguardo si fece indagatore e avanzò d'un paio di passi verso di me. Indietreggiai, stupito.

«Non intendo, Giovanni. Spiegatevi meglio, e subito.»

Mi resi conto che gli smozzichi di parole che uscivano dalla mia bocca dovevano apparirle come balbettii di un neonato e me ne vergognai. Mi feci forza.

«Isabella... il pittore... mastro Bosch. Frate Martino avrebbe voluto conferire con lui, questo mi aveva comandato di riferire a lui o a voi.»

«Così avete fatto spergiuro, gli avete rivelato dove si nasconde? Vergognatevi! Sapevo di non potermi fidare di voi, di un giovane senza sangue nelle vene.»

«No, Isabella!»

Mi gettai in ginocchio, le dita incrociate a preghiera, temendo di perderla per sempre.

«No, Isabella, ve lo giuro.»

«Ancora giurate» mi apostrofò con scherno.

«Non ho detto nulla, ma il maestro ha compreso tutto lo stesso. Ho solo riferito quanto mi era stato detto di fare, non una parola di più. È un uomo astuto e intelligente, a volte sembra che legga nelle menti, come un mago. Comunque, adesso è tutto inutile.»

Mi guardò come fossi una mosca che si posasse ora su una fetta di pane e miele ora su un escremento di topo. Fastidio, perplessità e forse anche un po' di schifo.

«Secondo me siete pazzo. Che cosa c'entra il signor Bosch con Biasio Cargno?»

Lei restò stupita del mio stupore e io del suo, e i due stupori si moltiplicarono come una figura tra due specchi. Fino a quando Isabella mutò espressione e scoppiò a ridere.

«Santo Iddio, Giovanni, ma che cosa avete capito?»

Per quanto mi ricordi, quella fu l'unica volta in cui abbia fatto ridere una donna: molte ne ho invece fatte piangere. Mi rallegrai nel vederla sbottare in quella risata argentina, ma non sapevo se accompagnarla con il mio sorriso o mostrarmi offeso. D'altra parte non capivo davvero.

«Avete creduto che il vescovo Grimani parlasse di Bosch.

Siete uno stolto. Si riferiva a Biasio Cargno, come vi ho già detto. Ma già. Voi e il vostro Martino siete solo di passaggio e non sapete nulla dei bambini scomparsi.»

Quel nome mi divenne improvvisamente familiare: era nella sua locanda che, se ben mi ricordavo, avevo gustato qualche giorno prima il guazzetto alla bechera. Una specialità che alcuni giovani gentiluomini mi avevano consigliato di ordinare. Stavo anche per protestare e dirle che invece l'eccellentissimo magistrato Bonaccorso aveva parlato al magister di quei bambini, quando lei continuò.

«È il locandiere il colpevole del loro rapimento. Ma la cosa ancora più orribile è che usava i loro corpicini per farne cibo prelibato.»

Mi misi la mano davanti alla bocca e l'orrore mi travolse. Non ebbi quasi il tempo di arrivare alla finestra, per fortuna aperta, che rovesciai di sotto tutto il contenuto del mio stomaco. I conati non mi abbandonavano e, appoggiato al davanzale, continuavo a rigurgitare una bava verdognola, mentre da dietro, indifferente, mi arrivava la voce di Isabella.

«Nel gustare il guazzetto, un uomo ha trovato un dito nella broda, e ha chiamato le guardie, inorridito (altri conati da parte mia). Così nella dispensa hanno rinvenuto alcuni quarti di bambini appesi, come fossero maialini (conati ancora). Hanno risolto il mistero di quel suo piatto di carne tenera: davvero rivoltante, non credete?»

Io l'avevo mangiato, io avevo ingerito quelle povere carni, trovandole perfino gustose. Ormai vomitavo a vuoto, le budella intorcinate come cordami.

«Suvvia, siate uomo, Giovanni. Smettetela, mi date fastidio.»

A quelle parole sferzanti, che offendevano il mio amore per lei e la mia virilità, cercai di trattenermi.

«Voi... non potete capire. Io ho mangiato a quella taverna. Io... ho mangiato quei bambini.»

Isabella alzò le spalle.

«Non lo avete fatto apposta. Non dovete preoccuparvi per la vostra anima. E nemmeno per la vostra salute. Rischiate molto di più a mangiare la carne avariata servita nelle bettole che probabilmente frequentate. Suvvia, ora basta, datemi la mano e facciamo la pace.»

Anni dopo il magister in una sua lettera mi ammonì di non prestare fede alle donne, citando il testamento di Pietro Abelardo: è meglio avere cura di un sacco di pulci che di una donna. E il monaco lo sapeva bene, visto il patimento di cui ebbe a soffrire quando, per causa di donna, gli furono estirpati i genitali. In quale demonio si era trasformata Isabella per parlarmi in tal modo e non svenire per l'orrore? Nel seduttore Samael? Nell'ipocrita Vassago? Nella femmina Beleth dagli occhi di gatto? O piuttosto nell'Empusa trasformista, che sotto l'aspetto di donna fragile e desiderosa d'affetto si insinua nei giacigli dei giovani di passaggio e ne assorbe fino alla morte la linfa vitale? Oggi so come difendermi e le caccio lontano, preferendo altra compagnia, ma allora le mie armi di difesa erano spuntate come una spada di legno. Per cui, alla sua offerta, che accompagnò con il più dolce dei sorrisi, le tesi la mano a mia volta. E quando la strinsi restai di nuovo vittima del mio desiderio e del suo potere.

«Ora che siamo di nuovo amici, sii più chiaro, dolce Giovanni, e riferisci al tuo maestro che se le sue intenzioni non sono quelle di ingannare e di consegnare l'innocente pittore alla giustizia della Serenissima, so per certo che egli non rifiuterà un incontro.»

«Ma prima mi avevate indotto al silenzio.»

«Sì, prima che lui intuisse la presenza del pittore a palazzo. Ma bada, solo se ritieni la sua parola onesta.»

«Non vi è al mondo nessuno come lui.»

Come dissi la frase me ne pentii, perché Isabella aggrottò le labbra e mi guardò di sottecchi. Avrei voluto aggiungere "dopo di voi, mia amata", ma mi aveva vinto l'onestà di pensiero.

«Non qui, comunque. È troppo pericoloso, per tutti. Le maschere ci aiuteranno a uscire e a confonderci tra la folla. Vediamoci domani al nuovo Malamocco, e venite mascherati, le guardie pullulano e frate Martino è troppo conosciuto. Lo saremo anche noi.»

«Come faremo a riconoscervi?»

«Non te lo dirà il cuore, quando mi vedrai?» rise, e io con lei. «Avrò una maschera d'oro sul viso e una piuma di pavone in mano. Se ti riconoscerò per prima, te la batterò sulla spalla chiedendoti il nome e tu mi risponderai il gufo e l'allocco» rise ancora.

Mi licenziò facendomi baciare la mano, ma mentre uscivo mi richiamò.

«Mentre i due uomini parleranno tra loro, se saremo fortunati, di nascosto al cielo, avremo forse l'occasione di rinsaldare la nostra amicizia. E ora vai.»

Donne, vituperio delle genti, altro che i pisani. Il sommo fiorentino si sbagliava.

VENTIDUESIMO GIORNO

Maschere

Non dimenticherò mai la faccia del magister, quando gli riferii che per incontrare il signor Bosch al Malamocco si sarebbe dovuto mascherare.

«L'unica maschera che possiedo è questa che porto con malcelato orgoglio, più che con umiltà, lo confesso. Ed è fatta a immagine della povertà in modo che il demonio rifugga dal tentarci. E con questo il discorso è chiuso.»

«Padre mio, vi prego, se vi fosse un'altra possibilità, non ve lo avrei mai chiesto.»

«Davanti a qualunque richiesta di Isabella Lavagnolo ti prostreresti. Ti sta prendendo per il naso, proprio come si fa con l'anello che si mette ai buoi, per portarli mansueti dove si voglia. Se a te sta bene passare ora per bue ora per toro, amen. Io però faccio il pastore, per dovere e per vocazione.»

Se avessi riflettuto non avrei potuto dargli torto, ma a quell'epoca il cuore scalpitava e mi offuscava la mente. D'altra parte se il magister si fosse rifiutato rischiavamo di non incontrare Bosch. E utilizzai proprio questo ragionamento. Vidi vacillare la sua volontà.

«Il fine è buono» replicai con deferenza, «anche se il mezzo, come dite giustamente, può apparire irrispettoso. Ma non dicono i saggi che il fine giustifica i mezzi?»

«Vedo che conosci le *Heroides* di Ovidio, *exitus acta probat*, i miei complimenti.»

A dire il vero non l'avevo mai sentito nominare e al momento non colsi nemmeno il velo d'ironia nelle sue parole, per cui restituii al suo un mio sorriso di circostanza.

«Stolto» esclamò un attimo dopo. «Intanto quella frase è stata detta da un'amante tradita. E inoltre, secondo la tua saggezza, se servissero le bastonate per convertire un ebreo alla nostra fede non dovrei esitare?»

Stavo pensando a che cosa inventare ancora per replicare, visto che lo spiraglio si stava richiudendo, quando vidi il labbro superiore del magister tremare appena.

«E sia!» rideva e negava al tempo stesso il suo sorriso. «Non perché la tua Isabella abbia ragione e nemmeno perché abbia valore lo pseudo brocardo da te usato a sproposito. Ma solo perché ho un dovere superiore. E da quale bestia dovrei mascherarmi?»

«Da chi desiderate, non ha posto condizioni.»

Mi saettò con uno sguardo tale che se fosse stato Giove sarei finito incenerito. Tuttavia la mia contentezza mi ripagò di ogni rimprovero, specie quello muto, che soffrivo ancora di più di quelli espliciti.

La giornata si preannunciava gravida di bellezza, o forse tutto dipendeva dal mio animo. Qualche nuvola, spinta da un ostro caldo, aveva offuscato il cielo, senza sembrare tuttavia foriera di pioggia. L'ideale per prendere un battello, cosa che sarebbe stata incauta se avesse soffiato scirocco o peggio libeccio. Strade, calli, porteghi e barche brulicavano di maschere, di giocolieri, di danzatori e di musici, in una frenesia che diventava ogni giorno più ossessiva con l'avvicinarsi del mercoledì delle Ceneri. Con l'inizio della Quaresima, digiuni e preghiere avrebbero preso il posto delle libagioni e delle allegre scorribande.

Ogni fondaco esponeva costumi e camuffamenti, ma al magister sembrava non gliene andasse bene nessuno. Di più, quando un bottegaio si meravigliava della richiesta di un frate (perché nessuno pensava che fosse un travestimento), egli si schermiva e prendeva la via della fuga. Il tempo passava e disperavo che ne trovasse uno, non dico di suo gusto, ma di cui non si vergognasse.

Incrociati due militi, il magister li fermò e si palesò per la sua funzione. Seguendo i loro discorsi venimmo a sapere che il famigerato Biasio Cargno (ogni volta che ne veniva pronunciato il nome mi riprendevano i conati) era stato trascinato da un cavallo fino ai sotterranei di Palazzo Dogale. Durante il tragitto una folla inferocita, composta per lo più da donne, aveva tentato di sostituirsi al boia.

«Arpie, frate Martino» disse uno di loro, «o anche peggio. Mai vista tanta furia in una donna, nemmeno le streghe mandate al rogo gridavano, scalciavano e graffiavano come loro. Come possedute dal demonio.»

Andando avanti nel racconto truculento, che il magister ascoltava annuendo, venne fuori che il salsicciaio aveva già confessato, sostenendo tuttavia che alcuni bambini gli erano stati venduti, alcuni morti da poco, altri ancora vivi, dalle loro stesse madri. E questo anche dopo che gli erano state mozzate le mani come stabilito dalla Quarantia Criminale, indetta d'urgenza dal doge stesso. Nei giorni successivi sarebbe stato torturato con la corda nella Camera del Tormento. Infine, il boia avrebbe provveduto alla decapitazione e il corpo sarebbe stato gettato nel Canale Grando.

«A quale scopo la tortura» chiese il magister, «se ha confessato?»

«Gli avocadori criminali lo ritengono colpevole anche degli omicidi sui quali state indagando, frate Martino.»

«Che sciocchezze! Spero non vorranno utilizzare un capro espiatorio, pur abietto, per dei delitti che sicuramente ha compiuto un'altra mano.»

La guardia non replicò e il magister non insistette, in quanto, come avrei capito più tardi, stava per chiedergli un favore e non di poco conto. Il mio maestro gli parlò sottovoce e si incamminarono da soli verso una bottega vicina. Sulle prime, quando uscì, non lo riconobbi: aveva scambiato i vestiti con la guardia. Così, mentre questi vestiva con saio e cappuccio, ma senza mollare spada e alabarda, il magister indossava degli stivali di cuoio, calzamaglia e pantaloni a sbuffo, con una giornea colorata e degli alamari che gli pendevano su un lato. In testa il berretto militare gli copriva la leggera tonsura, mentre, al posto dell'arma, in mano brandiva una piuma d'oca da scrittoio. A tracolla, quasi fosse una faretra, portava un tubo di cuoio, di cui non mi ero accorto prima.

«Manca il tuo vestito» disse serio sistemandosi sul viso una baùta nera, «ma ho già in mente quale potrà essere.»

Quale differenza fanno gli abiti! Nel vederlo bardato come un militare provai quasi timore. Fisico, non quello reverenziale, che gli portavo non già per dovere, quanto per l'umanità, la sapienza e l'ammirazione. Se non avesse avuto la chiamata da nostro Signore, avrebbe potuto essere un capitano o ancora più un condottiero, di quelli che offrono il loro braccio armato e la mente sagace ai principi che più li pagano. Un uomo temibile, finanche bello, che avrebbe avuto stuoli di figli da una pletora di femmine compiacenti. Oggi, nel ricordo, penso che lo avrei persino potuto amare se il vizio mi avesse preso anzitempo.

«Che cos'hai da guardare? Vai dentro, il tuo costume è già pagato.»

Per scherzo, o piuttosto per una sottile forma di vendetta per averlo costretto al camuffamento, mi ritrovai mascherato da carcerato, con pantaloni e camicia di tela grezza, e vivaddio, per ripararmi dal freddo, una mantella che non sapevo se fosse stata insudiciata apposta o fosse davvero appartenuta a qualche straccione. *Dulcis in fundo*, per parlare latino come il maestro, mi furono messe le catene alle mani e ai piedi, quel tanto che mi consentisse di procedere comunque speditamente. Di legno dipinto per ferro, per grazia. Così, da carceriere e prigioniero, lui con aria soddisfatta e io dimessa, ci dirigemmo verso il Canale Grando, tra le risa e le espressioni di ammirazione del popolo mascherato.

Dopo una breve contrattazione con un vogatore moro, salimmo sul suo grosso sandolo a vela, che ci avrebbe portato al Malamocco. Odiavo, allora come oggi, andare per mare e l'idea di cadere in acqua con le catene, se pure di legno, mi tolse pure quel piccolo piacere di ammirare il profilo di Venezia. In più mi sembrava che quel moro, che manovrava in piedi sia la vela che il remo sulla forcola, si divertisse a fare continuamente finta di cadere. E ogni volta rideva mostrando la sua perfetta chiostra di denti: bianchissima, ma forse solo per il contrasto con la pelle nera. Ringraziai comunque il cielo per quella mantella pulciosa che mi riparava dall'aria che mi frizzava sulle guance.

Lasciata sulla destra l'isola di San Servolo, sbarcammo finalmente al Malamocco e il magister ordinò al moro di tenersi a disposizione. Sembrava perfettamente a suo agio con la divisa e notai più di uno sguardo ammiccante in molte delle femmine che incrociavamo, mentre a me riservavano solo qualche occhiata di compassione, prima di accorgersi che le nostre erano maschere.

«E adesso, come li riconosceremo?»

Malamocco era una piccola Venezia, perfino il campanile della chiesa appariva come una riproduzione in scala di quello di piazza San Marco. Simile anche la confusione, perché con l'avvicinarsi del giovedì grasso aumentava la voglia del divertimento, iniziato fin dal passato dicembre e ormai prossimo a finire.

«Donna Isabella» dissi guardandomi intorno «ha una maschera d'oro sul viso e una piuma di pavone in mano.»

«Una piuma...» ripeté il magister. «Lo avrei immaginato.»

Quella sua frase mi riportò alla mente l'assurdo sospetto che il pittore Bosch fosse colpevole degli assassinii. E feci finta di non aver colto la sua insinuazione, se lo era davvero. Poggiò con forza la mano guantata del cuoio militare sulla mia spalla e mi spinse verso l'entrata della chiesa.

«Ho bisogno di pregare, e anche a te non farebbe male.»

Un soffitto a vela rendeva la chiesa più antica di quanto non apparisse. Vidi alla mia sinistra un assembramento di gente, dal quale proveniva un brusio salmodiante che si elevava e scendeva seguendo il corso della litania. Il magister si era inginocchiato e percependo la mia curiosità mi fece cenno di andare pure a vedere. L'oggetto di tanta devozione era un Cristo in gesso con le braccia levate in alto, quasi volesse prendere qualcosa dal cielo e portarla sulla terra.

«Prega, fiòl» mi disse una vecchia senza denti, «xe el Cristo del miracol.»

Eccolo, il miracolo: in fondo alla navata il mio cuore riconobbe l'amata prima degli occhi. Mi voltai e vidi la sua maschera dorata, la penna di pavone nella sua mano e il braccio appoggiato a un diavolo cornuto.

La fuga

Con il cuore che mi batteva come tamburo di guerra, raggiunsi il magister in preghiera.

«Sono davanti all'altare maggiore», glieli indicai con discrezione

«Dubito stiano pregando», si alzò in piedi. «Vai da loro, io vi aspetto fuori.»

Traballando sulle catene e sollevando qualche sguardo di commiserazione tra i fedeli che mi avevano scambiato per un condannato, mi avvicinai a loro. Sotto quella maschera da diavolo avrebbe potuto nascondersi chiunque. Riconobbi tuttavia la voce di Bosch.

«In catene come un prigioniero, che idea gioiosa. Un perfetto contrappasso per un uomo di legge.»

Feci loro cenno di seguirmi: la maschera ricopriva per intero il volto di Isabella e, non sapendo quale espressione avesse, evitai di guardarla negli occhi. Il magister ci aspettava in fondo alla piazza, appoggiato a una balaustra, come un vero soldato.

«Sono pronto ad ascoltarvi» disse, senza preamboli né saluti.

«Perché non camminiamo?» suggerì Bosch. «Così vestito sembra davvero che siate una guardia della Signoria.»

«Fate bene a temerla, comunque andiamo pure.»

I due antagonisti davanti, come aveva suggerito Isabella a suo tempo, e lei e io dietro: a lungo non si scambiarono una sola parola. Lungo uno stretto canale incrociammo una locanda e il passaggio era così angusto che tra il tavolo e le panche vi sarebbe passata a stento una persona, rischiando perfino di cadere nell'acqua gelida. Il magister si fermò e invitò tutti a sedersi.

«Gradirei vi levaste la maschera. Tutti quanti, anche voi, donna Isabella. Io per primo», e così fece.

«Per accontentarvi» disse Bosch con indifferenza. «Ma per quale motivo?»

«Ho imparato a guardarmi le spalle da chi non osa guardarmi negli occhi.»

«Ma io vi sto guardando.»

Nel ridere, Bosch si levò la maschera, e Isabella lo imitò. Il magister lo fissava così intensamente che fui io a dover distogliere lo sguardo. Il pittore ruppe il silenzio.

«Avete detto che volete ascoltarmi, ma siete stato voi a chiedere questo incontro, e donna Isabella ha saputo cogliere la mia curiosità, accettandolo, pur senza interpellarmi prima.»

«Sta bene, vi farò allora delle domande, alle quali risponderete come se foste davanti al magistrato. O se preferite, davanti a Dio, se ancora credete in lui.»

«E perché non dovrei credervi? Guardate l'inferno che ha creato, chi mai avrebbe potuto soltanto immaginare un simile mondo, se non una mente superiore?»

Una vecchia uscì da una porta dietro di noi, sperticandosi in lodi sulle nostre maschere e attendendo in piedi ordini. Nessuno le dette retta, per cui si fregò più volte le mani sul grembiule prima di osare parlare. Poi, più che il rispetto poté l'impazienza.

«Ho del vino all'aglio per loro signori. Con santoreggia e sedano. Rinvigorisce l'amore. O, se preferite, un infuso di tarassaco o dell'ippocrasso speziato, se quel buono a nulla di mio marito non l'ha finito tutto stanotte.»

«Quel che si fa prima» tagliò corto il magister, scocciato per l'interruzione.

«Come comandate, aggiungerò anche una frittata di uova e porri.»

Scomparsa ogni cortesia dalla sua voce, la vecchia rientrò

nella locanda. La tensione male si accompagnava alla dolcezza del borgo, che invece si sposava con i colori del bel volto di Isabella. Il rosso dei muri di mattoni con i suoi capelli, le verdi acque con i suoi occhi, i marmi dei palazzi con il pallore delle sue guance, appena spruzzate di rosa. Guardava i due contendenti con apprensione, spostando gli occhi dall'uno all'altro, aspettando e temendo le risposte alle domande. Una donna che meriti il suo nome non dovrebbe mai assistere ai duelli, men che meno a quelli verbali, a volte più crudeli della spada.

«Perché siete contumace, dunque?» riprese il magister. «Sapete di avere perso ogni diritto di asilo?»

«Ne sono consapevole. Adesso sì che vorrei che mi ascoltaste. Mi avete fatto una buona impressione la prima volta che vi ho visto, per cui voglio ancora darvi fiducia.»

«Anche voi, ma apparite molto diverso da allora, sembrate un altro.»

«Forse lo sono, buon frate. Tutto cambia, il tempo, le stagioni, perché non gli uomini? E che cos'è, buon inquisitore preposto alla mia difesa, salvare un blasfemo dalla forca? È un peccato o un atto di pietà? Basta poco per cambiare di significato a un gesto.»

Parlava rapido e il suo accento alemanno, con le gutturali marcate, aumentava lo sprezzo delle sue parole. Che non sembrava però rivolto al maestro, ma alla vita in generale.

«Certo che sono cambiato» proseguì Bosch. «Non conoscevo le procedure inquisitorie. Sapevo Venezia essere una buona Signoria, retta da uomini giusti. E pertanto, di fronte a quella ridicola accusa, credevo di trovarmi davanti a giudici equi, non a fanatici assatanati come i mostri che la mia mente partorisce.»

«Non è la vostra mente, è lo stramonio.»

«Lo stramonio è un mezzo, buon frate, per arrivare alle visioni metafisiche, alla conoscenza della verità. Ma di questo parleremo più avanti. Mi avete chiesto per quale motivo mi stia nascondendo. È più semplice dell'acqua stessa, come stavo dicendo. Non è giustizia quella dei vostri tribunali: ho bene inteso come Jean de Longueville abbia già pronta la sentenza, e io non intendo assoggettarmici. Perché dovrei offrire la mia testa al boia? Se la vogliono se la vengano a prendere, non ho forse ragione, mia cara?»

Isabella annuì complice e io provai una fitta di gelosia. Fino a quando, non vista, poggiò delicatamente una mano sulla mia veste, toccandomi appena la gamba. La presi come una promessa, e da quel momento riuscii a percepire solo a spizzichi quanto si scambiarono il magister e Bosch. Ma il senso delle loro frasi non mi sfuggì.

«I procedimenti dell'Inquisizione sono diversi da quelli civili. Tuttavia dovete ringraziare l'Onnipotente che siamo a Venezia. Fossimo a Roma, sarebbe bastata una semplice delazione per portarvi in camera di tortura e quindi subito sulla forca, ammesso e non concesso che sareste stato così fortunato.»

Non lo avevo mai visto così teso: tutta la sua ironia, la pietà e perfino quella bonaria superiorità con cui trattava i pari e i potenti sembravano cancellate dal suo turbamento. La locandiera arrivò con una caraffa di vino, bicchieri e piatti, fermando sul nascere la replica di Bosch. Sbatté quindi sul tavolo la frittata di uova e porri che nessuno aveva comandato. Isabella ne prese una fetta per sé, io una razione doppia. Oggi soffro di gotta e d'inappetenza, e sono pure grasso, ma quasi mezzo secolo fa la mia magrezza era pari al mio appetito. Bosch versò da bere a tutti, e per primo si scolò il vino speziato fino all'ultima goccia. Il magister attese che avesse finito e tirò fuori dal tubo che portava a tracolla un grande foglio.

«Lo riconoscete?» disse con un filo di voce.

Il pittore gli dette soltanto un'occhiata, poi si rivolse a me con scherno.

«Il mio regalo è già passato di mano. Peggio per voi, Giovanni, se lo aveste venduto vi sareste pagati gli studi di diritto.»

Spiegato appena sul tavolo, riconobbi il cerchio da lui disegnato con i sette peccati capitali.

«Non vi piace?» disse quindi rivolto al magister. «Lo potete distruggere, se volete.»

Dal tubo il magister estrasse anche un altro disegno a stampa e lo stese accanto al precedente. Era quello che avevo comprato nella bottega dei fratelli Manuzio, in cui erano rappresentati i primi tre osceni delitti, con la caricatura del magister.

«E su questo che cosa avete da dire?»

Bosch lo prese in mano e lo osservò con cura. Lo ripoggiò quindi sul tavolo.

«Esecuzione mediocre, frettolosa. Può piacere al volgo, che apprezza i particolari truculenti, ma l'arte è altro.»

Il pugno del magister calò sul tavolo come un'imprecazione. Isabella mi strinse forte la mano. Io, dopo aver ipotizzato, dopo aver dubitato e dopo essermi ricreduto, adesso non sapevo più che cosa pensare. Colpevole? Innocente? Complice? Ero sicuro, invece, che Bosch avesse intuito l'accusa del maestro.

«E questo?»

Il magister tirò fuori un terzo foglio, minuscolo, che riconobbi per quello che si era fatto consegnare dai servitori della vedova Corner. Il pittore lo guardò e alzò le spalle.

«Mai visto prima.»

«State giocando con il fuoco, mastro Bosch.»

«Quello dei roghi dell'Inquisizione?»

«No, con quello che mi arde dentro, dopo aver visto a che punto può arrivare lo schifo, l'oltraggio, la perversione. Signor Bosch, l'esercizio della mia pazienza non è perfetto e la sto esaurendo. Ditemi: vi appartengono i delitti che vi sono qui raffigurati? Se negate, fatelo con intelligenza, che non vi manca, e onestà. E vi consiglio di saper essere più convincente dell'evidenza stessa.»

Gli rimise sotto il naso il biglietto e nello sporgermi per vederlo meglio, con la coda dell'occhio mi accorsi di uno strano movimento lungo il canale. Alcuni uomini in uniforme, non maschere, avanzavano verso di noi, in fila indiana a causa dello stretto passaggio. Come spinto da un sesto senso o dalla paura, mi voltai e ne vidi altri che provenivano dalla parte opposta.

«Buon appetito, eretici!» gridò la locandiera, apparsa improvvisamente sulla porta, che, un attimo dopo, chiuse violentemente con un catenaccio.

«Non adesso, maledizione!» imprecò il magister.

Si guardò quindi intorno, e così fecero Isabella e il pittore. Non apparivano vie di scampo, e a ogni passo della soldataglia, chiamata quasi per certo dalla vecchiaccia che aveva ascoltato i nostri discorsi, risultava evidente che eravamo noi il loro bersaglio. Non avremmo pagato il conto, ma sperava di rifarsi con il presunto premio della nostra cattura. Senza sapere chi fossimo, aveva giocato d'azzardo e aveva vinto. La cattura di Bosch valeva duecento scudi.

«Devo sapere, devo!»

Mentre il magister chiudeva gli occhi e stringeva i pugni, rabbioso come mai lo avevo visto, uno sciabordio rumoroso e concitato mi arrivò alle orecchie, e il sandolo del moro si arrestò sotto di noi.

«Montate, presto!»

Bosch si gettò sulla barca, rischiando di farla rovesciare, mentre il magister, mostrando una forza inaspettata, sollevò sulle spalle Isabella e la adagiò a bordo, dandomi poi una mano a salire. Il moro piantò il remo sul fondo, e la spinta ci portò in mezzo al canale. Vidi lo sguardo stupito e deluso delle guardie, che non disponevano per nostra fortuna di archibugi o balestre. Sfilammo loro sotto il naso, e invano gridarono di fermarci.

Fuori dal porticciolo del Malamocco, il moro rallentò l'andatura e ci sorrise. In sua balia, potevamo optare fra due scelte: pagarlo caro per il nostro salvataggio o farci portare a una condotta. Dove tuttavia il magister non avrebbe avuto vita facile a spiegare per quale motivo si trovasse mascherato e in compagnia di un contumace ricercato. Longueville lo avrebbe fatto a pezzi, e io ne sarei forse uscito ancora peggio. In realtà non avevamo quindi scelta, e se fossimo stati riconosciuti, il nostro nome sarebbe stato aggiunto a buon diritto a quello dei criminali.

L'accusa

Il moro non pretese più di dieci ducati, per il trasporto e il silenzio: una bella somma, lo stipendio di sei mesi di un bravo operaio, ma avrebbe potuto ottenerne anche di più. Seguendo le indicazioni di Isabella, scendemmo dal sandolo dietro palazzo Grimani. Entrammo da un fondaco, rimessa della gondola del vescovo, e da lì, salendo per una stretta scala, giungemmo nel solaio. Dopo essersi assicurata che nessuno della servitù stendesse il bucato o si trovasse in giro per altre simili incombenze, Isabella ci indicò una botola. Attraverso la quale, uno dietro l'altro, come topi in fuga, ci infilammo nel rifugio clandestino del pittore. Il luogo più sicuro, al momento. Come fosse possibile che Grimani ne ignorasse l'ubicazione o non sospettasse che Bosch avrebbe proprio potuto nascondersi lì dentro rimaneva un mistero. O troppo stolto o, fingendo di non sapere, troppo furbo: estremi che si toccano.

D'altronde io stesso, pur frequentandolo da tanti anni, ignoro quante stanze abbia il mio palazzo Apostolico o quelli che circondano il Cortile del Belvedere. Chi vi si nasconda dentro, quali pertugi racchiuda, quanti passaggi segreti siano stati costruiti nei secoli al suo interno. Che siano benedetti, comunque, altrimenti non potrei incontrarmi con quel furfantello ingrato di Innocenzo: nemmeno la berretta cardinalizia e tredicimila scudi l'anno gli bastano. E anche se le malelingue sono sempre in agguato e ci calunniano, non potrei mai cacciarlo. Troppo carino e troppo giovane, la mia stessa età di quando ero a Venezia. Magari ha anche ragione chi ci accusa, ma il giudizio è solo di Dio: questa però è un'altra storia, che non racconterò mai.

Eravamo così tutti insieme, riuniti dal caso o da un imperscrutabile disegno divino, nell'antro di Bosch. Il magister aveva recuperato la sua calma, non così io. Mi ricordai delle circostanze del primo delitto, quello del nobile Pisani, avvenuto proprio dove eravamo sbarcati. Qualcuno poteva aver utilizzato lo stesso passaggio nostro, per scendere, uccidere e rientrare senza farsi vedere. Un servo o piuttosto un ospite del Grimani, un altro tassello a riprova della tesi del magister.

Se le cose stavano effettivamente in quel modo, ed era Bosch il perverso assassino, ci trovavamo allora in un serio pericolo. E se il suggerimento di Isabella di offrirci un luogo riservato fosse stata una trappola? Le lacrime versate per l'uccisione della sua amica avrebbero anche potuto essere false, come lo sono generalmente quelle delle femmine. Fossimo stati uccisi, nessuno lo avrebbe saputo. Non le guardie del Malamocco, che avrebbero potuto parlare solo di tre uomini e una donna mascherati. Non il moro del sandolo, che avrebbe taciuto, anche se avesse immaginato qualcosa, per evitare accuse di complicità.

La robustezza del magister e la mia agilità ci avrebbero potuto salvare dalla furia omicida di Bosch, e dalla sua coscienza alterata dallo stramonio? Chi tra loro due conosceva meglio l'uso della spada? Senza ignorare che qualche sicario poteva nascondersi anche tra i servi. E Isabella avrebbe almeno tentato di fermare una mano assassina? O avrebbe piuttosto tirato fuori dal busto uno stiletto affilato con il quale magari pugnalarmi alla schiena? Io l'amavo, ma il suo amore era sincero? O mi turlupinava tale e quale l'ingannevole Fiammetta nell'*Orlando furioso* del sommo Ariosto, la donna fedele ai due amanti e che ingannò entrambi?

Troppe domande mi frullavano in testa, e nello stomaco si scontravano stormi di farfalle. Per prudenza mi misi a sedere su una sedia che appoggiai al muro, per evitare di essere sorpreso alle spalle. E mi chiesi ancora come facesse Grimani a ignorare la presenza di Bosch, che pure sembrava trovarsi perfettamente a suo agio in quella camera ingombra di carte, disegni e tutto l'occorrente per dipingere.

Tutti in silenzio: il magister in piedi, Isabella su un divano e Bosch a cavalcioni di una sedia. Quasi una sacra famiglia in posa, pronta a essere immortalata per i posteri, solo che sarebbe stato difficile trovare in noi qualcosa di sacro, compresi i nostri travestimenti.

«Voi quindi mi accusate di essere l'omicida?» Bosch ruppe il silenzio. «Quali bizzarre prove avete portato? Un mio dipinto, un fogliaccio e un biglietto falso. Su questo si basano le vostre conclusioni? Blasfemo per la Chiesa e assassino per la Repubblica: nemmeno fossi il peggiore tra i personaggi dei miei dipinti.»

«Che la vostra firma sia falsa, indagherò. Ma proprio le vostre pitture, avete colto nel segno» rispose il magister, serafico, «sono una prova, molto più che un indizio. Non credo possa essere un caso che abbiate dipinto i sette peccati capitali, e che quattro di essi rispecchino con precisione gli omicidi. L'avarizia legata al possesso del denaro, con il nobile ucciso sotto queste stesse finestre. La lussuria, riferita alla povera fanciulla trovata sulla barca, sul cui mestiere non esistono dubbi. Volete che continui?»

Voltai lo sguardo verso Isabella, che appariva terrorizzata, come chi sta con la testa sul ceppo, sapendo che da un momento all'altro la mannaia del boia gliela staccherà. Avrei voluto sia consolarla che redarguirla, e tra queste due pulsioni, asino di Jean Buridan, non mi mossi né parlai. Non ottenendo risposta, il magister proseguì.

«La gola, cui si riferisce il terzo delitto, messaggio ancora più evidente con quella vernice rossa con cui è stato soffocato il giovane grasso. E infine il peccato della superbia, per il quale è stata strangolata la vedova Corner. Con un filo delle sue stesse perle, le stesse che nella copia del vostro quadro indossa una ricca donna che si guarda allo specchio. Ma in tutti o quasi i vostri dipinti avete messo una traccia che poi si è manifestata nel delitto stesso. Una sfida? Una perversione? Un macabro gioco?»

«Voi siete pazzo.»

Bosch si alzò in piedi, lo sguardo torvo e minaccioso, mentre dalla bocca gli usciva un accenno di bava, tipica delle bestie, quando sono affamate o stanno per aggredire. Il magister sembrava davvero aver colpito nel segno. Le sue accuse erano pietre, cadute dall'alto, non lanciate, e per questo ancora più devastanti.

«Tutto coincide. Seguendo gli insegnamenti del grande stagirita, ho messo la logica, che si basa sulla realtà dei fatti, a disposizione del ragionamento. Per arrivare alla verità, che si basa appunto sulla realtà, ovvero sulla sostanza, non su idee preconcette, che si formano prima del ragionamento stesso. Sono sicuro che comprendiate perfettamente quello che sto dicendo. Ma non basta.»

Per onestà devo dire che feci molta fatica a seguire il ragionamento, o la logica o quel che era, ma ne compresi il senso. Adesso era il magister a essersi alzato e girava a lenti passi intorno a Bosch, tessendo, da ragno astuto, una tela nella quale lo stava avviluppando.

«Come avete voi stesso confessato, fate uso sovente di stramonio, il quale fa perdere la testa e induce a visioni e allucinazioni: durante i suoi effetti non ci si rende conto delle azioni commesse. Ma non è una scusante. Esiste un'ulteriore prova, o questa volta se preferite indizio, per dare conferma a queste che non sono più supposizioni. Dovete tuttavia darmela voi.»

«Io?» rise. «E come potrei?»

«Semplicemente permettendomi di osservare in alcuni dei vostri disegni un particolare.»

«Fate pure.»

Sapevo che cosa avrebbe cercato il magister. Nonostante il travestimento, non aveva trascurato di portarsi dietro la lente che ingrandiva. E con quella in mano cominciò a esaminare con minuziosa attenzione ogni quadro, sinopia o foglio che trovava, dividendoli poi in due gruppi. E a mano a mano uno dei due diventava decisamente più grande dell'altro. Soddisfatto, ma senza superbia, vi poggiò la mano sopra.

«Avete un vizio che vi ha smascherato: in quasi tutti i vostri disegni sono rappresentati degli uccelli. E in tre dei delitti ho trovato una piuma.»

«Se è per questo dipingo anche rospi, topi, giraffe, leoni, conchiglie, orsi, cervi, cavalli, pesci, tutta la fauna che volete. Avete trovato anche peli di topo e crini di cavallo? Ma se vi intestardite con le piume, l'assassino non potrebbe allora essere un falconiere, o un pollivendolo?»

Nel corso della mia lunga vita ho imparato quanto sia difficile riconoscere un colpevole, ma chi appare sfrontato o è un criminale incallito oppure un uomo innocente. Il che non risolve nulla, ma aiuta a riflettere. Perché lo stesso può dirsi di chi abbassa gli occhi o si mostra impaurito. Sulle parole di Bosch vidi il magister in difficoltà, per la prima volta. Assistevo a uno scontro tra titani e non sapevo quale dei due avrebbe avuto la meglio.

«Continuate a girare intorno all'argomento, ma non mi avete ancora dato la risposta che voglio: avete ucciso voi il Pisani, la cortigiana, il giovane grasso e la vedova Corner? Volete confessare, o piuttosto confessarvi?»

Bosch non rispose e si diresse verso un armadietto, prese una boccetta e ne bevve un sorso. Stramonio, per non rispondere; stramonio, per non essere responsabile delle proprie azioni; stramonio, per uccidere di nuovo. Senza pensare alle conseguenze, mi gettai su di lui a corpo morto. Oggi non ripeterei mai quel folle gesto, anche perché, nel caso, ci sarebbe sempre qualcuno pronto a farlo in mia vece.

La seduzione

Rotolammo per terra, e mi preparai alla lotta, ma Bosch non reagì. Dubitai che la mia forza lo avesse spaventato, se pure già lo superavo in altezza, e rimasi fermo, con le mie braccia che immobilizzavano le sue. Mi guardò perplesso, si mise a ridere e mi reputai offeso.

«Se voleste usare la cortesia di mettere a freno questo giovane caprone, ve ne sarei grato.»

Si era rivolto al magister, e mi reputai doppiamente offeso, per essere considerato quasi come un cane da guardia.

«Credo» proseguì «che la sua irruenza trarrebbe beneficio da un po' di essenza di melissa. Calma gli animi e aiuta a recuperare la lucidità della mente.»

Guardai il magister, che mi fece cenno di lasciarlo libero. Obbedii, e Bosch si alzò in piedi, scuotendo via la polvere dalla veste.

«Comunque la pensiate, la mia risposta è no. Non sono stato io a uccidere quelle persone. Tuttavia, per venirvi incontro, caro frate Martino, vi confesso che le similitudini che avete riscontrato tra i delitti e la copia dei *Sette Peccati* non sono da trascurare. Potrei perfino pensare che qualcuno voglia darmi la colpa. Qualcuno che ovviamente conosca il mio quadro in modo abbastanza approfondito. Avrei in mente di chi potrebbe trattarsi.»

«Siete abile con le parole così come con il pennello, signor

Bosch. Ma vedete, esiste una conoscenza che va oltre quanto ci dice la ragione, che nasce dall'animo, come la fede. Spesso sembra distante dalla logica, ma solo per colpa nostra, perché non riusciamo a trovare il ponte che le unisce. Tuttavia ditemi pure dei vostri sospetti.»

Sapevo quanto stava per dire: lo aveva già accennato a me, e io lo avevo riferito al magister, ma lui mi aveva ignorato.

«Conoscete il pittore Giovanni Bellini? Un onesto imbrattatele, dalla fama usurpata. Buon ritrattista ma nulla di più. È venuto più volte a trovarmi, ha preso più volte in mano i miei dipinti, li ha osservati, ammirati, invidiati. Non certo per copiarli, non ne sarebbe capace. Forse ne ha anche rubato qualcuno. Temo si sia ingelosito del sostanzioso invito che avevo ricevuto da parte del vescovo Grimani. Non dimenticatevi che il padrone di casa è amico del doge Loredan, che è stato ritratto dallo stesso Bellini. Delizioso il drappeggio della veste, fin troppo delicato, ma le fattezze del viso ricordano quelle di una vecchia signora. Nulla della nobiltà dell'uomo, nulla del carisma. L'invidia, tanto per parlare di uno dei sette peccati, potrebbe averlo roso al punto da indurlo a infamarmi. Interrogatelo, non vi sarà difficile incastrarlo: siete così astuto che se fosse colpevole vi cadrebbe addosso come una pera marcia.»

Guardai il magister, come per dire che io pure glielo avevo ricordato. Tuttavia quando si hanno delle idee fisse, soprattutto a una certa età, è difficile scostarsi da esse, anche se appaiono manifestamente errate. Lo so bene, ma da vecchi occorrerebbe avere l'elasticità mentale dei giovani, e da giovani l'esperienza dei vecchi. Il magister continuò.

«Come avete saputo della morte di Grazia, l'amica di donna Isabella? Lei stessa mi ha riferito che glielo avete detto voi. Eppure era appena accaduto.»

«A volte passeggio in beata solitudine la mattina presto. E come non ignorerete, a volte le voci corrono così rapide da anticipare i fatti. Esagero, naturalmente. Come chiamate questo voi filosofi?»

«Iperbole» rispose secco il magister, che puntò quindi il dito verso Isabella.

Ebbe un attimo di esitazione e rinserrò il dito nel pugno, che si portò alle labbra.

«Devo riflettere» disse, e a me: «Andiamo, Giovanni. Ho bisogno anche di aria pulita».

«Se lo denunciate ne andrete di mezzo anche voi. Lo avete protetto e siamo fuggiti insieme.»

La voce querula di Isabella non attenuò il contenuto minaccioso delle sue parole. Il magister non rispose e mi spinse su per la botola. La notte avvolgeva Venezia, e le maschere impazzavano insieme alle luci delle torce che guizzavano per le strade, apparivano improvvise da un angolo, e si perdevano lasciando ombre fugaci alle loro spalle. Risa e grida si contendevano il rumore, mentre il magister e io attraversavamo quel sembiante d'inferno come Virgilio e Dante.

Facce diaboliche, streghe, straccioni e re si urtavano, scherzavano e si fermavano agli angoli per bere e mangiare presso birocci arrangiati al momento. Ballavano nelle piazzette al suono di liuti, corni, cetre e ghironde di artisti di strada pronti a raccogliere le monete che venivano gettate ai loro piedi. A volte si levava altissima una voce celestiale, di femmina o di castrato, spesso derisa, raramente applaudita, mentre riscuotevano più fortuna le canzonacce accompagnate da bombarde e cennamelle. La confusione mi fece perdere l'orientamento e seguivo il magister senza sapere dove andasse. La solita sua veloce camminata mi costrinse a levarmi le catene da carcerato, che se pur lasche, frenavano l'andatura. Mi ritrovai davanti allo Sturiòn senza sapere come vi ero arrivato.

Non mi aveva rivolto la parola nemmeno una volta, né si era premurato che gli tenessi dietro. Questo era lui: quando le torme dei pensieri gli affollavano la mente, il resto cessava di esistere. Né uomini né cose, nemmeno se stesso e forse neanche Dio. Si toccò la veste militare, accigliato, e finalmente si accorse di me.

«Tu va' a mangiare, io mi corico.»

La padrona mi portò di primo acchito un piatto con uno zucchino, ammiccando, e io compresi. L' offesa mi spinse a un gesto che a quarant'anni di distanza stento a dimenticare. Come si voltò le appioppai una manata sul sedere, attutita dall'ingombrante gonna e dal grembiule. Quella tuttavia, invece di riprendermi, si voltò sorridendo.

«Allora non siete di quella razza, ma solo timido. Vieni con me, mio bel moretto, so come farti passare la vergogna.»

Mi prese per mano, o piuttosto me l'afferrò saldamente. Mi opposi appena, e anni dopo compresi quel discusso verso di Ovidio nelle Metamorfosi. La *vis grata puellae*, quella violenza che il maschio esercita sulla fanciulla, permettendole così di cedere alle sue proposte senza apparire spudorata. Una scusa, in breve, un gioco delle parti, che in quell'occasione si erano rovesciate. Io ero la fanciulla e Caterina il maschio voluttuoso. Il pensiero di Isabella mi sfiorò appena, oscurato dai dubbi sul suo comportamento e sul suo amore. E più che l'amor poté il digiuno, parafrasando il poeta.

Mi lasciai così trascinare per delle scale anguste, fino ad arrivare all'ultimo piano, dove si stendevano ad asciugare i panni in uno stretto loggiato, aperto sui quattro lati, il modo migliore per fare circolare l'aria. Le acque scure del Canale Grando luccicavano come diamanti e spumavano sotto i colpi dei barcaioli, più indaffarati che nelle ore di mercato a trasportare maschere. Sentii grugare un piccione ma, come mi voltai, mi accorsi che si trattava di alcuni borbottii di Caterina che aveva difficoltà a slacciarsi la gonna. Rimasi immobile, fino a quando non si appoggiò alla balconata.

«Datti da fare, ma fai con calma» gorgogliò con una voce così bassa che temetti si fosse trasformata in uomo.

Si alzò la veste: di fronte a quel sedere bianco e aspro come la luna, invogliato dai suoi movimenti e dall'aria fresca che s'infilava nella larga veste da forzato, senza più esitare mi appoggiai sulle sue natiche. Svelta come un furetto la mano della donna s'insinuò tra la ruvida stoffa, la giovane mia natura la assecondò e un momento dopo un profondo calore sortì dal basso ventre e mi fuse il cervello.

Mai avevo e mai avrei udito da uomo o da donna simili grugniti, e forse neanche da una scrofa, alla quale paragonai l'immonda femmina. Passato il primo momento di eccitazione carnale, quasi mi venne da ridere, ma proseguendo la monta, provai poi vergogna. Non del mio ridere salvifico ma dei miei atti che sapevano di osceno. Così simili eppure distanti da quello compiuto pochi giorni prima con Isabella. Tuttavia, mentre riflettevo su somiglianze e differenze, salii tutti i gradini del climax più velocemente della mia volontà, e quando giunsi all'apice, grugnii anch'io.

VENTITREESIMO GIORNO
Politica

La Venezia che mi si presentò l'indomani mi fa tornare in mente i mesi terribili in cui i Lanzichenecchi di Carlo V devastarono l'Urbe eterna, di cui ero prefetto. La turba dei feroci soldati tedeschi, assassini, violentatori di monache, portatori di peste, rapinatori di ogni bene e distruttori di opere d'arte, in meno di un anno fece a Roma quello che nei secoli non erano riuscite a fare le orde barbariche. E se attraverso il Passetto non avessi seguito papa Clemente, scortato da poche e fedeli guardie svizzere, e non ci fossimo rifugiati nel Castello del Santo Angelo, non sarei qui a scrivere. Che Dio benedica sempre quell'imprendibile fortezza. Così appariva Venezia, la mattina del giorno successivo, con ubriachi (o forse morti?) a ogni angolo e pozze di vomito ovunque. Anche il magister, che all'epoca ne aveva viste ben più di me, ne rimase scosso.

«L'agnello divino ha aperto il secondo sigillo, e il cavallo rosso ha portato violenza e stragi.»

Lo disse sorridendo appena, e ne fui contento. Perché stava ritrovando se stesso e la sua calma. Forse anche grazie al fatto di aver dismesso la divisa militare e indossato di nuovo la veste da frate, perché, come asseriva mio padre, l'abito vile rende l'uomo civile. Compresi invece, con un certo timore, che il magister si riferiva all'Apocalisse e ai quattro cavalieri. Il loro racconto aveva sempre tormentato i miei sogni di fanciullo, e ne avevo ancora paura. Oltretutto il secondo peccato mortale di cui mi ero macchiato, commesso senza amore e per pura concupiscenza, mi avrebbe condotto inevitabilmente all'inferno. Incrociata la Ruga vecchia, ci imbattemmo in una fiumana di persone.

«Ha tutta l'apparenza del tempestoso Stige, il fiume dell'odio. Guarda le facce, Giovanni, sembra che ridano, ma ghignano. Per arrivare al tribunale dovremo risalire la corrente, non sarà semplice.»

Il processo era ancora sospeso, per cui temetti che il magister avesse preso la decisione di denunciare il pittore. Stavo per chiederglielo, quando prese con forza per il cappuccio un giovane che correva. Quello provò a divincolarsi, ma la stretta lo costrinse a voltarsi.

«Sono straniero» disse il magister quieto, in contrasto con la sua presa. «Volete dirmi con cortesia dove si sta dirigendo questa brava folla?»

«A Palazzo Dogale!» gridò il giovane.

Quanto assomigliava a uno di quei personaggi raffigurati da Bosch, con la bava alla bocca, l'espressione stralunata, le membra scomposte da una corsa appena fermata, l'affanno del respiro, che se pure non rappresentato, emanava dai dipinti.

«Vi è forse una festa?» lo interrogò ancora il magister, senza lasciarlo andare.

«De pi! Xe de mezo el copàr de l'asasìn. Del Biasio!» aggiunse vedendo che il magister non comprendeva.

«Quello dei bambini?»

«De pi! De tuti staltri!»

Come il magister lo lasciò andare, quello riprese la sua corsa.

«Andiamo» mi ordinò.

Con mia serenità, prendemmo la direzione della folla, allontanandoci dal tribunale. A mano a mano che ci avvicinavamo a piazza San Marco, da ogni stradina, come affluenti, si riversavano frotte di maschere ma anche di artigiani che chiudevano le loro botteghe, e di donne, molte con i figli per mano o in braccio. Iniziò a piovere, e da un fondaco rimasto aperto il magister comprò un panno follato.

«Se è quello che temo, non sarà una cosa breve. Meglio ripararsi.»

Piazza San Marco era un formicaio di gente assiepata tutta intorno al palazzo, fino alla riva degli Schiavoni. Davanti al lato prospiciente la laguna si ergeva un patibolo, abbastanza alto perché lo si potesse vedere da lontano. Il magister tagliava la folla spintonando e senza chiedere scusa, incurante delle maledizioni che lo accompagnavano, mentre io seguivo la sua scia. Davanti allo scalone dei giganti alcune guardie, dai pantaloni alla turca, con elmo e corazza da parata, incrociarono le alabarde per impedirci il passaggio.

«Sono frate Martino da Barga, avvisate il capitano Volpato.»

Con fare indolente una di loro si staccò dal gruppo e si inoltrò all'interno. Poco dopo apparve il loro comandante.

«Frate Martino, siete il benvenuto.»

«Che Dio vi accompagni, capitano, quale esecuzione è prevista?»

«Biasio Cargno: è stato giudicato colpevole senza appello. Gli saranno mozzate le mani, appese al collo e quindi tagliata la testa. Secondo la sentenza il suo corpo sarà quindi smembrato in quattro parti mentre la testa sarà esposta ai fedeli nella chiesa di San Zan Degolà. Ma venite dentro, dalle finestre assisterete meglio.»

Mentre salivamo le scale, il magister lo prese per un braccio.

«Per quali omicidi è stato condannato?»

Il capitano esitò prima di rispondere.

«Per i bambini di cui faceva salsicce e guazzetti. Ma... anche per gli altri.»

«Quelli su cui sono stato chiamato a indagare? Sapete benissimo che non può essere stato lui.»

«Sono soltanto un esecutore di giustizia, non un giudice, frate Martino. Se volete parlarne, di sopra c'è tutto il Maggior Consiglio riunito.»

A testa bassa, le braccia incrociate nelle ampie maniche, il magister seguì il capitano fino alla sala dove era riunita tutta la nobiltà veneziana. Dopo un saluto frettoloso Volpato ci lasciò e tornò al suo posto di guardia. Non avevo mai visto così tanta allegria, tra brusii e risate, accompagnati da svolazzi di mantelle e clangore di voci femminili.

«Guardali bene» mi disse «e impara. Guarda come la pietra filosofale del denaro riesce a tramutare l'intelligenza in idiozia e perversione. Assistono alla morte non per ricavarne insegnamento, ma per esorcizzarla, come se ognuno di loro non avesse già in sé, fin dalla nascita, i germi della corruzione del corpo. Non dimenticarlo mai, quando sarai avvocato o giudice: ciò che semini ti sarà restituito.»

Sapeva leggere nella mente e nell'animo degli uomini, il magister, ma non sarebbe mai stato un buon profeta. Se avesse scorto il mio futuro, con i paramenti dorati che indosso, il potere che esercito in nome mio e di Dio, la morale che professo e il vizio che esercito e tutte le abiezioni della mia corte, mi avrebbe cacciato all'istante. Vedevo la folgore nei suoi occhi. E se lo avesse fatto, forse oggi non sarei qui, ma nella casa dei miei avi, circondato dai miei figlioli, quelli veri, non quelli che nel mio gregge chiamo per tali. Il caso governa il mondo, e Dio assiste senza intervenire, ma non lo riconoscerò mai.

Individuato il Bragadin, il magister si mosse verso di lui, rifiutando pasticcini e bevande che i numerosi servi offrivano su vassoi d'argento. Presi un biscotto, quasi di nascosto e per non farmi vedere mancò poco che non mi soffocassi. Il consigliere indossava una palandrana rossa con un vistoso collare d'oro il cui fermaglio rappresentava il leone di Venezia. Aprì le braccia e sorrise, andando incontro al mio maestro.

«Frate Martino, che gioia vedervi in questo momento.»

«Non altrettanto per me» rispose secco. «Immagino di essere qui insalutato ospite, visto che nessuno mi ha avvisato.»

«Per carità divina, siete sempre il benvenuto. Era di dominio pubblico.»

«Ciò non ha importanza. Ditemi invece: che cosa è questa storia del giudizio del Cargno?»

Cambiato atteggiamento, Bragadin toccò il gomito del magister invitandolo ad allontanarsi con lui. In un angolo della sala, gli si rivolse severo, ma senza troppa convinzione.

«Che cosa intendete? Siete il difensore del pittore, non del criminale Cargno.»

«È vero che è stato condannato anche per quei crimini, quelli del Pisani e degli altri?»

«Certamente» rispose Bragadin con sussiego. «È stato riconosciuto colpevole dall'avvocatura criminale.»

«Sapete quanto me che è una falsità.»

Se non provata, l'accusa di falso a una magistratura poteva comportare un immediato giudizio a carico del calunniatore. E la condanna prevedeva anni e anni di catene. Lo sapevano entrambi, eppure il magister sostenne lo sguardo fiero del Bragadin. Il quale alla fine sospirò e fece cenno al magister di seguirlo, cosa che feci anch'io. Forse il membro dei Dieci, dalla sua altezza, mi considerò un ectoplasma, o un ignorante o un cagnolino al guinzaglio, senza voce né orecchie. Entrati in uno studiolo dove alle pareti trionfava un prezioso marocchino rosso, Bragadin chiuse la porta dietro di sé.

«Conoscete la politica?»

«*Politikè*» disse il magister, «il governo della città, sottinteso *téchne*, l'arte.»

«Giustamente conoscete il latino meglio di me.»

«È greco.»

«Quello che è. Ordunque, sono giorni difficili, settimane, mesi. Due navi partite da Damasco sono state assalite dai pirati turchi vicino all'isola di Creta. Una è fuggita dopo aver assistito all'abbordaggio e alla fine straziante dei marinai della seconda. Tra le loro famiglie vi è anche chi ha visto sparire un bambino, sapete che cosa intendo. Il prezzo della farina sta salendo in modo preoccupante mentre Milano, Mantova e Ferrara stanno muovendo truppe ai confini. E il popolo...»

«Ha bisogno» il magister lo interruppe, continuando il ragionamento dell'altro «di un capro espiatorio su cui sfogare le proprie paure, la rabbia, la fame e tutte le altre miserie dell'animo umano. Si eviteranno così disordini, petizioni o perfino sommosse, che la Signoria sarebbe costretta a reprimere nel sangue. In questo modo l'ordine ne sarebbe turbato e per questo ne soffrirebbero ulteriormente i commerci e lo scambio dei denari. I Romani lo chiamavano *panem et circenses*: si dia al popolo pane e giochi del circo, per tenerlo quieto. E questa spettacolare esecuzione è il circo di Venezia.»

Il volto di Bragadin si illuminò.

«È proprio quello che volevo spiegarvi, ma lo avete spiegato voi a me, e molto meglio di come avrei fatto io. Siete un uomo troppo intelligente e troppo acuto, sono felice che abbiate compreso la situazione.»

Il magister si spostò verso una finestra dalla quale si potevano osservare i preparativi finali dell'erezione del patibolo: il boia stava sistemando il ceppo su cui sarebbe stata posata la testa di Biasio Cargno e la cesta dove l'avrebbe deposta. Era di spalle, lo sguardo rivolto in basso.

«Si punisce un assassino e se ne lascia libero un altro.»

«Come avete detto?»

«Che cosa direte alla gente, Bragadin, quando vi sarà un altro omicidio? Perché su questo non ho dubbi, come voi sapete che il Cargno è innocente degli altri delitti.»

«Ha confessato.»

«Suvvia Bragadin, sotto tortura anch'io potrei confessare di cavalcare un uccello e di volare intorno al campanile nelle notti di luna nuova, di essermi mangiato una scrofa intera o di essere stato tra i pugnalatori di Giulio Cesare.»

Bragadin prese ancora una volta per il gomito il magister, che cercò di sottrarsi a quel contatto.

«Il doge stesso» gli sussurrò «ha preteso che questo affare si risolvesse in tal modo. È stata una manna dal cielo, così ha detto, la faccenda dei bambini mangiati. Ha prima distratto il popolo e poi lo ha soddisfatto con la scoperta del colpevole. Io mi sarei anche opposto, frate Martino, ma la politica...»

«E quando dirò all'Avvocatura Criminale chi è stato? Che cosa farete?»

«Sapete chi è?»

Il magister non rispose e i due si guardarono negli occhi, mentre i miei oscillavano fra quelli dell'uno e quelli dell'altro. Sembrava un combattimento tra due gatti, quando si osservano, fermi e muti, ma con i muscoli tesi e il pelo arruffato. Poi Bragadin prese fiato.

«Se volevate un colpevole dovevate trovarlo prima, ormai è tardi. Siete sollevato dall'incarico. Io stesso conferirò a tale proposito con il doge. Fate il vostro processo inquisitorio, difendete Bosch o accusatelo, ammesso che non sia già fuggito nel suo paese. Fate come volete, ma non occupatevi più degli omicidi. E ricordate di obbedire, per gli affari civili siete sotto la giurisdizione della Signoria.»

L'esecuzione

E lo spettacolo fu. Un triplo cordone di guardie circondava il patibolo, alto forse dieci braccia. Un prolungato rullo di tamburi precedette l'arrivo di Biasio Cargno. Il carro, tirato da due asini, uscì dal cortile del Palazzo Dogale, protetto da due schiere di armati. Su di esso si ergeva una gabbia di ferro alla quale era incatenato il condannato. I soldati dovettero difendersi dall'assalto della folla, in prima file le donne, e dalla gragnola di sassi, pezzi di legno e verdura marcia. Quando Biasio, che appariva più morto che vivo, fu issato a forza di braccia sul patibolo, si levò un urlo bestiale, seguito da grida di incitazione al boia. Questi, con la testa coperta da un cappuccio nero, dette la sua prova di recitazione. Alzò l'ascia e ne provò il filo con la mano, fingendo di essersi ferito, da quanto era tagliente. Ne seguirono un'ovazione e risa sguaiate.

Era la prima volta che assistevo a un'esecuzione, e nonostante le numerose altre cui ho assistito anche in veste di giudice supremo, nel ricordo è la più feroce. I piedi furono inseriti in una gogna, con i moncherini delle mani già tagliate, e il boia dette prova della sua abilità: in sintonia perfetta con un colpo di tamburo mozzò un braccio e poi l'altro, quindi un piede e l'altro piede. Prima che morisse, altrimenti la sentenza non sarebbe stata eseguita a dovere, Biasio fu issato di peso, e gli fu messa la testa sul ceppo. Dopo un rullo prolungato dei tamburi, accompagnato da quel silenzio che è anche attesa, il rumore cessò di colpo, e un attimo dopo la scure attraversò il collo di Biasio Cargno come fosse burro. La piazza gridò, felice, liberata, vendicata. Finalmente la giustizia terrena era stata soddisfatta. L'ultimo atto del boia fu di prendere la testa per i capelli e mostrarla al suo pubblico, la rivolse poi alle nostre finestre e infine la depose nella cesta, coprendola con un panno.

Il popolo sciamò via, appagato, come lo saranno stati anche i numerosi ladri che avevano di sicuro approfittato della confusione e della ressa per alleggerire le scarselle dei più scalmanati. A Roma i più svelti e sagaci sono i ragazzini, e quelle rare volte che le mie guardie me li prendono e me li portano, questi mocciosi sporchi e sorridenti mi fanno più ridere che arrabbiare, e a volte lascio perfino loro la refurtiva.

«Come ti senti?»

La voce serena del magister mi fece bene. In effetti avevo lo stomaco ingarbugliato e la mente eccitata, ancora pregna di quelle immagini che avevo assorbito fino in fondo con gli occhi e con l'animo.

«Confuso» risposi con sincerità.

«Ne sono lieto.»

Non più al nostro solito passo di marcia ma finalmente a un'andatura lenta e misurata, ci dirigemmo verso settentrione. Sembrava che l'orgia di sangue dell'esecuzione avesse calmato gli spiriti frenetici del Carnevale. Continuavamo comunque a incontrare maschere dappertutto, oltre a un gruppo di musicanti nani che ci seguì per un bel pezzo di strada.

Ci sedemmo su un ponticello di legno: davanti a noi si stendeva la laguna. Alla nostra sinistra il mare e la costa lontana, davanti a noi l'isola di Murano. Respiravo con piacere l'odore salmastro e di alghe, che mi liberava da quello del sudore della folla e dei profumi intensi delle nobili donne di Palazzo Dogale. Quello di verbena di Isabella mi appariva ormai lontano.

«Sono lieto» ripeté «che ti senta confuso. Perché se tu avessi le idee chiare, a questo punto saresti un presuntuoso. I dubbi» aspirò profondamente l'aria «sono il sale della vita. Senza di essi tutto sarebbe piatto come la terra su cui viviamo.»

Lo guardai stupito, chiedendomi come un uomo della sua cultura ancora ritenesse valida l'antica teoria.

«È una battuta, Giovanni.» Mi rinfrancai. «Quando arriva il buon umore, la vita riprende a scorrere. Sai che cosa dicevano gli antichi Egizi?»

Naturalmente non lo sapevo.

«Che quando il dio supremo rise nacque la luce. Alla seconda risata le acque e a quelle successive nacquero tutti gli altri dei.»

«È una bellissima storia, ma non ce la faccio a rallegrarmi. Siete stato sollevato dall'incarico e ora riprenderà il processo contro Bosch. Noi sappiamo dove si nasconde ma non potremo dirlo. E se venisse scoperto potrebbe perfino affermare che eravamo suoi complici per non averlo denunciato. Mi sembra di essere in una nassa per le aragoste. Siamo entrati e non ne potremo più uscire.»

«Non è detto. Diciamo che dobbiamo ripartire da zero. Che è tuttavia un ottimo punto di partenza, visto che lo zero è nato a Venezia. Lo chiamavano zevero, da *zephirum*, il nome che gli dette il matematico Fibonacci, che a sua volta lo tradusse dall'arabo *sifr*. Animo, mio giovane amico, e ti spiegherò per quale motivo questa nuova situazione ci dà un'opportunità. Quando si è vicini alla meta, come eravamo noi», mi piaceva quel noi, mi sentivo coinvolto e importante, «si diventa ansiosi, e non si vede l'ora di arrivare. Immagina di essere su una nave, con il mare mosso, e in lontananza già vedi un porto sicuro. Poi, d'improvviso, avviene il naufragio. A questo punto non hai più niente da perdere, la meta che ti dava ansietà è scomparsa e pensi solo a salvarti la vita.»

Sì, avevo compreso, sia pure per sommi capi, per intuito, non le singole frasi, come mi accadeva spesso. Ma il senso mi rimaneva dentro, s'insinuava con delicatezza e questo era davvero il grande insegnamento del magister, del quale, come ho già detto, conservo il più bello dei ricordi. Cercai di replicare come meglio potei al suo sorriso. Ma avevo ancora bisogno di risposte certe.

«Quindi ora che facciamo?»

«Mangiamo, gli asini ragliano più forte quando hanno la pancia piena.»

Così, nel tornare indietro, anche se non sapevo dove, ci imbattemmo in un ambulante. Ci offrì, a pochi soldi, un cartoccio di pesci fritti nello strutto: sardine, ghiozzi, acciughe e noni, sui quali gradimmo far gocciolare del succo di limone. Terminammo con dei gustosi ciccioli, quintessenza dello strutto. Ancora una volta il magister aveva colto nel segno: dopo il pranzo, pur non essendo cambiato nulla, le nostre prospettive mi apparvero più rosee o piuttosto meno nere.

Questa volta non vi era la folla a impedirci di raggiungere il tribunale dell'Inquisizione. Lì il magister sperava di trovare Longueville, che stranamente si era perso l'esecuzione di Biasio Cargno, a meno che non si fosse confuso nella calca. Prima di arrivare rivolsi al magister una domanda che mi era rimasta nel gozzo durante il colloquio con Bragadin.

«Pensate davvero che sarà commesso un altro omicidio? E pensate che sia...»

«Bosch? Lo credo» incrociò le braccia. «Come credo in Dio Padre Onnipotente, nell'anima, nella comunione dei santi, nell'intercessione della Vergine Maria, nel battesimo che libera il fanciullo dal peccato originale. E potrei andare avanti. Ma potrei sostenere davanti a un giudice questi doni della fede? Ne ho le prove? No. Così come credo che Bosch sia un essere infernale, pericoloso, determinato nella sua lucida follia. Arrogante come un condottiero che gioca con i suoi nemici illudendoli di una vittoria che tiene invece ben salda nelle sue mani.»

«Ma...»

«Non interrompermi. I suoi ritratti sono allucinanti e geniali. I miei occhi non si sazierebbero mai di ammirarli, di gustarne i particolari. La santa in croce, per cui è stato accusato, non è la parte centrale del dipinto, Longueville non lo capisce, infervorato com'è dallo spirito iconoclasta. È altro che Bosch ha voluto dipingere. Hai notato i mostri nei pannelli laterali? E le facce arcigne, caricature e maschere di quelle umane. Non hai notato l'uccello imprigionato nella ragnatela, usata come cintura da un nobiluomo il cui naso ricorda il membro virile?»

Le sue parole fluivano veloci e aspre, come represse a lungo, desiderose di uscire come una liberazione. Il suo respiro si era fatto affannoso, eccitato.

«Davvero vorreste vederne altri?» mi scappò detto.

«Perché» mi aggredì verbalmente, «ne possiede ancora?»

«So da Isabella che nello studio che gli aveva fornito Grimani, non il suo rifugio, ha alcune tele che si è portato dal suo paese. Io credo che se voleste vederle, il vescovo non si opporrebbe.»

«Perché non me lo hai detto prima?»

«Non me lo avete chiesto.»

«Sta bene. Domani andremo.»

Ho amato donne e uomini, l'oro e le gemme, i denari rilucenti nei forzieri, l'autorità di concedere la vita e la morte. Ma più di tutto la tiara papale, il triregno, simbolo del potere temporale e spirituale su tutto il mondo. Quando me la posarono in testa, mi pervase una libidine che nessun corpo umano mi aveva mai dato. La stessa che vidi negli occhi del magister al pensiero di poter osservare i quadri di Bosch. Davvero allora costui era una creatura infernale, se era riuscito a tentare in questo modo lo spirito di frate Martino da Barga. Come si riebbe, mi sorrise, quasi vergognandosi del suo desiderio, ed entrò deciso nel tribunale.

Il gioco è l'unica cosa seria

Longueville si trovava nella cappella del tribunale, inginocchiato sui gradini dell'altare. Lo riconobbi da dietro per l'occipite che sporgeva come un corno. Il magister e io ci fermammo in piedi, in fondo, vicino all'ingresso, senza fare il minimo rumore. Le fiamme di due ceri, ai lati del tabernacolo, mosse dal vento che filtrava da una grata di ferro appena visibile dietro l'altare stesso, facevano ballare le ombre. Costretto all'immobilità e al silenzio, il pensiero ritornò a Bosch e Isabella. L'avevo tradita e sarebbe stato giusto, per par condicio, che lei avesse fatto o facesse altrettanto.

Mi passarono davanti le immagini delle sue presunte fornicazioni con Bosch e di quelle reali, secondo il magister, con il vescovo Grimani. Ma anche con una serie di mostri, demoni e persone, uomini e donne, quelli che Bosch stesso mostrava negli atteggiamenti più osceni. Fui indotto a pensieri più che indecenti, che il luogo sacro non bastò a frenare.

«Prega, invece di pensare», per il magister non fu difficile leggermi nell'anima, «o almeno pensa di pregare.»

Bastò quel leggero sussurro a far capire a Longueville di non essere solo. Con il pollice destro si segnò due volte, sulla fronte e sul cuore, e si alzò, avviandosi verso di noi con la lentezza di una tartaruga e la flessuosità di un serpente.

«Vieni» disse al magister, «sono felice di vederti.»

La sua accondiscendenza stupì entrambi. Ci precedette lungo un corridoio, ma ogni tanto si voltava per assicurarsi che lo seguissimo. Ci aprì una porta, e ci lasciò entrare per primi: io mi tenni accostato alla parete, per prudenza. C'erano due letti con un pagliericcio, una scrivania, un inginocchiatoio e, gettati su una sedia, due flagelli di cuoio e una camicia imbrattata di sangue, su cui mi cadde l'occhio.

«Dovresti provare il flagello, Giovanni» la voce di Longueville sapeva di olio, ma rancido. «Ti porta più vicino a Dio di qualunque atto di fede.»

«Io non ne ho mai avuto bisogno» intervenne il magister in mia vece.

«Come fai a dirlo, Martino, se non lo hai mai provato?»

«Vi sono cose che si evitano anche se non sperimentate di persona. Non credo tu abbia bisogno di ingoiare un topo vivo per comprendere quanto possa fare ribrezzo.»

Forse fu un sorriso quella piega che si disegnò sulle labbra di Longueville, ma non lo avrei giurato.

«Sempre a giocare con le parole, Martino.»

«Secondo uno dei sette savi, Periandro di Corinto, il gioco è l'unica cosa seria, il resto appartiene alla seriosità, quella gravità affettata che è madre, sorella e figlia dell'ipocrisia.»

«Mi arrendo» replicò untuosamente Longueville, «ma non sarai venuto a trovarmi per impartirmi lezioni di retorica o di filosofia. Posso sperare che ti sia convinto, in questi tristi giorni, della colpevolezza del pittore Bosch?»

Un bussare simile a due colpi di cannone mi fece sobbalzare, intento com'ero a seguire i discorsi dei due uomini. Longueville gridò di entrare, infastidito. Il telamone entrò a fatica, la porta era fatta per gli uomini, non per quella colonna vivente. Non si peritò di salutare e a un cenno del suo padrone uscì di nuovo, non senza aver prima riposto un oggetto all'interno di uno stipo.

«È muto?»

«No, Martino. Ma ha fatto il voto del silenzio. E quindi?»

«Per quanto riguarda Bosch, ritengo sempre che l'accusa di blasfemia sia audace, ma tutto è possibile. Vedremo, valuteremo, giudicheremo.»

Longueville fece un accenno di inchino, quindi si fregò le mani.

«Posso ora sapere il motivo della tua inaspettata visita?

Hai forse notizie del contumace? Comunque sia, fra tre giorni riprenderà il processo.»

«Proprio di questo volevo parlarti. Se io lo trovassi, ma bada, è solo un'ipotesi, saresti d'accordo nel revocargli la perdita del salvacondotto?»

«Ancora lo proteggi» sbuffò Longueville. «No. Mai. Si nasconde perché è colpevole, e di quanti crimini lo sa solo Iddio.»

«Sta bene. Ancora una cosa, fratello. Non hai partecipato all'esecuzione di Biasio Cargno. Posso chiedertene il motivo?»

«È colpevole dell'uccisione dei bambini, ma non degli altri omicidi. Non mi andava quindi di partecipare a una parziale ingiustizia. E tu lo sai quanto me, Martino.»

«Almeno su questo siamo d'accordo.»

Questa volta fu il magister a inchinarsi, e si mosse verso l'uscita.

«Bada a te, Martino» la voce di Longueville ci colpì alle spalle. «Se lo trovassi, avresti l'obbligo di denunciare il suo nascondiglio. Fa' attenzione, fa' attenzione, il Signore vede tutto.»

Il magister non ci fece caso, ma quell'ultima frase mi suonò strana, come presa da un libro o da un salmo. Molto più avanti avrei capito il suo oscuro significato. E a parte lo scambio di opinioni finale su Biasio, anche del dialogo tra i due avevo capito ben poco: un duello di parole esoterico che nascondeva altro, un po' come uno di quegli almanacchi del francese Michel de Nostredame.

Comunque, anche senza capire, fui lieto nel vedere il volto soddisfatto del magister, prima o poi mi avrebbe dato spiegazioni. Nel frattempo gliene chiesi io una.

«Davvero Periandro di Corinto, uno dei sette savi, ritiene il gioco l'unica cosa seria?»

«Nemmeno per idea, l'ho escogitato sul momento.»

«Ma...» mi venne da ribattere «e se Longueville lo avesse saputo?»

«Mi sono fidato della sua cultura teologica che non ammette studi diversi. I fanatici leggono l'impossibile, ma solo intorno alle loro convinzioni. Il nome però esiste realmente, anche se mi potevo inventare Manassero di Tebe o Filodemo di Tirinto, che invece non sono mai esistiti: pure in questo caso so che non avrebbe fatto una piega. Questo è il vantaggio di una conoscenza che non trascura ciò che è diverso o lontano dai propri principi.»

«E voi che cosa pensate in proposito? Perché io sarei d'accordo con Periandro, se l'avesse detto davvero.»

La giornata volgeva ormai al tramonto ed eravamo entrambi stanchi e provati. I borzacchini mi dovevano aver prodotto una ferita sul calcagno e pregai il magister di fermarsi. Osservò la piaga con attenzione se pure a distanza: l'odore dei miei piedi lo infastidiva. Ci fermammo presso uno speziale e mi procurò una boccetta d'olio che alla vista sembrava urina.

«È a base di foglie di iperico, ti aiuterà a cauterizzare la ferita, spalmalo bene e cammina scalzo. Quando arriviamo allo Sturiòn, mi raccomando fatti subito una lavanda con la lisciva.»

«Guarirò prima?»

«No, ma puzzerai di meno. Vuoi che ti compri anche dell'agnocasto, già che siamo qui?»

«Per il buon odore?»

«Per la tua anima, piuttosto. Secondo il medico greco Dioscoride, i petali viola dell'agnocasto andavano sparsi sui letti nuziali delle donne ateniesi, quando i mariti partivano per la guerra. Venivano così calmati i loro ardori e rimanevano fedeli.»

«Funzionava davvero?»

Mi guardò di tralice, e non mi rispose. Non osai chiedergli se in qualche modo avesse saputo dalla padrona della locanda o avesse semplicemente intuito che avevo fornicato con lei.

«Domani» mi disse invece cambiando argomento «andremo a palazzo Grimani e visionare i quadri di Bosch.»

«Intendete denunciarlo?»

Ancora una volta non mi rispose, e io mi addormentai con il pensiero di che cosa sarebbe successo al pittore, a Isabella e a noi due se, alla fine, la sua coscienza di uomo probo, e onesto fino all'autodistruzione, avesse avuto il sopravvento.

VENTIQUATTRESIMO GIORNO
Il tenutario

Dio punisce il desiderio anche dei suoi figli più devoti e retti, di quelli che si comportano secondo i suoi dettami. O meglio, i dettami insegnati dal suo glorioso Figlio. Io non sono tra coloro, mi basta essere il suo Vicario in terra. Quando sarò in cielo, perché di questo non dubito (sarebbe assurdo che un papa finisse all'inferno), avrò l'eternità per pentirmi e godere di una beatitudine che temo tuttavia sia ben diversa da quella terrena. Ne temo la noia, più che altro. L'età mi fa divagare: mi riferivo invece al fatto che il magister non godé, il giorno successivo, del piacere di visionare i quadri del pittore. Non albeggiava ancora, che un picchiare violento svegliò entrambi. La voce roca di Caterina ci giunse attraverso la porta.

«Che il cancaro vi porti entrambi! Giuro su Iddio che mi sono stancata.»

Prima di me il magister balzò in piedi, togliendo il catenaccio.

«Che accade, brava donna?»

La camiciaccia le pendeva da un lato, lasciando intravedere il seno abbondante e cadente.

«Un giovane capitano ha voluto entrare a tutti i costi e chiede di voi. È la seconda volta che mi portate i soldati in casa, spero stavolta vi trascinino in prigione.»

«Se così fosse, non chiederebbe, donna Caterina» rispose gentile il magister, «ma avrebbe già imposto la sua presenza.»

Come si voltò per invitarmi a levarmi e seguirlo, vidi Caterina rivolgermi lo sguardo, tirare fuori la lingua e girarla più volte, mentre si toccava il petto, e compresi che non si trattava di un gesto di scherno.

Scendemmo nell'androne, e trovammo il capitano Volpato ad aspettarci, seduto su una sedia.

«Ogni volta che ci vediamo, mi portate notizia di una disgrazia: spero stamattina si tratti del mio arresto.»

«Purtroppo no, frate Martino. È successo ancora.»

Con grave scorno della padrona, il magister lo invitò a salire nella stanza dove si pranzava, e lei si sentì obbligata a portare una brocca di vino e un formaggio dalla pasta morbida, che emanava un penetrante odore di mosto. Squisito, al ricordo, e mi pare si chiamasse Montasio, forse perché di alpeggio. Volpato tracannò due bicchieri di vino, prima di parlare.

«Un altro omicidio, uno di quelli.»

Non ci fu bisogno di dire altro. Comprendemmo senza bisogno di chiedere oltre. Il magister incrociò le dita e se le portò alle labbra.

«*Non possumus*, capitano. Il consigliere Bragadin ci ha tolto l'indagine, non abbiamo più l'autorità. E poi» aggiunse con malizia «per questo omicidio è stato già giudicato Biasio Cargno... *ante factum*. Avete a Venezia una giustizia così rapida che riesce a condannare il reo prima che commetta il reato.»

«Avete ragione» il capitano alzò gli occhi verso di lui. «Lo so io. E lo sapete voi, ma vi prego di venire a vedere.»

Il magister avrebbe chiesto lui stesso di poter esaminare la scena del crimine. Invece esitò, ma solo per far cadere più dall'alto il suo assenso, che arrivò dopo una lunga pausa.

«E sia, andiamo pure.»

La luce iniziava a farsi strada tra gli alti palazzi, guizzava fredda e rapida quando giravamo gli angoli, per poi scomparire e riapparire, come giocando a nascondino. Per non farci scorgere, come dei ladri, passammo da una serie di vicoli e subito accanto alla piazza dell'Arsenale arrivammo in una stradina che costeggiava uno stretto canale. Due cani giacevano in mezzo a un mucchietto di ossa. Mi accorsi subito che non dormivano. Il capitano si spinse poco oltre. Davanti al ponte una guardia spostò l'alabarda di lato, in segno di saluto.

«È il ponte del purgatorio» disse il capitano. «Venezia ne ha tre per onorare il passaggio del poeta Dante da qui.»

«Gli altri saranno ovviamente del paradiso e dell'inferno» aggiunse il magister.

«Come avete detto, frate Martino. Ma sembra questo quello dell'inferno.»

Sotto il ponte si trovava un uomo, appeso a testa in giù. Ed eravamo così a cinque. Alla luce di una lanterna, il magister e il capitano si inginocchiarono per vedere meglio. A me bastò quello che avevo scorto.

«Di chi si tratta?»

«Jasinto Boscolo, detto el Baròn, il cattivo. Abita qui davanti, dentro il suo bordello. Picchiava le sue ragazze se non si davano abbastanza da fare con i clienti. Un uomo malvagio, ma invidiato da molti, sia per le ragazze che per i denari accumulati.

«Non lascerà rimpianti, allora. Perché mi avete fatto venire?»

«Guardate voi stesso: i cani, le ossa, la posizione, sono tutti simboli, credo anche quell'osso che stringe nella mano.»

Il magister si protese verso il pelo dell'acqua e toccò la fronte del cadavere.

«È ancora tiepido, chi è stato ad avvisarvi?»

«Una delle ragazze che lavorava per lui. È ancora dentro, ho chiuso il portone per evitare che se ne andassero.»

«Avete fatto bene, fatemi parlare con lei.»

Salito sul ponticello, il capitano ci precedette e aprì la porta con un chiavistello. Nella stanza d'ingresso, alcune ragazze stavano abbracciate, le une alle altre, su alcuni canapè, alcune in camicia da notte, altre ancora vestite da lavoro, per usare un eufemismo. Il bordello doveva essere di infima categoria, perché, oltre allo sporco per terra (vidi perfino tracce di escrementi di topo), puzzava di urina e di altro che non oso nemmeno ricordare. Il capitano fece cenno a una di avvicinarsi: nonostante le palpebre tinte d'oro sopra i grandi occhi azzurri e gli zigomi imbellettati di un rosso violento, sembrava una bambina. Sul volto i segni bluastri di percosse recenti. Avanzò con lo sguardo rivolto a terra. Il magister fece per prenderle il mento, ma vi rinunciò: l'idiosincrasia per il contatto fisico gli impedì di compiere quel gesto di pietà.

«Raccontami, figliola, e non aver timore: nessuno ti farà più del male.»

Lei alzò gli occhi, che si riempirono di lacrime, dubito per la morte del suo padrone. Tirò su con il naso e si pulì con il bordo della manica.

«Era notte fonda e stavamo tutte dormendo, quando Boscolo mi ha svegliato. Credevo volesse giacere con me, ma mi ha detto invece di prepararmi perché di fuori aspettava un cliente importante, uno di quelli che non si devono fare aspettare. E mi ha dato uno schiaffo.»

«Quindi hai visto di chi si trattava» chiese il magister speranzoso.

«Sior no. Il Boscolo xe uscido e me son vestida. Ho aspettato e aspettato. Poi go avuto paura de non aver capìo e sono uscita mi. Non xera un anema, a parte due can, poareti, che xe dovevan essere magnà a vicenda. Alora ho ciamado el paròn, ma niente. Me son quindi aproximada ai can e voltandome go visto el paròn a testa en zò, che dondolava.»

Di nuovo si mise a piangere e una sua amica si alzò e le circondò le spalle con un braccio.

«Credo sia corsa subito in corte di giustizia. Io l'ho riaccompagnata qui e sono venuto da voi senza indugio» intervenne Volpato.

Dopo averla licenziata, il magister uscì e noi gli andammo dietro.

«Che cosa dite, capitano? A meno di non pensare che sia stato il suo spirito immondo, escluderei la colpevolezza di Biasio Cargno.»

La smorfia del capitano, che accusò l'ironia, bastò a farmi capire quanto fosse d'accordo con il magister.

«Potete trarre a riva il corpo? Vorrei esaminarlo. Ma se pensate che non possa più farlo, non ve ne farò una colpa.»

Gli fu sufficiente un cenno per farsi obbedire: mentre un primo soldato recideva la corda con cui era appeso, un secondo lo afferrò e lo distese a terra. Il magister si chinò sul corpo.

«Illumina il volto» chiese a quest'ultimo.

Fu allora che si accorse che dalla bocca gli usciva una polvere frammista a delle piume: un altro di quegli indizi.

«È la sua firma, magister» dissi con convinzione.

Non mi rispose e, con mio grande ribrezzo, toccò quella polvere biancastra con un dito e se la portò alle labbra.

«Farina» sentenziò, «e queste sono inconfondibili penne di falco. Si sta prendendo gioco di noi. Spogliatelo» ordinò.

Anch'io volli essere d'aiuto: ormai, nel giro di poco meno di due settimane avevo già visto sei cadaveri, compreso quello di Biasio Cargno, e tutti morti di morte violenta. Sarebbe stato stupido averne ancora impressione. Una volta denudato, il magister prese in mano la lanterna ed esaminò con attenzione il corpo, dopo aver inforcato le lenti.

«Macule e papule diffuse e vive. Se non si tratta di lebbra, soffriva di quel che chiamano mal francese, preso probabilmente dalle sue ragazze, che avranno così infettato mezza Venezia. E qualcuno lo ha preso di recente a frustate sulla schiena, a meno che non se le sia impartite da solo.»

«Un simile peccatore un flagellante?» chiesi stupito.

«Più sono corrotti, più devono pentirsi con forza, e il sangue lava i loro peccati», mi guardò di traverso. «Sto celiando, Giovanni. Niente di meglio di una battuta di spirito, se pure greve, per allontanare i miasmi di questa corruzione. Non lo penso affatto. Trovo stupido e iniquo flagellare il proprio corpo o imporgli altre punizioni carnali. Anche papa Martino nel Concilio di Costanza ha proibito un simile supplizio, concepito da menti malate. Due secoli prima di Cristo perfino il commediografo Terenzio prese in giro l'autopunizione nell'*Heautontimorumenos*. È greco» continuò vedendo le mia incertezza, «significa "punitore di se stessi".»

Devo tuttavia confessare che oggi a me non dispiace la flagellazione: non praticarla, beninteso. Osservarla mi dà brividi di piacere, probabilmente si tratta di una mia ossessione, tra le tante. Per quanto mi riguarda, invece, preferisco il godimento alla sofferenza, e non credo si debbano scomodare filosofi o teologi per spiegare il perché.

Dopo essersi rialzato, il magister si pulì il saio dalla polvere e forse anche per scacciare eventuali infezioni. Sputò quindi per terra per liberarsi dalla farina.

«Grazie, capitano» disse alla fine, «tenetevi pronto. Io mi farò da parte e vi darò il merito della cattura dell'assassino. Magari solo di questo, visto che per gli altri delitti qualcuno, se pure non innocente, è stato già punito dalla giustizia.»

Ci allontanammo ma, fatti pochi passi, il magister mi guardò, con aria triste.

«Hai detto bene, è la sua firma. E stavolta è ancora più chiara. Un uomo invidiato, ha detto il capitano. L'invidia, Giovanni, il quinto peccato. Ciò che mi tormenta è che ne mancano altri due. Adesso devo fermarlo.»

Sapevo a chi si riferiva, e aveva preso la sua decisione. Forse, attribuendo la cattura al capitano Volpato, ce la saremmo cavata dall'accusa di complicità, che rischiava di ricadere su di noi per quella disgraziata avventura al Malamocco. Per tutto il tragitto di ritorno, fui percorso da brividi, e da oscuri presentimenti.

VENTICINQUESIMO GIORNO

L'esame dei delitti

Il sonno interrotto e ripreso mi porta a dormire più a lungo e male. Oggi come allora. Anche se da papa mi rigiro tra lenzuola di canapa d'estate e di cotone d'inverno. Così il risveglio è sempre strano, con il corpo che percepisce la realtà e la mente che ancora vaga tra le braccia di Morfeo.

Quelle che tuttavia mi strinsero e mi portarono rapidamente al risveglio, quando il sole era già alto, non appartenevano al dio greco. In un baleno passai dall'immagine del magister che m'imponeva di alzarmi a quella di una guardia che mi stava perquisendo. Ma quando tale ultima attività si spostò con forza sulle mie vergogne compresi alla fine che si trattava delle mani di Caterina. Alzai gli occhi nel timore che il magister fosse presente, ma il pagliericcio risultava vuoto. Così lasciai che la natura facesse il suo corso, e peccai una seconda volta con la padrona, tra gorgoglii e quelli che sembravano rutti trattenuti.

Mi assale ancora la sensazione, per nulla piacevole, delle sue enormi mammelle che mi sbattevano sul viso. Un'allegoria dell'abbondanza, un simbolo di prosperità smisurata, di opulenza smargiassa, ma per me soprattutto una causa di soffocamento aggravata dal peso della donna. Orribile al ricordo. Così come venne, se ne andò, senza un saluto, e non pensai minimamente che toccasse a me omaggiarla di un ringraziamento. Aveva solo preso ciò che voleva.

Una volta alzato, ancora un po' stordito, mi accorsi di un

biglietto sul tavolo. Il magister mi attendeva, con mio comodo (che gentilezza) in una piazzetta dietro il Fondago del Megio. Si raccomandava che mi portassi dietro il quaderno dei suoi appunti, penna e calamo, e uno dei suoi libri preferiti, la *Summa super modo arguendi*, di tal Raniero Arsendi, per me sconosciuto.

Lo trovai seduto su una panchina, con gli occhi chiusi.

«Non sto dormendo» mi disse come si accorse della mia presenza, «ma rifletto. Hai portato quel che ti ho chiesto?»

Gli mostrai la bisaccia ed egli iniziò a sfogliare il libro.

«L'Arsendi, in questo volume, razionalizza il modo di fare supposizioni, che è quello che andremo adesso a fare. Riuniamo tutti gli indizi e senza pregiudizio vediamo di dimostrare ciò che penso.»

Annuii con la faccia compunta e sbagliai, perché il magister mi redarguì, se pure in modo bonario.

«L'assenza di pregiudizio nella ricerca non significa che si possa sempre dimostrare ciò che si pensa, che è appunto un pregiudizio. Era una facezia, Giovanni. Dovresti leggere il secondo libro della poetica di Aristotele, sul riso. Ti aprirebbe la mente sulla sua importanza, in quanto ci libera dall'ortodossia del pensiero e infine rende più piacevole la vita. Orsù, diamoci da fare.»

Compresi poco, ma mi fidai delle parole del magister.

«Non volevate vedere al più presto i dipinti di Bosch?» replicai.

«Coltiverò la pazienza che dovrebbe essere la quinta virtù cardinale, prima ancora della prudenza, della fortezza e della temperanza, ma dopo la giustizia. Il mondo è redento dalla pazienza di Gesù e rischia di essere distrutto dall'impazienza degli uomini.»

Che avevo da replicare? Presi la penna e, con un coltellino che mi ero portato appresso, tagliai la punta di sguincio, per poter scrivere meglio.

«Fai cinque grandi cerchi» mi disse «per ciascuno degli omicidi. E al loro interno inserisci i nomi di tutte le caratteristiche che abbiamo riscontrato. Uniremo quindi quelle in comune in un sesto cerchio, e utilizzando il metodo dell'induzione cercheremo di capire a che cosa o a chi possano appartenere.»

«In realtà voi sapete già dove volete arrivare» mi permisi di osservare

«Hai ragione, ma verificheremo con onestà. E se tutto coincide con ciò che in effetti penso, non avremo altra scelta.»

«Denuncerete il pittore?»

«Sì, prima che altri innocenti vengano uccisi in questo gioco perverso. Esiste l'altissima probabilità che avvengano altri due omicidi e in tutta coscienza non posso lasciare che ciò accada, di fronte a Dio e agli uomini. Anche se ne pagherò le conseguenze.»

«Anch'io, magister.»

«Hai molto da vivere e da imparare, che è il sale della vita. Prima di denunciare il fatto ti rimanderò a casa, da tuo padre. Non sarebbe giusto che ti sopravvivesse.»

Rassicurato in parte e in parte ancora preoccupato, dopo aver disegnato i cerchi, e non certo alla maniera di Giotto, iniziai a scrivere sotto la sua dettatura.

«Primo: Pisani, nobile, trovato dietro palazzo Grimani, monete sugli occhi, bastone con cui è stato ucciso, ritrovato denaro, piuma. Secondo, Grazia...»

«Scusatemi, magister» lo interruppi, «ma non riesco a fare entrare tutte queste parole in un solo cerchio.»

«Benedetto figliolo» sbuffò. «Se li hai fatti troppo piccoli usa allora una pagina per ciascuno degli omicidi. I cerchi servivano per poter avere una visione d'insieme. Non hanno inizio né fine, non hanno un orientamento né una direzione, ma fai come vuoi. Non pretendo di applicare la filosofia a tutto.»

Dopo aver trascritto su una pagina le caratteristiche principali della morte del nobile Pisani e finalmente a caratteri leggibili, il magister riprese a dettare.

«Secondo, Grazia: giovane e bella cortigiana. Strangolata e stuprata con un flauto per estremo oltraggio nei pressi di Santa Maria Formosa. Il nome è interessante, quasi si riferisse alle forme di una donna, anziché alla Vergine vista sotto una *vaga forma*, come dice la leggenda. E non dimentichiamo l'intima amicizia con Isabella, con cui divideva il mestiere.»

«È proprio necessario sottolinearlo?»

«Sai chi è Buddha?»

«Vagamente.»

«Un grand'uomo, che ha fatto della sua vita un esempio di virtù. Senza bisogno di essere cristiano, anche perché il Cristo è nato sei secoli dopo. Ebbene, lui sosteneva che vi sono quattro nobili verità e la prima è quella della sofferenza. Tu soffri di quanto ho detto, non è vero?»

«Sì, magister, è vero»

«Bene, hai sofferto, quindi è la verità e il Buddha aveva ragione.»

Ebbi l'impressione che mi menasse per il naso.

«Aggiungi il ritrovamento di una piuma. E ora esaminiamo il terzo caso. Giovane grasso e sconosciuto a tutt'oggi. Ritrovato vicino alla chiesa di San Lorenzo, soffocato dal sangue di drago che gli deturpava la bocca. Con una salsiccia vicino al sedere, ma stavolta non abbiamo rinvenuto alcuna piuma. A meno di essercela persa. L'assassino tuttavia non nasconde gli indizi, anzi ce li mostra, a sfida. Fanno parte del suo disegno.»

Mi fermai un momento: a scrivere così rapidamente il polso cominciava a farmi male. E rischiavo oltretutto di macchiare i fogli con l'inchiostro. Il magister attese pazientemente che mi scrollassi il braccio.

«Adesso esaminiamo il caso della vedova Corner, uccisa davanti al suo palazzo. Strangolata anche lei, ma con una collana di perle. Anche in questo, come negli altri casi, nessun segno di rapina. Messa su un carro per il trasporto degli escrementi, con un melograno secco vicino. In più l'assassino ci la lasciato addirittura un biglietto.»

Me n'ero dimenticato.

«Con una croce sopra, tutto qui. Per quale motivo allora la vedova appariva contenta ed è andata all'appuntamento con la morte? Non credo che la croce di nostro Signore sia motivo sufficiente per andare incontro a tale sacrificio. Tuttavia la vittima sapeva o aveva intuito chi le avesse mandato il biglietto, altrimenti non si sarebbe mossa da casa, con quel suo caratteraccio superbo. A proposito, segna anche questa sua caratteristica.»

Obbedii, non vedendo l'ora di finire di scrivere tutti quegli indizi apparentemente senza senso. Eppure qualcosa andava formandosi nella mia mente, una sorta di nuvola nella quale intravedevo di sfuggita l'ombra dell'assassino. Mancava ancora l'ultimo.

«E infine l'uccisione del Boscolo, davanti al suo bordello al ponte del purgatorio», il magister si fregò le mani. «Con accanto due cani anch'essi morti. Probabilmente uccisi con dell'aconito o altro veleno sparso sugli ossi che abbiamo rinvenuto lì accanto. Da non sottovalutare un altro osso, quello che il Boscolo teneva nella mano. E la farina in bocca con le piume di un falco. Indizi, indizi, indizi: l'assassino ne è sempre più prodigo.»

Si alzò quindi in piedi con l'aria soddisfatta, e inspirò a pieni polmoni. Lo feci anch'io e il naso mi si riempì di un odore di pesce fresco. Il magister si guardò un po' intorno, quasi si aspettasse di vedere qualcuno, magari l'assassino.

«Bene» disse alla fine di quel giro d'orizzonte, «abbiamo finito. E adesso, mentre io farò il peripatetico nei dintorni, tu unirai tutti i punti in comune dei cinque omicidi. Ci ritroveremo qui tra un'ora.»

Stavo già provvedendo, sfogliando le pagine scritte con la mia minuta calligrafia, quando vidi l'ombra del magister incombere su di me.

«Dimenticavo: una volta che avrai finito, esercita l'arte pindarica. Vola come faceva lui con i versi e tra i versi. Pensa, immagina e concretizza le tue visioni, esci da ciò che abbiamo seminato e guarda tutto dall'alto, come fa il nocchiero sulla coffa dell'albero maestro. Insomma: fai in modo di avere davanti a te il più vasto degli orizzonti. Io sono il capitano della nave e la conosco a puntino, ma tu, da lassù, forse potrai vedere meglio di me.»

Era la prima volta che il magister mi dava un compito non più esecutivo, ma concettuale. E il fatto che mi ritenesse in grado di arrivare a conclusioni più lungimiranti delle sue mi riempì d'orgoglio. Mi misi quindi con rinnovata lena a studiare i miei stessi appunti. Sudavo, nonostante non facesse affatto caldo, e dei refoli leggeri mi gelavano addosso il sudore. Gli occhi mi bruciavano, dalla fronte imperlata cadevano gocce sulla carta, macchiandola, confondendo le parole che già mi confondevano abbastanza, mentre tentavo di carpirne i segreti.

Anche la fronte cominciò a bruciarmi e, come se non bastasse, mi arrivò un senso di prurito fastidioso. Simile a quello che mi devastava, da bambino, quando la mia povera madre (che Dio la perdoni per tutto il tormento che sicuramente starà dando alla Sua maestà, consigliandolo su tutto) mi obbligava a imparare la traversa. Non riuscii mai a emettere dei suoni composti, solo singole note e sgraziate, con la boccola che si riempiva di saliva e le dita che mi si incrociavano sui buchi. Mi pervadeva allora un prurito nervoso che mi obbligava a interrompere il flusso dei soffi per grattarmi furiosamente.

Adesso però non avevo in mano un flauto, eppure mi veniva di usare le dita come artigli sulla pelle, in particolare nelle vicinanze delle vergogne. Con questi tormenti, dopo aver a fatica raccolto su una pagina bianca i punti in comune, quasi non riuscivo più a vedere i contorni delle singole lettere.

«Una pentola che bolle non produrrebbe tanto calore. Ti senti male, figliolo?»

Alzai gli occhi verso il magister che, al vederli, corrugò la fronte.

«*Caron dimonio con occhi di bragia*» sentenziò. «Ti manca solo tu sia vecchio e bianco per antico pelo e sembreresti davvero il dantesco traghettatore delle anime. Fatti sentire...»

Con delicatezza poggiò la mano sulla mia fronte, un sacrificio paterno, sapendo quanto gli costava il contatto fisico. Subito la ritrasse.

«Scotti come un ferro incandescente. Hai la febbre. Andiamo subito in locanda. Cercheremo da uno speziale delle foglie di faggio per un infuso. Un tempo si usavano anche le feci di gatto, ma mi farebbe schifo applicartele sul corpo.

A pensarci, meglio ancora un cucchiaino di polvere di salice in acqua bollente.»

Quasi mi portò di peso davanti allo Sturiòn e qui fui preso in consegna da Caterina, che si mostrò fin troppo premurosa nei miei confronti, insospettendo il magister. Bevvi l'infuso di salice e poco dopo, stremato, con una pezza imbevuta d'acqua sulla fronte e la mano molliccia di Caterina che teneva la mia, caddi in un sonno profondo.

Gli incubi, creature malefiche che si appoggiavano sul mio petto, arrivarono a frotte. Ghignanti, orribili e assurdi nella loro mostruosità. Posso dire che quasi li conoscevo, per averli visti nei dipinti di Bosch, ma non mi venne davvero di indugiare con loro. Diverso fu quando mi ritrovai circondato da succubi, i demoni femminili dalle zampe di capra, con coda luciferina, lunghi capelli e seni prorompenti. Secondo quel libraccio che volle pubblicare papa Alessandro VI (che bruci insieme ai suoi pari nel più profondo degli inferni), il *Malleus Maleficarum*, con la loro sensualità i succubi, giacendo con gli uomini, ne suggono la linfa vitale. Per fiaccarli fin quasi alla morte e donare quindi il seme agli incubi per farsi fecondare, visto che questi ultimi sono sterili come muli. Demoni sì, ma all'epoca non mi dispiaceva alimentare la loro bramosia.

Mi risvegliai solo la mattina dopo, con il sole già alto. La febbre era sparita, così come il magister e Caterina, ma non il prurito. A questo, però, si accompagnava la consapevolezza di aver trovato il bandolo della matassa che prima di sprofondare nel sonno mi era sembrata ingarbugliata come il nodo di Gordio. La notte, la febbre, o gli incubi e i succubi avevano prodotto invece la rivelazione: sarebbe da credere allora più all'inferno che al paradiso, ma non vorrei bestemmiare. Oltretutto nella mia attuale funzione sarebbe oltremodo disdicevole. Pregai quindi il Signore di darmi la forza di parlare con il magister e anche di liberarmi dal prurito.

VENTISEIESIMO GIORNO

Un dono inaspettato

Attesi nella nostra stanza che il magister rientrasse, concentrandomi su ciò che gli avrei riferito. Non osai scendere dabbasso per non incontrare Caterina, nel timore che ancora mi portasse facilmente a peccare. Molto facilmente. Era intorno alla sesta ora quando sentii dei passi d'uomo salire, ma non mi parvero quelli del magister. Se fosse stato lui non avrebbe del resto bussato. Cercai un'arma, ma l'unico oggetto che ne avesse la parvenza era un forchettone: comunque sia, lo impugnai lo stesso. Fu così che, dopo aver dato il mio permesso, mi trovai davanti una faccia di pesce. Ci misi un battito di ciglia per comprendere che si trattava di Hieronymus Bosch. Guardai invano alle sue spalle per vedere se fosse arrivata anche Isabella.

«Siete pazzo» gli dissi «a farvi vedere in giro.»

Non rispose, si tolse la maschera e sorrise, con quel suo modo, di sbieco.

«E chi può riconoscermi? Questo è il bello del Carnevale, ognuno, che sia nobile, criminale o entrambe le cose, può camminare impunemente.»

«Come mi avete trovato?»

Cominciavo a preoccuparmi: da quel demonio infido, assuntore di pozioni, e forse amante della mia Isabella (se pur mi appaia così insensato oggi quel pronome possessivo), non sapevo che cosa aspettarmi. Una proposta indecente, un colpo di pugnale, un interminabile sproloquio: tutte cose da evitare in ogni caso.

«A Venezia tutti sanno tutto di tutti», scrollò le spalle, «anche che mi nascondo e forse persino dove. L'arte dell'ipocrisia, sorella del sospetto e madre della diplomazia, regna sovrana, qui e dovunque alligni il potere. Comunque non è di questo che voglio parlarvi. Ma dell'evidente accusa che il vostro maestro mi muove, ovvero che sia io l'artefice di quegli assassini seriali di cui tutta Venezia sussurra. Io temo più il furore del popolo che la giustizia divina e non vorrei che il mio nome uscisse dalla bocca di frate Martino come colpevole. Tra parenti, famigli e voglia di sangue, potrei essere trascinato fuori dalla prigione e liberato, si fa per dire. Probabilmente bastonato, squartato e ucciso tra sofferenze maggiori di quelle patite da Biasio Cargno.»

No, non mi avrebbe pugnalato né fatto alcuna offerta compromettente, ma stavo espiando tale grazia con il suo sproloquio, che non sapevo dove andasse a parare, e volevo solo che finisse presto. Si mise a sedere sul letto del magister, segno che purtroppo sarebbe andato ancora avanti per molto.

«Nei miei dipinti sono raffigurati molti peccati» proseguì. «Alcuni di questi sono emblemi di quelli che ho commesso. Altri li ho voluti mostrare in tutto il loro orrore, in primo luogo a me stesso, per evitare di cadere in tentazione. Ma se è Dio che ha dato la malizia alle donne, non è forse contro natura che l'uomo vi resista? Quanto vino dipingo, ve ne siete accorto? Sempre meno di quello che bevo.»

«E quanta gente trafitta nei modi più crudeli da mostri orribili» mi scappò di interromperlo.

«Già, ma questo solo nella mia mente. Purtroppo, devo confessare. Non vi capita mai di aver voglia di uccidere qualcuno o di vederlo precipitare all'inferno e godere delle sue sofferenze? Magari qualcuno che vi ha fatto del male, ma che non osereste mai ripagare della stessa bruciante moneta. Per convinzione morale, per paura della legge o delle ritorsioni, per indole o perfino per pigrizia. Io uccido, sevizio, spavento, trafiggo, ridicolizzo, mostrando i lati più meschini e perversi dell'uomo e della donna. Gioco con i loro corpi, li punisco o li esalto, immedesimandomi nel loro animo e facendo con essi tutto ciò che la mia arte e la mia immaginazione mi consentono di fare. Come in un sogno, in cui però si comandano gli avvenimenti.»

Avrei preferito avere il dono della sordità che affliggeva mio padre, e invece le sue parole si incuneavano nella mia mente giovane e inesperta come chiodi acuminati. Bosch continuò a riempirmi di parole, quasi le avesse conservate per giorni tutte per me e me ne volesse fare dono sgradito. Fino a quando, a Dio piacendo, arrivò alla conclusione.

«È stata Isabella a proporre una simile soluzione, che mi sembra onesta ed equa. Parlatene al maestro e, se è vero che è altrettanto onesto ed equo, l'accetterà. So che per me può essere rischioso. Ma voglio porre fine a questa mia permanenza a Venezia, piacevole e terribile. Qui ho vissuto e sto vivendo il paradiso e l'inferno. Come i miei quadri, che è come se avessero preso vita e si fossero rivoltati contro il loro creatore. Buffo no? Come angeli diventati demoni, contro di me, il loro Dio.»

A parte l'ulteriore dimostrazione di follia, come quella di sentirsi simile a Dio, la soluzione proposta appariva perfetta, salomonica direi oggi, ma mi chiesi se non nascondesse una trappola. Alla fine, pensai che se non io, il magister l'avrebbe scoperta.

«Va bene» conclusi, «riferirò a frate Martino. Credo sia in tribunale, adesso, in quanto domani riprenderà il processo contro di voi. Immagino non sarete presente.»

«A rivederci, buon Giovanni, e ora vi lascio con un dono, che so a voi molto gradito, e che a me costa molto offrirvi.»

Immaginai mi volesse regalare un altro dei suoi disegni, ma uscì dalla stanza con un sorriso ambiguo, senza dirmi né darmi altro. Lasciò la porta aperta e poco dopo percepii un profumo a me familiare: proprio quello di verbena. Restai senza fiato, così come ebbi un mancamento quando vidi entrare Isabella. La guardavo, quasi senza vederla, angelo messaggero, ma non di Dio, bensì di Bosch e quindi ossimoro perverso. Mi salutò come se niente fosse passato dal nostro primo e unico incontro d'amore. Si sedette vicino a me, che me ne stavo ancora muto per la meraviglia, mi prese le mani e me le baciò.

«Caro, dolce Giovanni. Sono sicura che con la tua purezza d'animo saprai convincere frate Martino. Bosch è innocente, te lo giuro sulle nostre anime che un giorno si sono incontrate e che hanno suggellato un patto silenzioso. So di poter contare ancora su di te. Tu possiedi il senso della giustizia, e la tua giovane mente è capace di volare alto, di vedere il mondo da una nuvola e di comprendere gli errori umani. E io ti vedrò volare molto alto: questa sarà la gioia che conserverò nel segreto del mio cuore insieme al nostro amore.»

Se a una donna servono quindici anni per fare di suo figlio un uomo, a un'altra basta lo scorrere di quindici granelli di sabbia in una clessidra per farne un'idiota. Così, dimentico di tutti i pensieri, dei suoi tradimenti, del suo approfittarsi, del suo mestiere e dei suoi inganni, cedetti. E come mi posò la bocca sulle labbra, rividi il paradiso e una Madonna terrena che mi piegava senza sforzo ai suoi voleri. Oggi tuttavia so che voleva solo essere certa che riferissi la proposta al magister e che lo facessi con tutto il mio convincimento.

Non le fu difficile: dai piedi si tolse i calcagnini rossi, alti quasi un palmo (come facessero le donne a camminarci era e rimane per me un mistero paragonabile alla Trinità, senza essere blasfemo), si alzò la gonnella, si sfilò le braghesse e si appoggiò sul mio ventre, dopo avermi slacciato i calzoni con una maestria che non gradii.

Reminiscenza tutt'altro che dolce: nel breve percorso che mi portò all'estasi, mi ricordò la leonina voracità di Caterina. Che almeno pareva volersi sempre prendere il suo piacere. Isabella no, lei me lo dette e basta. Ogni poesia scomparsa, ceduta alla furia di una passione senza anima. Pochi attimi, infatti, e tutto finì nella miseria della carne. Se ne andò anche lei, con un cenno vezzoso della mano, portandosi via l'ardore con il quale l'avevo amata e lasciandomi con il disgusto di un vuoto interiore che non si sarebbe mai più riempito. Ciò nonostante, per quel residuo d'onore che mi era rimasto, attesi il ritorno del magister e feci, con certosina precisione e senza alcuna emozione, l'ambasceria promessa. Fu forse proprio per questo che frate Martino accettò quanto meno di riflettere sulla proposta.

Dubbi del magister

«C'è un orrore profondo in tutto questo» esordì il magister. «Per evitare di considerare colpevole un uomo, dovremmo attendere il verificarsi di un altro omicidio? Mi sembra abominevole. E se poi, grazie a Dio, ciò non si verificasse, il giudizio finale sarebbe ambiguo. Immagina, Giovanni, e ragiona. Bosch, in nostra custodia o comunque sotto controllo, non può commettere omicidi. E infatti questi non avvengono più: non è dimostrata la sua colpevolezza e nemmeno la sua innocenza.»

In attesa che arrivasse la sesta ora (l'eccellentissimo Bonaccorso, per una colica, aveva spostato in avanti l'ora di inizio del processo) ci eravamo recati in un giardino vicino, non recintato, con al centro un albero carico di limoni. Dichiarandolo *res nullius*, il magister ne aveva staccato uno e, tra una parola e l'altra, lo stava mangiando con gusto. Osai più volte ricordargli di abbassare la voce, in quanto quei discorsi, ascoltati da orecchie curiose, avrebbero potuto procurarci più di un serio guaio. Ma quando era preso dai suoi ragionamenti, imporgliene altri era impresa titanica.

«*Cui prodest*, Giovanni» proseguì, «a chi giova tutto questo?»

«A tutti e a nessuno, magister, avete ragione. Se tuttavia, come suppone il pittore e come voi stesso sostenete, il misterioso assassino vorrà continuare nei suoi delitti seguendo il ciclo dei sette peccati, allora avremo la conferma che Bosch è innocente.»

Pur nella mia ignoranza, avevo appreso qualche sottigliezza legale ascoltando i discorsi di mio padre.

«Intendi arrivare a una dimostrazione d'innocenza anziché di colpevolezza, dunque.»

Si toccò appena la barba, continuando a masticare, e per come ormai lo conoscevo, significava che il seme del dubbio si era insinuato in lui, una piccola breccia nella sua granitica convinzione. Il che non voleva dire ancora nulla. Ma al di là delle preghiere di Isabella, che ormai avevo assimilato, digerito ed evacuato, ritenevo la proposta equa e giusta, proprio come aveva detto Bosch.

«È così, magister.»

«E per fare tutto ciò dovremmo mantenere l'assoluta segretezza.»

«Ovviamente.»

«Non c'è niente di ovvio. Il cammino del filosofo, ovvero di un amante della sapienza, nasce proprio dal superamento dell'ovvio, dal cercare sotto terra la radice della pianta e comprendere così per quale motivo essa si sviluppa in questo piuttosto che in altro modo. L'ovvio è la superficie delle cose, l'abisso della mediocrità, la giustificazione dell'idiozia.»

«Non potevate dire meglio, magister.»

Alzò il solo sopracciglio destro, un esercizio di abilità nel quale, negli anni futuri, mi esercitai con umiltà e applicazione, ma che non riuscii mai a mostrare ad alcuno, neanche a uno specchio. Riesco solo ad alzarli entrambi.

«Intendi dire che non so dire nient'altro di meglio?»

Cominciai a farfugliare qualche parola di scusa, ma il magister mi impose di fermarmi.

«Scherzavo, Giovanni, so bene che non intendevi quello. Era un modo per schermirmi, perché, nonostante la mia presunzione di colpevolezza, o forse, per meglio dire ancora, la mia convinzione, c'è una logica nella proposta di Bosch. Tutta a suo vantaggio, beninteso. Se non vi saranno delitti, tutto ritornerà nello *status quo ante*, tutto come prima. E non ci rimetterà. Se vi saranno, sarà dimostrata la sua innocenza. A meno che...»

«A meno che?»

Temevo sempre le sue elucubrazioni, e maggiormente ora, che ero quasi arrivato a portarlo più che dove avrei voluto, dove credevo fosse giusto arrivare.

«A meno che non abbia un complice, il che demolirebbe questo ragionamento. Ma in realtà, per le modalità degli omicidi e in base alle poche testimonianze raccolte, sono propenso a credere che l'omicida compia da solo i suoi riti malvagi. Quindi...»

Mi stavo perdendo, e a quel punto avrei accettato senza più oppormi, qualunque decisione. Un gatto mi venne incontro e per consolarmi si strusciò, malizioso come una femmina, sulla mia gamba. Gli grattai il sottogola, e iniziò subito a fare le fusa.

«Sai perché Dio ha creato il gatto?»

Pensai rapidamente al Nuovo e all'Antico Testamento, se Cristo o i profeti avessero mai detto qualche cosa a proposito, ma non mi venne in mente nulla. Feci una piccola smorfia e scossi la testa.

«Per permettere all'uomo di carezzare una tigre senza pericolo.»

Mi aveva beffato, ma non potei che ammirare quel sorriso sornione con cui aveva ancora una volta condito un aforisma, che aveva in qualche modo allentato la tensione.

«Procediamo, dunque» continuò. «Tu allora sarai i miei occhi e le mie orecchie. Non esitare a usare il braccio qualora sia necessario a tua difesa, ed esercita l'arte del pensiero, piuttosto che quella della fornicazione. Utile per espellere gli umori negativi ma perniciosa in quanto riscalda il flegma, che serve per riflettere e stare all'erta. E con questo» sospirò «è ancora rimandata la mia visita nello studio per osservare i suoi dipinti. Sembra che Dio voglia punirmi per il mio desiderio di vederli.»

A proposito, per quanto riguarda la mia, che aveva avuto ben altro soggetto, non vi sarebbero stati problemi. L'ultima congiunzione carnale mi aveva lasciato un senso di vuoto e di repulsione che piuttosto avrei usato un cilicio.

«Ti piazzerai allora a palazzo Grimani...»

«Il pittore o Isabella» lo interruppi, «non saprei quale dei due, ha proposto invece un fondaco del grano vuoto, con una sola entrata in alto, una finestra più che una porta. Facile da controllare anche dall'esterno e vicino alla locanda dello Sturiòn. Potrei fare in modo discreto da vivandiere e guardiano, senza dare troppo nell'occhio.»

«Che sia. E da quando?»

«Da stanotte, quando le maschere saranno più numerose che di giorno e la confusione regnerà sovrana.»

«Stai usando un linguaggio aulico, Giovanni.»

«Imparo da voi, magister...»

«Allora guarda il sole. Che cosa ne ricavi?»

Feci schermo con la mano, cercando di immaginare il pensiero del maestro. Una macchia strana, un raggio obliquo, una colorazione inusuale. Ma non ebbi alcuna intuizione o sensazione, a parte l'essere costretto a strizzare le palpebre.

«È in alto nel cielo, quasi allo zenit, il che significa che tra poco suonerà l'ora sesta e dovremo riprendere il processo. E dato che ti vedo con le mani libere, suppongo tu abbia dimenticato i libri. *Memoria pedibus compensanda.*»

Non feci in tempo a tradurre il proverbio che il magister mi gridò la sintesi.

«Corri!»

Compresi con le gambe prima ancora che con la mente e così andai e tornai, raggiungendo il magister in tribunale. Accaldato, ma giusto pochi istanti prima che facesse il suo ingresso l'eccellentissimo magistrato Bonaccorso.

VENTISETTESIMO GIORNO

Il processo continua

Depositai i libri sul tavolo, con un rumore forse eccessivo, data la mia stanchezza, e Longueville mi lanciò un'occhiata minacciosa. Tra alcuni e ponderosi tomi, il magister trasse un libro più modesto e sul frontespizio vidi trattarsi della *Guerra del Peloponneso*, dello storico greco Tucidide. Sfogliò alcune pagine e me lo consegnò.

«Vai al capitolo trentaquattro, e leggi l'orazione, ma in silenzio. Quando mi sentirai parlare capirai cosa significa fingere di dire una cosa e dire invece il suo opposto.»

L'eccellentissimo Bonaccorso si era appena seduto quando il telamone di Longueville si diresse verso una porticina situata nel lato più lontano dell'aula. Lo accompagnava quella solita assenza di espressione sul volto: in quelle settimane a Venezia la sua faccia avrebbe potuto essere scambiata per una baùta. Di lì a poco rientrò da quella porta con una tavola in legno. Passò tra le poche persone presenti, ormai il processo stava perdendo di novità e non attirava più tanta curiosità. Si diresse quindi verso il banco dove avrebbe dovuto essere Hieronymus Bosch e finalmente girò la tavola verso di noi. Tra uno sfarfallio di ventagli, salì qualche gridolino di stupore e gli uomini si abbandonarono a un riso scomposto. Il povero Bonaccorso ebbe il suo daffare a ricondurre l'aula a un dignitoso silenzio, ma il colpo di scena ideato da Longueville e messo in atto dal suo segretario non poteva passare inosservato.

Sulla tavola issata sul banco dell'imputato era dipinto Hieronymus Bosch a mezza figura e a grandezza naturale. Il pittore cui era stata ordinata l'opera aveva insistito, dietro evidente suggerimento del committente, sui suoi tratti più salienti, con un risultato in qualche modo caricaturale. Sulla testa era calcata a sghimbescio una berretta, da cui fuoriuscivano dei capelli simili agli aculei di un istrice. Il viso, appena somigliante all'originale, pareva più una maschera. Essendo vicino, ne potei osservare i particolari. La bocca, aperta in un ghigno beffardo, lasciava intravedere dei denti giallastri. Gli occhi, neri e infossati, erano cerchiati di rosso. Una perfetta rappresentazione di un demone, come Longueville voleva mostrare e dimostrare.

«Dichiarata e confermata la contumacia» esordì l'eccellentissimo Bonaccorso, una volta ottenuto il silenzio «dell'imputato Hieronymus Bosch, sia messo a verbale che la sua icona, qui raffigurata, lo rappresenta.»

«Che senso ha quel dipinto?» bisbigliai.

«In caso di condanna» mi sussurrò a sua volta il magister «e in assenza del colpevole, sarà bruciato in piazza.»

Trovai la spiegazione plausibile e logica, anche se assurda, e tornai a osservare il dipinto, mentre Bonaccorso continuava a elencare una serie di norme procedurali, molte in latino. Noiose e necessarie, come appresi in seguito, quando le adoperai per dare una parvenza di regolarità a delle sentenze già decise prima ancora dell'inizio di un processo. Bosch, o meglio il suo sembiante, indossava una palandrana verde, e mentre la mano sinistra era stretta a pugno all'altezza del cuore, l'altra era infilata in una tasca. Il rigonfiamento a punta sembrava nascondere un pugnale, pronto a essere estratto. La voce di Bonaccorso, ormai un borbottio indistinguibile, finalmente calò di tono per rivolgersi all'inquisitore dell'accusa.

«Jean de Longueville, avete chiamato a testimoniare un cittadino di Venezia, che ha accettato. Vi ricordo che in quanto tale e testimone non gli potrà essere mossa alcuna accusa e che non è di competenza della Chiesa di Roma giudicarlo sotto nessun aspetto.»

Tiratosi su le maniche del saio marrone, Longueville fece un gesto a un uomo anziano che si trovava in mezzo al pubblico, e questi, facendosi largo tra la gente, si avvicinò allo scranno del magistrato. Lo salutò con deferenza e si girò verso di noi. Uno sconosciuto, vestito di nero come un ecclesiastico, non fosse stato per un colletto bianco che gli spuntava dalla mantellina. I lunghi capelli bianchicci e sporchi, che gli arrivavano sulla fronte, erano coperti da un berretto, nero anch'esso, di panno rigido, a mo' di padella rovesciata, che lo faceva apparire un buffone di corte. Fu antipatia a prima vista.

«Il vostro nome, la vostra qualifica e il motivo per cui avete accettato di testimoniare» sentenziò l'eccellentissimo Bonaccorso.

Ancora mi ricordo quel momento, perché il magister ebbe quasi un mancamento quando sentì le sue prime parole, chiare, seppure in un falsetto che denunciava la sua età avanzata.

«Giovanni Bellini, pittore della Serenissima, nato a Venezia.» Si guardò intorno, quindi proseguì. «E sono stato io a segnalare per blasfemia il sedicente pittore Hieronymus Bosch.»

Longueville si girò soddisfatto verso di noi.

«E per quale motivo lo avete fatto, in nome di Dio?»

«Come buon cristiano, quale tutti qui in città possono testimoniare che sono.»

«Diteci i motivi» Longueville non nascose la sua impazienza.

«Tempo fa fui invitato dal nobilissimo vescovo Grimani a dare un giudizio sulla sua pittura, dal momento che, in un impeto di generosità, questi lo aveva invitato a dipingere due quadri da aggiungere alla sua collezione. Del primo, che il signor Bosch dichiarava essere di visioni dell'aldilà, so dire poco. Intanto l'aldilà è sconosciuto e non comprendo come si possa dipingere qualcosa che non è visibile da occhi umani. E talmente scure sono le tavole che è perfino difficile raccapezzarvi qualche figura, se non figure ignude e demoni. Eppure, nonostante la mia età ci vedo ancora bene.»

Alcune risate provenienti dal pubblico lo interruppero, e lui annuì più volte per ribadire come la sua vista fosse perfetta, e si scansò i radi capelli dagli occhi. Il che scatenò ancora di più l'ilarità. Un gesto di Longueville lo invitò ad andare avanti.

«Ma quando ho visto il secondo, una crocifissione», si fece il segno della croce, «ne rimasi orripilato. Una femmina con la sembianze di nostro Signore o nostro Signore con le vesti da femmina.»

«E che cosa avete fatto allora?» lo incalzò Longueville. «Avete avvisato il nostro buon vescovo?»

«Nossignore. Non mi fidai», si levò dal fondo un mormorio di disapprovazione. «Ho quindi subito vergato la denuncia e l'ho inserita in una delle Bocche delle Denunce Segrete.»

«Così come vuole la legge» chiosò Longueville, che proseguì. «Il resto è cosa nota. Avete fatto il vostro dovere, Giovanni Bellini. Il giudizio di un valente e famoso pittore vale più di mille testimonianze. Potete lasciare il banco.»

«Un momento.»

La voce del magister, che si era ripreso da par suo, bloccò sul nascere il passo incerto di Bellini, che già stava scendendo.

«Secondo la legge, la difesa ha il diritto di interrogare il testimone.»

Alle proteste di Longueville, l'eccellentissimo magistrato Bonaccorso replicò con un forte colpo di martello sulla scrivania.

«Volete dirci» continuò il magister «per quale motivo siete voluto venire di persona a testimoniare dopo la denuncia anonima che vi garantiva la segretezza?»

Bellini apparve smarrito e cercò con lo sguardo Longueville, che si era messo a parlare nell'orecchio del suo segretario, il telamone silenzioso. Pressato dal magister, il pittore si tolse il cappello e si grattò furiosamente la testa. Quindi, movendo le mani quasi a scusarsi, dopo aver borbottato qualche parola inintellegibile, tirò fuori il fiato.

«È stato l'inquisitore Longueville a chiedermi di farlo, io non volevo.»

Lasciato il nostro tavolo, il magister gli si avvicinò, minaccioso. Quindi gli voltò le spalle, guardando Longueville.

«Da quanto ha dichiarato questo testimone, che l'accusa stessa ha definito inconfutabile, sembra dimostrato che la segretezza della denuncia, stabilita dalle leggi della Serenissima, è stata violata. Come faceva Jean de Longueville a conoscere il suo nome? Ha forse egli ricevuto la notizia da un messo angelico? La verità va perseguita a ogni costo, ma con mezzi onesti, altrimenti la verità stessa ne rimarrà sporcata, e non si potrà più distinguere dalla menzogna. Chiedo pertanto l'annullamento di tutto il processo per vizio di forma.»

Un coro di riprovazioni si levò dal pubblico. La nobiltà veneziana, adusa a rispettare le leggi della città più che quelle della Chiesa, si sentì offesa. E anche spaventata. La regola della denuncia anonima permetteva a chiunque di restare nell'ombra e di non essere sottoposto a vendette e ritorsioni da parte dell'accusato. Insomma si trattava della profanazione di uno dei fondamenti giuridici del processo.

Le grida salirono di tono e di volume e Bonaccorso provò a far tacere la folla inviperita a colpi di martello, ma invano. Longueville si ritirò dietro il telamone, sul cui volto, per la prima volta, l'impassibilità cedette il posto a un ghigno feroce. Sembrava un molosso pronto ad azzannare chiunque si fosse avvicinato al suo padrone. Il braccio del magister continuava a essere puntato, inflessibile, verso il povero Bellini. Questi, conscio di essersi lasciato sfuggire quanto non avrebbe dovuto rivelare, e di trovarsi in una situazione in cui nessuno lo avrebbe aiutato, si guardava intorno disperato, la mani sulla faccia. L'urlo dell'eccellentissimo Bonaccorso chiamò a raccolta le guardie che, lancia in resta, puntarono contro chi stava ormai per scavalcare la balaustra che divideva il pubblico dallo spazio riservato agli inquisitori. A poco a poco le grida si placarono e finalmente il giudice riuscì a riprendere il controllo dell'aula.

«Informerò il Consiglio dei Dieci di questa grave violazione. Nel frattempo il processo è sospeso.»

Bonaccorso raccolse le sue carte e scomparve dietro una

porta laterale. Il pubblico lasciò l'aula e alla fine rimanemmo soltanto in quattro. Il magister, io, Longueville e il telamone che, dopo aver riacquistato la solita assenza di espressione, mi guardò, ed ebbi paura. Rimasi anche con la curiosità di quell'orazione di Tucidide, capitolo trentaquattresimo.

Il fondaco

Ci fermammo davanti alla bottega di uno scalpellino, e sedemmo su un antico sarcofago istoriato con alcune figure mitologiche. Forse Orfeo ed Euridice, le teste leggermente piegate, nel momento dell'addio. Una fitta nebbia, arrivata dal mare, soffondeva di grigio i muri e attutiva i rumori dei remi delle gondole che scivolavano nel vicino canale. Il magister sembrava ben disposto a parlare.

«Secondo i Greci questa nuvola lattiginosa è prodotta dalle lamentele di Acli. Pensa che secondo le più antiche leggende questa divinità esisteva ancora prima del Caos primordiale. Come a indicare che tutta la Creazione nasce dalla tristezza. Una bella prospettiva, non credi?»

Quelle parole ebbero l'effetto di angosciarmi, e fui stupito nel vedere il sorriso sul suo volto.

«Questo vi rallegra?»

«No di sicuro, se vi credessi. Mica tutto ciò che proviene dagli antichi pensatori è sinonimo di saggezza. Da quando sono stati riscoperti i testi classici, molti studiosi ritengono siano fonte di grande ispirazione, ma non posso non notare che anche a quei tempi si dicevano un mucchio di sciocchezze, né più né meno come adesso.»

Sapiente osservazione, che ho conservato per tutti questi anni, e che ho utilizzato più di una volta. L'ultima quando un teologo francescano mi citò il santo Tommaso d'Aquino per indurmi a revocare l'obbligo di battesimo per i bambini ebrei. Non lo feci, anche se ho in simpatia il popolo eletto, come ama definirsi non senza un po' di sussiego. D'altra parte, anche se non comprano reliquie né indulgenze, pagano le tasse senza protestare. Sorrisi quindi al magister, felice di vederlo contento, e approfittai del suo buon umore per chiedergli qualche spiegazione.

«Chi è stato allora a svelare il nome di Bellini a Longueville?»

«*Siate contenti, umane genti, al quia, che se potuto aveste saper tutto, mestier non era parturir Maria.*»

«Come avete detto?»

«È una massima del sommo poeta. E si rifà alla conoscenza di Aristotele. In questo caso non ha detto una sciocchezza. La conoscenza è di due tipi, una è sapere che la cosa esiste e l'altra perché esiste. In sostanza, Dante afferma, seguendo lo Stagirita, che la ragione umana può giungere solo alla conoscenza dell'esistenza delle cose, ma non al loro ultimo fine. Hai compreso?»

«No, magister, in tutta onestà.»

«Insomma, se Adamo avesse saputo tutto, non avrebbe peccato mangiando il frutto dell'albero della scienza, e Maria non avrebbe avuto la necessità di partorire Cristo per la nostra redenzione.»

Annuii, anche se avevo capito quest'ultimo passaggio, ma non tutto il senso del discorso. Il magister divenne tutto d'un tratto pensieroso.

«Già» disse quasi tra sé e sé, «ma perché tutto questo? Sarebbe stato meglio che Adamo avesse avuto sin dall'inizio il dono della conoscenza: avremmo risparmiato le nostre sofferenze, quelle di Cristo e la sua penosa venuta in terra. E a questo punto non servirebbe neanche la parusia della fine dei tempi. A volte occorrerebbe pregare invece di pensare.»

«Come dite, magister?»

«Mi sento colpevole nei tuoi confronti. D'ora in avanti ascoltami meno e prega di più. Il pensiero può essere molto pericoloso: ti avvicina a verità che sarebbe meglio ignorare. Ma non credere nemmeno a ciò che ti sto dicendo, io penso, anche quando prego. Se mi sentisse Longueville» aggiunse scuotendo la testa e così a bassa voce che feci fatica a udire le sue parole, «mi metterebbe al rogo senza processo. Orsù, vuoi che ti risponda in modo più chiaro?»

«Sì, magister, ve ne sarei grato.»

«Come ha fatto Longueville a sapere di Bellini? I casi sono due. Non dubitando del doge, potrebbe essere stato Bragadin a dirglielo. In tal caso non di sua sponte, ma sotto ricatto. Oppure lo stesso Bellini, per aggiungere la sua testimonianza alla denuncia. Ma in tal caso avrebbe mentito. Propendo per la prima ipotesi. E secondo Guglielmo di Occam è inutile farsene altre, che non servono a niente.»

«E quindi?»

Tralasciai di chiedergli chi fosse questo Occam. Inventore, come scopersi anni dopo, di una delle frasi più banali che avessi mai udito, e pur tuttavia da tenere a mente: "A parità di fattori è da preferire la spiegazione più semplice". Inconfutabile e perfetta.

«E quindi» proseguì il magister «restiamo ai fatti. Trova un fondaco, riservato, sicuro, né troppo buio per non far soffrire inutilmente il pittore Bosch, né con troppa luce, che potrebbe fargli venire la tentazione della fuga. Conto su di te, Giovanni.»

Mi mise in mano alcuni denari e qualche ducato.

«Affitta il fondaco e compra il silenzio del locatore. Non ti fidare di lui se ti fa troppe domande né se non te ne fa alcuna. Un po' di curiosità è legittima, quando è troppa è sospetta, così come la sua assenza. Evita di accordarti qualora la padrona sia una donna, non resisterebbe alla tentazione di andare a sbirciare. Meglio un padrone vecchio che giovane, perché i primi si fanno di più gli affari propri. Non ti fidare dei turchi, perché quelli di quaggiù sono pronti a tradire, visto che lo hanno già fatto con il proprio paese, mentre un rabbino baderà solo al soldo e resterà in silenzio. Stai infine alla larga da fratelli, se dovessero litigare sarebbero capaci di denunciarsi a vicenda, e meno che mai fidati se la proprietà del fondaco fosse di qualche ente religioso. In nome di Dio si commettono le peggiori turpitudini, come in guerra: tale invocazione serve solo a giustificare azioni che vanno contro l'etica e la morale, mentre la legge degli uomini e quella di Dio dovrebbero essere una sola cosa. E ora vai.»

Tenere a mente tutti quegli ammonimenti non fu semplice. Nel chiedere, ero il primo ad adombrarmi e a mostrarmi sospettoso e reticente, fino a quando trovai quello che cercavo. Un pescatore, un uomo semplice, che non mi fece troppe domande, non era turco né aveva fratelli ma, pur senza essere circonciso, aveva sposato una donna ebrea. Possedeva un piccolo fondaco, nei pressi di quello più imponente detto dei Turchi. Una porta bassa, al punto che per entrarvi occorreva chinarsi: da lì si accedeva al deposito del pesce e da una porticina interna in una cella, dove l'uomo era solito riporre gli attrezzi del mestiere più preziosi.

Vi trovai infatti qualche nassa, reti, canne, scalmi, fiocine e tramagli per la cattura dello storione. Con un giaciglio di paglia, un braciere con cui scaldare il cibo e alcune bottiglie di vino e acqua di vite, Bosch si sarebbe potuto arrangiare per giorni. O qualche settimana, ma di questo non feci cenno. Per i bisogni sarebbe bastato uno di quei secchi dove si raccoglieva il pescato. Il magister approvò la mia scelta.

Fu così che ci ritrovammo ancora una volta a palazzo Grimani. Era notte, e vi entrammo dalla porta sul retro, accolti da Isabella. Come la vidi, il viso illuminato da una candela, provai un tuffo alla pancia, che tuttavia non arrivò al cuore. *Sic transit gloria mundi*. L'amore puro, che la carne esaltava, era scomparso, forse anche da parte sua, se mai lo avesse provato, cosa di cui dubito e dubitai.

«Vi ringrazio, frate Martino» disse lei, ignorandomi. «Siete davvero un uomo illuminato.»

Il magister borbottò qualche parola che non compresi. Poi si guardò intorno e nel mettersi il cappuccio sopra la testa gli vidi spuntare dalle maniche della tonaca un corto bastone, che subito nascose. L'ultima cosa che avrei pensato si portasse dietro. Non vi fu bisogno di arrivare nel rifugio di Bosch: egli ci aspettava in cima alle scale, travestito da medico della peste. Una lunga palandrana nera, e sul volto una baùta da cui spuntava un lungo becco. Il magister gli riservò solo una rapida occhiata.

«Non perdiamo tempo. Una gondola vi aspetta qui fuori. Io resterò qui con madonna Isabella, la quale avrà la compiacenza di mostrarmi i vostri quadri.»

Sulle prime provai un moto di gelosia: io sarei dovuto andare con il pittore nella sua segreta prigione e lui sarebbe rimasto in compagnia di Isabella, la mia ex amata. Ma due persone avrebbero dato meno nell'occhio di quattro. Ci avrebbero scambiato per due compari in vena di bevute. E se qualcuno ci avesse visto entrare nel buio del fondaco, avrebbe pensato a un incontro carnale. All'epoca vi pensai con vergogna, oggi mi fa ridere. Prima che dal monastero benedettino di San Giorgio venisse suonato il mattutino, tutto si era concluso. Come raggiunsi la nostra stanza allo Sturiòn, il russare del magister mi rassicurò sul fatto che non era caduto nelle spire di Isabella. Ne fui contento, forse più per lui che per me.

VENTOTTESIMO GIORNO
La follia di Bosch

Finalmente il sole splendeva su Venezia, e dalle persiane filtrava una luce onesta, così come mi apparve il volto del magister, ancora addormentato. Dalla calle giungevano risa e voci allegre: il pescato doveva essere stato abbondante. Mi alzai con circospezione, infilandomi braghe e camicia in silenzio, senza fare rumore. Pensai a Bosch, chiuso nello stanzino del fondaco, e al fatto che quel giorno, e i successivi, sarebbe rimasto al buio. Magari avrebbe avuto modo di pensare ai suoi fantasmi e ai mostri che dipingeva. Già Isabella non occupava più i miei pensieri e per sentirmi più puro, libero dalla libidine, recitai a bassa voce, sussurrando, l'atto penitenziale, così come me l'aveva insegnato mia madre.

«Benedetto il mio Signore, fai una breccia nel mio cuore. Oh Signore ti ho tradito, sulle piaghe ho messo il dito. Io l'inferno ho meritato, e castiga il mio peccato. Amen.»

Fino a quel momento, tuttavia, pur avendo commesso molti peccati, non avevo ricevuto alcuna punizione, e ne ebbi paura. Dio difficilmente si scorda di punirci, anche quando non sappiamo per quale motivo lo faccia. A ricordarglielo ci pensò il magister.

«L'Eterno è lento all'ira e grande in potenza, ma non lascia affatto impunito il malvagio.»

Mi voltai di scatto e lo vidi ancora sdraiato, che guardava il soffitto.

«L'Eterno è un Dio geloso e vendicatore; l'Eterno è vendicatore e pieno di furore. L'Eterno si vendica dei suoi avversari e conserva l'ira per i suoi nemici. Non sono io che lo dico, è il libro di Naum. Mentre la tua preghiera mi è del tutto nuova.»

«Ricordi d'infanzia, magister. Me l'insegnò mia madre, che Dio l'abbia in gloria.»

«Sicuramente lo avrà fatto», si mise a sedere sul letto. «Una madre che incute al figlio un simile timor di Dio, merita sicuramente un posto in paradiso.»

«State celiando, non è vero?»

«Vedo che questa nostra vicinanza sta cominciando a dare i suoi frutti», mi sorrise. «E ora dimmi di Bosch, che io ti parlerò poi dei suoi dipinti.»

Gli descrissi con abbondanza di particolari l'iter che lo aveva condotto nel rifugio, le precauzioni per evitare di essere riconosciuti e come avevo pensato di rifornirlo di cibo, acqua e vino durante la notte. Infine gli consegnai le chiavi del fondaco, che lui rifiutò.

«Mi fido di te», si alzò dal letto. «Se non lo facessi vorrebbe dire che ho del tutto sbagliato il mio giudizio su di te. E prendendoti come sineddoche, lo avrei fatto su tutto. A quel punto la mia vita non avrebbe più senso. E ora rifocilliamoci.»

Nell'uscire dallo Sturiòn riuscii a evitare gli sguardi lubrici di Caterina, che mi arrivarono nonostante stesse scherzando con un altro avventore. Lasciandoci alle spalle il ponte di Rialto, ci dirigemmo verso il palazzo Dogale. Un'osteria che esponeva pagnotte fritte e baccalà mantecato ingolosì il magister. Dopo i primi bocconi, i più ambiti, mi indicò le parti basse.

«Prima di arrivare in tribunale, dovremo fare un salto dallo speziale: hai bisogno di un unguento a base di mercurio, trementina e grasso depurato. Ho notato che continui a grattarti, anche di notte, è facile che tu abbia preso dei pidocchi o delle piattole, e credo di sapere anche da chi.»

Rimasi con il boccone in gola, senza riuscire a mandarlo giù: e come il diavolo appare non appena viene evocato, sull'istante accusai un terribile prurito. Abbassai gli occhi e non protestai, anche perché il magister non sbagliava mai. Insomma, quasi mai. Accidenti a Caterina, non osando nemmeno per un istante ipotizzare che l'untrice fosse stata Isabella. Dopo l'ultimo boccone di baccalà e dopo averne asciugato i rimasugli con un pezzo di focaccia, il magister distese i piedi sotto il tavolo.

«Grazie alla tua Isabella, ho finalmente potuto vedere le opere che Bosch si era portato dietro dalla Germania. E mi hanno fatto molto pensare, soprattutto una. Tu conosci il poeta Sebastian Brant? No, non puoi conoscerlo, in pochi lo hanno letto e io sono tra i fortunati. È una sorta di gemello di Bosch, pensa che entrambi hanno realizzato un'opera intitolata *La nave dei folli*, uno dipingendola e l'altro scrivendola. Non ti pare folle, a sua volta?»

«Davvero un caso straordinario.»

«Euripide, il tragediografo greco, dice che se il caso esiste allora non c'è bisogno degli dei, ma se questi hanno il potere, in quanto dei, è il caso stesso a essere nulla. Voglio dire che potrebbero essersi conosciuti, oppure, con maggiore probabilità, che l'energia della follia è talmente potente da passare da un corpo a un altro come la pestilenza.»

«I miasmi viaggiano con il vento.»

Volevo portare il mio contributo di conoscenza alle sue parole, ma, come spesso accadeva, avevo sbagliato malamente.

«La peste viaggia con i cadaveri, non con il vento. La morte nera di due secoli fa fu portata dai soldati di Gani Bek, il Khan dell'Orda d'Oro. Stufo di assediare Caffa, fece catapultare centinaia di cadaveri entro le sue mura. Gli assediati provarono a disfarsene, ma ormai il morbo aveva attecchito, e quando i marinai salparono per Genova, ce l'avevano addosso, e da lì lo diffusero per tutta l'Europa. Ma non è di questo che volevo parlare. Continui a distrarmi, stai in silenzio.»

Non gli feci notare che spesso era lui a viaggiare con le parole fino al punto di non ricordarsi più il porto da cui era partito e la destinazione, e mi misi ad ascoltarlo.

«Ti dicevo che la follia che ho visto nei suoi quadri mi ha fatto riflettere. E comincio a pensare che anche se avesse commesso gli omicidi, Bosch potrebbe non essere colpevole», fece una pausa e mi guardò negli occhi. «Vedo dal tuo sguardo che non hai compreso. Questa follia che lui rappresenta continuamente, questi mostri della mente e dell'inferno che ritrae, non sono forse frutto proprio della sua mente folle? No, non rispondere, è una domanda retorica, la risposta è sì, ed è ovvia. Quindi la domanda vera è se il folle sia colpevole. La colpa non è forse figlia della volontà di commettere un peccato? No, ti ripeto, non rispondere più, anche questa è una domanda retorica. Quando sogni di copulare non commetti peccato, perché non lo fai di tua volontà. Se allora uccidi, ma senza esercitare il tuo volere, non dovresti essere colpevole. In quella *Nave dei folli*, barchetta piena di figure bizzarre, Bosch stesso vi è raffigurato. Be', non hai niente da dire?»

Non osavo ma, spinto dalla sua richiesta, provai a formulare un pensiero: cosa ardua. Sia per l'argomento sia per il secondo bicchiere di sidro che avevo appena trangugiato mentre ascoltavo.

«E quindi?» riuscii solo a dire.

«Quindi», si alzò in piedi, «se è l'autore dei delitti, come ancora ritengo, va fermato, ma non va giudicato colpevole.»

«E come sarà possibile?»

«Questo ancora non lo so, ma è ora di andare in tribunale. Spero che Bonaccorso abbia accolto la mia eccezione e rimandato quindi *sine die* il processo. Di fatto varrebbe come un'assoluzione.»

Pieno di speranza e di gioia per la vittoria del mio magister, lo seguii verso il tribunale dell'Inquisizione.

La minaccia

Il tribunale era deserto, ma su quella che ormai consideravo la nostra scrivania si trovava un plico, chiuso con una bandella di carta e un sigillo in ceralacca. Su questo si riconoscevano bene una croce nodosa e una spada, il simbolo dell'Inquisizione. Accanto al plico una lettera, sigillata con una bolla a piombo con un leone alato e una zampa sopra un libro, lo stemma della Serenissima. Il magister l'aprì per prima. Lesse e fece una smorfia di delusione.

«Hanno respinto la mia eccezione. Suppongo siano state le pressioni di Bragadin, dietro suggerimento di Longueville. Le strade della politica e della giustizia a volte si incrociano, altre volte divergono. Bonaccorso chiede tuttavia a entrambi gli inquisitori le conclusioni per decidere. Si è stufato, credo. Potrebbe essere un buon segno, ma temo che la contumacia di Bosch possa pesare negativamente sulla sentenza.»

S'infilò la lettera nella tasca del saio e prese l'altro plico, sul quale si rivolse tutta la mia attenzione. Il magister lo soppesò sul palmo della destra.

«Buone o cattive nuove, secondo te?» mi chiese.

Con sua meraviglia gli presi il plico dalle mani, lo annusai e feci finta di essere capace di leggere dentro al rotolo ancora chiuso.

«Jean de Longueville vuole farsi perdonare, vi chiede di essere confessato per i suoi peccati, tra i quali la menzogna, la sodomia e tutti gli omicidi per i quali avete speso così tante energie.»

Fu uno dei momenti più belli di tutto quel viaggio a Venezia. Il mio coraggio e la capacità sconosciuta di scherzare sopra un argomento così serio, accompagnati dal sorridente stupore del magister, mi regalarono un'emozione dolce e vigorosa al tempo stesso, tale che forse non sono stato più capace di provare. Mi sentii filosofo e magister io stesso, l'uomo che sapeva cogliere il lato ironico anche nelle faccende più spinose. E quando il mio maestro mi mise una mano sulla spalla, superando la sua avversione per ogni contatto fisico, provai un grande orgoglio e una felicità così intensa che l'avrei volentieri abbracciato fraternamente. Ma non osai, temendo di rompere quell'incanto, e gli riconsegnai il plico. Il magister ruppe il sigillo, lesse silenzioso il contenuto della lettera e me la porse.

Domini servo Martino ex urbe Barga, autem fratri carissimo.

Cessa i tuoi sforzi e arrendi il tuo spirito all'evidenza. Il pittore Hieronymus Bosch è colpevole e lo sarai anche tu se continuerai a perseverare nell'errore. Domineddio ti concede il pentimento, ma ricorda che la sua giustizia è terribile per chiunque non si pieghi alla sua volontà.

fr. Jean de Longueville

Lo guardai preoccupato e attesi in ansia il suo commento.

«Mi appella servo di Dio ma mi blandisce con quel "tuttavia fratello carissimo". In pratica mi minaccia» mi disse fregandosi le mani. «Quindi logica vorrebbe che teme un verdetto non favorevole. Chi conosce come sicure le proprie ragioni attende infatti con la calma del giusto. Chi vede il pericolo, invece, grida e si sbraccia. In tutta evidenza ha scritto la lettera dopo aver letto quella di Bonaccorso.»

«Quindi» gli chiesi «che cosa facciamo adesso?»

«Vai alla locanda, senza fermarti, e portami due libri: l'*Acta Martyrum* e il *Flores Sanctorum*. Oltre al *Codex* che già conosci. E non dimenticarti il *Malleus Maleficarum*. Fai presto, e quando torni resteremo qui a preparare la relazione finale. Ormai sei comandato come mio aiutante, non più allievo.

Ma prima passa da Bosch, portagli acqua e cibo e... sai tu, ormai le mie raccomandazioni sono inutili. Se non lo fossero, saremmo nei guai.»

Fece finta di darmi un calcio nel sedere e mi mandò via. Comprai del pane, del formaggio e dell'acqua e mi diressi al fondaco segreto. Dopo essermi assicurato che nessuno mi avesse visto e seguito, chiusi la prima porta e mi avvicinai alla seconda, dietro la quale si trovava la cella di Bosch. Guardai dal buco della serratura e non vidi nessuno. Mi precipitai dentro e mancò poco che lo calpestassi. Dormiva, per terra, così profondamente che credei quasi fosse morto. Ma riconobbi l'odore del suo fiato: stramonio, l'erba della strega che avevo assunto anch'io sotto forma d'infuso. Se l'era portata dietro di nascosto e un pezzo di foglia gli pendeva dalla bocca. Provai a svegliarlo, ma non ci fu niente da fare: ogni volta che lo toccavo muoveva le gambe, lanciava qualche suono rauco dalla bocca e ricadeva nell'immobilità.

Immaginai con quali fantasmi o demoni o donne stesse conversando, combattendo o giocando: diavolo lui stesso o mostro umano e animale insieme. Tutto ciò che poi dipingeva nei suoi quadri, a maggior gloria di Dio o piuttosto per la sua follia di voler mostrare al mondo come appariremmo se l'anima fosse visibile. Tuttavia si trattava di una follia indotta, non casuale, e quindi forse colpevole ugualmente. Magari il magister, nel suo ragionamento, non ci aveva pensato. Un'intuizione che ritenni corretta e che gli avrei illustrato, seppure con l'umiltà del neofita.

Sempre più compiaciuto delle mie osservazioni, lasciai il cesto al cupo addormentato e mi diressi allo Sturiòn. L'orgoglio che soffondeva i miei pensieri lenì, ma solo in parte a essere onesti, il peso dei libri che fui costretto a caricarmi sulla schiena.

«Hai portato anche il disegno di Bosch, quello dei sette peccati?»

Avevo appena posato il fardello sul tavolo: non risposi, chinai la testa e mi riavviai verso la locanda. Ritrovai il magister chino a sfogliare le pagine dei libri, in silenzio. A un suo cenno accesi delle candele che avevo infilato nei boccioli di ceramica con estrema cura, per evitare che la cera potesse mai cadere su quei preziosi testi. La cura con cui sfogliava le pagine, o meglio le carezzava, non lasciava dubbi su quanto ci tenesse. Come fossero persone incartapecorite dalla vecchiaia che conservassero, ultime della specie, un'antica saggezza. Così fragili e delicate che perfino le domande dovevano essere sussurrate per non turbare il loro equilibrio.

Suonarono i vespri e ancora non mi aveva rivolto la parola. Ogni tanto dei sinistri scricchiolii mi facevano sperare che quanto meno alzasse lo sguardo. Topi, probabilmente. Ma anche fantasmi. Una volta mio padre, facendomi visitare la prigione del Bargello a Firenze, mi disse: «Giovanni, senti le ombre dei condannati innocenti che vengono qui a reclamare una tardiva giustizia? Oppure sono i colpevoli, che cercano la vendetta nei confronti dei loro giusti aguzzini. Tutti prigionieri» aggiungeva «che da queste mura o da quelle delle Stinche procedevano lenti sotto il peso delle catene mentre venivano condotti al patibolo, issato verso la Porta della Giustizia».

Nonostante fosse già notte inoltrata, il magister non mollava e inforcò le lenti, avvicinando la candela al dipinto di Bosch, che aveva steso sul tavolo e fermato con un calamaio e con quel bastone che gli avevo visto il giorno prima.

«Ti ricordi la minaccia di Longueville?» mi chiese a bruciapelo.

«Quale?»

«Quando si parlava di Biasio Cargno. Ha detto una frase strana, una mezza cantilena: "Fa' attenzione, fa' attenzione, il Signore vede tutto".»

È vero, lo aveva detto, sul momento ci avevo fatto caso, poi era passata nel dimenticatoio.

«Guarda qui», mi mostrò il quadro di Bosch, «proprio al centro, sotto la figura del Cristo a mollo in quella specie di vasca. Vedi la scritta? *Cave cave Deus videt*. È la traduzione esatta.»

«Una coincidenza?» azzardai.

«Ne abbiamo già parlato, e sai come la penso sulle coincidenze. O meglio, forse non so neanche io come la penso. Tuttavia, chi direbbe una simile frase, e con il tono di un padre che rimprovera il figlio? Nessuno, senza uno scopo preciso, e meno che mai Longueville. Mi ha voluto dire qualcosa. Ma c'è di più. Nella scritta in basso, nel quadro, è riportata una frase della Bibbia, te la traduco: *Io nasconderò il mio volto davanti a loro, e considererò quale sarà la loro fine.* La loro fine, comprendi?»

«Volete dire che Longueville conosceva il quadro?» risposi.

Mi guardò fisso negli occhi, forse cercando nei miei quella risposta che non osava dare a se stesso.

«Di più, figlio mio, di più. Come la frase sottostante, l'ammonizione è riferita agli omicidi.»

«Non penserete che Longueville vi ritenga responsabile!» protestai. «Sarebbe follia!»

«No, non io, ma Bosch. Colpevole di blasfemia e degli omicidi. Questo mi ha detto e indicato. Come se i miei sospetti fossero le sue certezze, come se sapesse qualcosa che io non so. Allora perché non accusarlo direttamente se ha delle prove? Ci sono dei fantasmi nella mia mente» sospirò, «che si agitano e cercano di suggerirmi qualcosa. Ma la loro voce è così flebile e il vento intorno a loro così forte, che le loro parole si perdono. E meno le comprendo più si agitano. Si placheranno solo quando capirò. Ora basta», si tolse gli occhiali, «è tempo di dormire. Ma sono troppo stanco per arrivare alla locanda. Dormirò qui. Se vuoi, tu vai pure.»

Trovai delle mantelle nere in un armadio dietro lo scranno dei magistrati e ne posai una sul magister. Disteso su una panca, si era già addormentato. Mi coricai vicino a lui, per terra, come un cane accanto al suo padrone. Se avessi visto quei fantasmi che lo tormentavano, li avrei tenuti lontano, almeno per il tempo del sonno. Senza saperlo, di lì a poco avrei avuto io bisogno della sua protezione.

VENTINOVESIMO GIORNO
Disperazione

Era l'alba, ma per le finestre scure del tribunale poteva essere ancora notte. Ricordo soltanto la faccia stravolta del capitano Volpato che, dopo avermi scosso, tentava con delicatezza di svegliare il magister. Che alzò il braccio, quasi in segno di resa, e a fatica si mise a sedere sul suo giaciglio. Si stirò le braccia, sbadigliò e finalmente alzò gli occhi verso l'ufficiale. Io guardavo entrambi continuando a restare sdraiato. Da cane ero stato trattato e da cane rimasi a terra.

«Il consigliere Bragadin...» iniziò a dire il capitano.

«È morto» affermò il magister.

«No, frate Martino, è da un pezzo che vi cerchiamo. Siamo stati alla locanda ma non vi hanno visto. Vi aspetta qui fuori, insieme al vescovo Grimani.»

Bosch. Fu il primo pensiero che mi balenò per la mente ancora offuscata dal sonno e da un sogno in cui avevo pisciato sangue. Sogno che in questi ultimi anni è diventato realtà. I soliti e incapaci medici mi trattano con inutili salassi, e hanno osato perfino dire a me, il papa, di pregare, in quanto solo *Christus Medicus* è il vero guaritore di ogni malattia. Sto divagando ancora una volta, ma in questo caso giustifico me stesso: non è la vecchiaia a indurmi a deviare il racconto, ma il dolore che ancora oggi mi prende a quel ricordo. Uscimmo fuori, io dietro il magister, e come vidi i volti torvi di Bragadin e Grimani immaginai il peggio.

«Dunque?» chiese il magister, più irritato che incuriosito.

«Dovete venire con noi» rispose Bragadin, senza aggiungere altro.

A passo svelto Volpato fendeva la folla domenicale, più festante del solito. Le maschere si scansavano, alcune ridendo, altre protestando, ma subito si richiudevano dietro di lui, e parevano venirmi addosso, gridandomi sconcezze, tentando di ghermirmi e di portarmi con loro, in chissà quale girone di dannati. Demoni, non anime perse. Il magister sembrava invece non accorgersi di loro, seguiva solo il capitano e il flusso dei propri pensieri. Per ultimi arrancavano Bragadin e Grimani, vestiti in borghese, senza alcun segno esteriore del loro stato.

Il cammino ci portò distante dal rifugio di Bosch, e arrivammo davanti al vicolo che si apriva su palazzo Grimani. Passammo oltre e attraversammo un ponticello dietro le fondamenta di San Severo. Un gruppo di persone, alcune con la baùta issata sulla fronte, ci sbarrò il cammino, impedendo anche la vista. Tra loro vidi un vecchio storpio, che si attaccò alla manica del magister.

«*Terribilis dominus, et magnus vehementer, et horribilis potentia ipsius.*»

«Hai sbagliato» gli rispose il magister scrollandoselo di dosso, «nell'Ecclesiaste si dice *mirabilis potentia ipsius*, non *horribilis*. La potenza del divino è terribile, grande e ammirevole, non orribile.»

«*Non est!*» protestò l'altro, lo sguardo implorante. «*Horribilis... horribilis est.*»

Due guardie riconobbero il capitano e a furia di spintoni ci aprirono un varco. Il magister lasciò lo straccione blaterare e avanzò di un passo, ma si arrestò, e con una forza inaspettata mi obbligò a voltare le spalle.

«Fermati!» mi gridò. «Non guardare, va' via!»

Mi spingeva, senza alcun turbamento nel toccarmi, mentre io resistevo. E più tentava di allontanarmi più cercavo di guardare. La curiosità è il perfetto antidoto alla noia di vivere, ed è un dono eccellente ma, come il cavallo di Troia, al suo interno può nascondere abissi mostruosi. Approfittando di un suo momento di incertezza, forse anche lui era sconvolto, mi voltai, guardai e mi bastò un attimo per comprendere. Natura maledetta che illudi! Demoni e angeli indifferenti alla sofferenza! Dio assente e ingannatore! Anime animali, bestie corrotte, male senza fine! Apriti terra, e inghiottimi, che non resisto al mio dolore.

Fu il profumo di verbena che ancora emanava dal suo corpo, dalle sue vesti e dai suoi capelli. Giaceva a terra, Isabella, con un lungo velo bianco che dalla testa le scendeva fino sui fianchi, quasi fosse andata a prendere i voti anziché a morire. Vicino ai piedi nudi erano abbandonate le sue calzature, mentre accanto era stesa la sua mantella. Il magister mi lasciò andare e io mi precipitai su di lei. Forse gridai, sicuramente piansi perché aprendo gli occhi vidi che alcune lacrime avevano bagnato quella che mi apparve una collana di rubini sul suo collo.

«Le hanno tagliato la gola» sentii dire dal capitano.

Non erano rubini ma sangue, sul collo bianco, reso ancora più diafano dalla morte. Feci in tempo a vedere anche una brocca di peltro abbandonata poco distante dal corpo, prima che due robuste braccia mi sollevassero da terra. Il magister mi abbracciò, senza ritegno, e io feci lo stesso con lui, mentre i singhiozzi mi squassavano il petto.

«Perché, padre mio, perché? Perché lei?»

Non so quante volte glielo dissi, né quante volte pronunciai il nome di Isabella. D'improvviso mi divincolai da lui, preso da un pensiero osceno. E senza dire nulla corsi via, scontrandomi con la gente che mi guardava come fossi un pazzo, e forse lo ero. Inciampai e caddi più volte, ferendomi alle braccia e alle gambe, ma non mi fermai fino a quando non giunsi al fondaco dove si trovava Bosch. Se si trovava ancora lì.

Presi fiato, mi guardai intorno e lasciai che passassero delle maschere. Entrai in silenzio e, giunto davanti alla sua porta, lentamente provai ad aprirla, senza usare la mia chiave. Chiusa. Guardai quindi dal buco della serratura e lo vidi riverso a terra. Rimasi in silenzio fino a quando non udii il suo pesante respiro. Il sospetto che mi aveva colpito scomparve: non poteva essere stato lui. Forse si accorse di me, perché aprì gli occhi ma subito li richiuse, senza muoversi. Tornai indietro, in silenzio, e il desiderio di vendetta prese il posto del dolore. Trovai il magister che discuteva con Bragadin.

«Che cosa volete da me, ancora? Siete stato voi a togliermi l'incarico. Non avete forse deciso che l'omicida è stato Biasio Cargno?»

«Vi prego, frate Martino. Il vescovo è furibondo, oltre che indignato per questo affronto fatto alla sua casa.»

«Comprendo» rispose freddo. «Come se gli avessero incendiato una sua proprietà.»

«Naturalmente il suo cordoglio per la morte della povera Lavagnolo è fuor di dubbio.»

«Vedo come la nobiltà dei suoi natali faccia da schermo ai suoi sentimenti. Permettete che mi rivolga al mio assistente.»

Mi prese da parte. Ero ancora sudato e con il fiato grosso.

«È ancora lì, vero? Non è stato lui.»

Aveva perfettamente compreso dove fossi andato: forse, se non mi avesse visto correre, lo avrebbe fatto al mio posto. Assentii e abbassai la testa. Mi spinse appena lontano perché gli altri non potessero udirci.

«Ti spiegherò dopo» mi sussurrò. «E mantieni la calma. La mano che l'ha uccisa è la stessa.»

«Lo troveremo, magister», ormai schiumavo di rabbia, «ditemi che lo troveremo.»

«Guarda bene: la brocca e le scarpe. Troverai questi oggetti disposti più o meno nello stesso modo nel penultimo riquadro del dipinto di Bosch. Quello dell'ira. Perdonami, Giovanni, ho sbagliato. Sono cascato nella trappola dell'assassino, che voleva spingermi a credere che fosse Bosch l'autore dei delitti.»

«Chi è allora?» lo implorai. «Chi è quel maledetto?»

Lo storpio si era nuovamente avvicinato a noi, e il magister lo minacciò con lo sguardo.

«Che cosa vuoi, vecchio? Tieni», e gli poggiò una moneta in mano. «E ora lasciaci, ti prego.»

Questi, tuttavia, pur stringendo la moneta in mano, prese a sbracciarsi.

«Interficiatur foris gladio! Dixerat enim sacerdos: non occidetis eam in domo Domini!»

Il magister scosse la testa e mi guardò di tralice.

«Uno straccione che parla attraverso versetti della Bibbia. Mi mancava. Ha citato addirittura l'uccisione di Atalia, dal secondo libro dei Paralipomeni.»

«Non lo ricordo.»

«Ioiada, il sommo sacerdote, fece uccidere la regina Atalia con la spada, ma prima ordinò che fosse condotta fuori dal tempio del Signore affinché al suo interno non si commettesse un delitto. Bella ipocrisia. Tutta la terra è il tempio di Dio.»

Il magister continuò a parlarmi di quell'episodio, forse cercava anche di distrarmi, ma le sue parole mi entravano e uscivano dalle orecchie come suoni lontani, indecifrabili. La mente infatti, quasi non facesse parte di me, stava volando per suo conto, cercando di afferrare fatti e notizie per trasformarli in indizi. Poi, dopo un improvviso squarcio, vidi la luce e misi una mano davanti alla bocca del magister.

«Lui parla di Isabella.»

Gli soffiai quelle parole, sorte non da una deduzione logica ma da una convinzione interiore, e per questo ancora più forte.

«Che cosa intendi?»

Cercai lo storpio, che stava in raccoglimento davanti al corpo di Isabella. Mi feci forza e lo presi per un braccio, portandolo davanti al magister.

«Parla, ti prego, di' che cosa hai visto.»

Aprì la bocca in un mezzo sorriso, mostrando una chiostra di denti neri e marci. Lo sguardo, vacuo, passava da me al maestro, quasi fosse un cane che aspettava il cibo dall'uno o dall'altro. Tese le mani e il magister gli offrì un'altra moneta. Barcollando sulle gambe cercò allora di infilarsi tra noi due, per sfuggirci, ma lo agguantai per il cappuccio della mantella. Il magister mi fissò sorpreso.

«Parla!» lo minacciai. «O faccio a te ciò che è stato fatto a quella donna.»

Mimai l'atto di tagliargli la gola. Alzò allora le mani e si buttò in ginocchio, facendomi una pena terribile. Non sarei mai voluto arrivare a umiliarlo, a intimorire un uomo ridotto in quello stato, ma sentivo, o almeno speravo, che fosse stato davvero testimone del delitto dell'unica donna che mi avesse fatto conoscere il paradiso. Alzò quindi gli occhi, umidi di lacrime, e parlò.

Il testimone

«*Sacerdos magnus, sacerdos magnus!*»

«Se non straparla, cita Gioacchino, il padre di Maria. Sembra conosca a memoria Bibbia e testi sacri.»

«Ma che cosa vuol dire che il Signore è grande?»

Ci eravamo allontanati dal corpo di Isabella e il capitano ci guardava stupito.

«Dagli tempo.»

Lo storpio cercava di farsi intendere. Scuoteva la testa e piangeva e la mia pazienza era messa a dura prova. Si dette dei pugni sulle guance e avrei voluto fermarlo, ma il magister me lo impedì. Poi gli mise una mano sulla testa.

«Puoi parlare, fratello» gli disse. «Parla con la tua lingua e io ti capirò.»

«*Oh, pater!*» gridò allora. «*Sacerdotes eius cum gladio occiderunt!*»

Il magister chiuse gli occhi e respirò profondamente, una, due, tre volte, e io pendevo dal suo silenzio.

«Si sta sforzando. Credo sia il Salmo 78, ma ha rovesciato il significato. Non dice che i sacerdoti periranno di spada, ma che hanno ucciso.»

Quello squarcio di luce di pocanzi colpì entrambi allo stesso tempo.

«Un sacerdote l'ha uccisa.»

Lo disse così lentamente che avrei voluto strappargli le

parole di bocca. Se quell'uomo non era pazzo, ci stava dicendo che a tagliare la gola a Isabella era stato un uomo di Dio.

«Portalo alla locanda e aspettatemi lì. Voglio esaminare il corpo di Isabella, alla ricerca di qualche altra traccia. E non lasciamoci indurre a conclusioni affrettate.»

Con delicatezza, anche se avevo l'animo in subbuglio, presi per mano lo storpio e lui me la strinse, come un bambino. Mi sembrò più quieto, forse perché era riuscito a farsi comprendere. Non me lo caricai sulle spalle, ma agli occhi della gente eravamo come Enea che si trascinava dietro il padre Anchise. Ci fermammo a sedere su un muretto, a lato della locanda dello Sturiòn, e davanti al canale. Vedevo barche e gondole scivolare sull'acqua, cariche le prime di botti e sacchi di farina, spinte con forza dal rematore, e le seconde di donne e uomini per lo più mascherati, con il vogatore impegnato a intonare canzoni d'amore. Strana città, Venezia, che cominciavo a conoscere, ricca di tutto e del suo contrario, feste e orrori, lussuria e tetraggine. Il magister arrivò alle nostre spalle.

«Venezia è come la sua acqua, cristallina in superficie e limacciosa sul fondo.»

«Avete trovato qualche indizio?»

«Niente che non abbia visto anche tu. C'è la sua firma su questo sesto delitto. Ma adesso occupiamoci di questo sant'uomo. Hai un nome?»

«*Relictus*.»

Probabilmente se lo era dato da solo: abbandonato, da tutti, ma anche dalla ragione. Il magister andò subito al sodo.

«Tu comprendi, ma non parli che per versetti. Sei un uomo di chiesa?»

«*Olim*...»

«Bene, lo eri un tempo, ma come sai bene *semel sacerdos semper sacerdos*, una volta che si è sposata Santa Madre Chiesa, il matrimonio dura fino alla morte, e questo comporta delle regole, di verità, di giustizia, di fraternità.»

Ogni tanto queste belle parole mi ritornano in mente. Se frate Martino fosse ancora vivo, e sarebbe almeno centenario, si vergognerebbe di quanto sia distante da loro questa Chiesa, di cui sono per primo un esempio esecrando. Ma non è mai stato un uomo di mondo. Ha vissuto sempre tre metri sopra la terra, obbedendo ai suoi principi e sfidando le regole, quelle terrene, della diplomazia, della corruzione, del denaro che muove ogni cosa. Se Dio c'è davvero, se n'è andato via, schifato dalla sua stessa creazione, e aspetta la fine dei tempi per ricominciare tutto daccapo. Ma andiamo avanti, che siamo vicini alla conclusione.

«Hai detto quindi la verità, che hai visto un uomo vestito da sacerdote tagliare la gola a quella donna?»

Vestito da sacerdote, aveva detto: come avevo fatto a non pensarci prima? Il magister, ovviamente, ci aveva pensato.

«*Omnem veritatem vobis manifestabo*», lo storpio si fece il segno della croce.

«Giura di aver detto la verità», il magister si rivolse a me, «ma con tutte quelle maschere in giro, potrebbe benissimo essere stato un travestimento.»

«*Dominus magnus, dominus magnus!*» aggiunse con enfasi lo storpio.

«Un grande signore» osservai, «se fosse un travestimento potrebbe essere da vescovo o da papa, addirittura.»

«Potrebbe» concluse il magister, «potrebbe. Ma non è detto. Vai in pace, fratello, la tua follia ti preserva da ogni peccato.»

Si svuotò quasi la scarsella, riempiendo le mani dell'uomo di monete. Quello benedisse entrambi. A me, adesso, ogni volta che passo con la carrozza per le vie di Roma, lanciano solo maledizioni. E io, fingendo di aprire le tre dita pastorali, rispondo poi con le corna. Una cosa santa aveva fatto davvero quel Relictus: aveva lenito il mio dolore e la mia rabbia.

Si allontanò, con quell'andatura claudicante: un piccolo uomo, che sopravviveva di carità, senza sapere nulla del mondo intorno a lui e incapace di comunicare se non con quel linguaggio colto e oscuro, comprensibile solo a pochi. Se mai è esistita un'anima, quella appartenne a lui. Ritornammo dal capitano Volpato, che soprintendeva alla rimozione del corpo di Isabella.

«Non ci risultano parenti prossimi, e il vescovo Grimani ha dato disposizioni che il funerale si svolga in forma privata, nella cappella di palazzo.»

«È cosa buona e giusta» chiosò il magister, «ma adesso ho bisogno di Volpato e Grimani, e di voi, Bragadin.»

Il consigliere rimase stupito da quella richiesta.

«Siete sempre dell'idea che riprenda le indagini?» continuò il magister.

«Ve ne prego, in nome del doge Loredan.»

«Allora vi posso già dire che se non so ancora di chi sia la mano assassina, ma so per certo quale escludere. Oltre a quella di Biasio Cargno, colpevole, certo, ma non di questi omicidi. Giovanni, fai strada, sai bene tu dove, questi gentiluomini e io ti seguiremo.»

Non ebbe bisogno di dire altro, avevo compreso perfettamente, e mi diressi verso il Fondaco dei Turchi. Conoscevo la strada e camminavo senza incertezze, voltandomi indietro ogni tanto per essere sicuro che mi seguissero. Quella strana carovana, da me guidata, sollevava a ogni calle la curiosità delle maschere, e a poco a poco si formò un codazzo al quale si aggiunsero perfino due musicanti, un flautista e un rebecchino. Finché, giunti davanti alla porta del fondaco che avevamo affittato, mi fermai.

«Consigliere Bragadin» disse il magister, «prima di andare avanti voglio un salvacondotto in bianco.»

«A quale scopo?»

«Lo saprete dopo che me lo avrete consegnato. Volete o no che si faccia verità, o la Serenissima non è più la sentina di giustizia dalla quale tutti i popoli dovrebbero trarre ispirazione?»

Ogni volta che ripenso a quella frase mi viene da sorridere. In realtà non aveva alcun significato: Bragadin poteva tranquillamente rifiutare eccependo anche una carenza di autorità. Ma il magister aveva toccato la nota dell'orgoglio veneziano e il consigliere si fece dare un foglio, lo vergò con alcune parole, lo firmò e lo consegnò al magister.

«Sono nelle vostre mani. Se il doge venisse a sapere che sono stato ingannato, mi farebbe scuoiare vivo.»

Riposto il salvacondotto nel saio, il magister mi fece cenno di aprire la porta. Entrammo nell'androne e richiusi la porta, lasciando delusi tutti quelli che ci avevano seguito.

«Voglio» annunciò il magister «che siate tutti testimoni che questa porta è stata chiusa a chiave e che pure è sotto chiavistello quella che potete vedere in fondo. Lo dichiaro sotto giuramento e così potrà fare il mio assistente. Giovanni, mostra a tutti chi è rinchiuso qui dentro da tre giorni, prigioniero volontario. In tal modo, se pure tristemente, ha dato prova di non essere l'autore dei delitti, come la vera mano omicida voleva far credere.»

Schiavardai la porta e poco dopo, barcollando, ne uscì Hieronymus Bosch. Puzzava più di un pesce marcio e Grimani si portò al naso un fazzoletto imbevuto di profumo. Lo avrei strozzato, perché vi riconobbi quello di verbena, quello di Isabella. Bosch non stava in piedi e sembrava anche dimagrito, aveva le guance scavate, e gli occhi, semiaperti, vagavano nel vuoto. Forse, per resistere in quella specie di cella, si era mantenuto volutamente incosciente, continuando a masticare foglie di stramonio.

«Mi avete ingannato!» gridò Bragadin. «È il pittore di Grimani, il contumace!»

«No, consigliere. Piuttosto siete stato voi a ingannare la giustizia, rivelando a Jean de Longueville il nome di chi aveva denunciato anonimamente il pittore di blasfemia. Una scorrettezza cui probabilmente siete stato costretto e di cui non ho intenzione di incolparvi.»

Bragadin non rispose, e si morse il labbro superiore, mentre Grimani e il capitano evitarono il suo sguardo.

«Vescovo Grimani» riprese il magister, «in forza di questo salvacondotto, che il consigliere Bragadin non protesterà, vorrei riaccoglieste a palazzo il vostro ospite. Vi prego anche di tenerlo ben guardato e di non rivelargli, al momento, la morte... di chi sapete voi.»

«Sarà fatto.»

Due guardie si misero ai lati di Bosch, sollevandolo quasi, perché non appariva in grado né di camminare né di comprendere.

«Buon vescovo, fate procurare da uno speziale un decotto di edera, cui dovrà essere aggiunto del sidro di mele. E della radice di *Ononis spinosa* triturata, che il pittore dovrà bere con molta acqua, al fine di orinare in gran quantità e liberare il corpo dall'effetto dello stramonio.»

Un umile (nemmeno tanto però) francescano che dava ordini a un vescovo di tali nobili origini da diventare poi doge. Come se un prevosto venisse qui in Vaticano a dirmi che cosa fare o non fare: lo farei cacciare a pedate. Ma tale era invece l'autorità del magister che quello promise di fare tutto quanto gli era stato comandato.

TRENTESIMO GIORNO
Imparare dall'acqua

L'unguento contro i pidocchi e le altre bestie che mi infestavano aveva funzionato a dovere, e a parte un rossore diffuso sull'inguine, non avevo più alcun sintomo, e soprattutto avevo smesso di grattarmi. Ogni volta che Caterina mi passava vicino, mi scansavo. Tuttavia, dalle occhiate e dagli scherzi che riservava a un altro avventore, un mercante greco di bassa statura e dalle spalle larghe, ritenni che ormai non avrei più subito le sue attenzioni. Tra qualche giorno nuovi pidocchi avrebbero preso la via dell'Ellade.

Insieme al magister facemmo colazione con della focaccia fritta e uova sode, condite con acciughe all'aceto. Ogni tanto il pensiero di Isabella morta mi passava per la mente, ma mi meravigliavo con me stesso per quanto la sua figura stesse già scomparendo, e a mano a mano che diventava fantasma, aumentasse la mia triste indifferenza. I pensieri di vendetta, inoltre, avevano ormai ceduto il posto alla voglia di scoprire chi fosse l'assassino di tutti quanti i sei delitti. Fremevo dalla voglia di fare mille domande al magister, ma quando lo vedevo con gli occhi al cielo, lisciarsi la barba, mettersi l'indice davanti alla bocca, sapevo di non doverlo disturbare.

«Andiamo per mare» disse d'improvviso.

«Scusatemi, ma non so nuotare e l'acqua è fredda» risposi con un po' di timore.

«Con una barca, intendevo.»

Davanti al Ponte di Rialto, dalla parte dello Sturiòn, sostavano delle gondole, in attesa dei passeggeri. Molte si contraddistinguevano per i simboli nobiliari impressi sulle fiancate, ma qualcuna apparteneva alla Serenissima, e si poteva affittare.

«Portaci al ghetto, ma passa dai rieli, e non ti preoccupare del tempo che ci vuole.»

Subito ci infilammo in un canale dietro il Fondaco dei Tedeschi e da lì mi fu facile perdere del tutto il senso dell'orientamento. La gondola girava a destra e sinistra e passava sotto dei ponti così bassi che il vogatore doveva chinarsi. Costui, magro come il suo remo, ogni tanto lanciava una voce acuta quando doveva svoltare per qualche curva cieca, mentre, al passaggio di vesti femminili, l'arrochiva per complimentarsi, oppure fischiava modulando il suono come un merlo innamorato. Poi ci guardava ammiccando: per lui eravamo come due innamorati perdigiorno, un frate e il suo giovane amico. Un fatto abituale, al punto che in certi sobborghi di Venezia la Repubblica addirittura permetteva alle prostitute di affacciarsi alle finestre mostrando il seno nudo. Un provvedimento sciocco e presuntuoso, che voleva limitare il dilagare della sodomia.

«Dobbiamo imparare dall'acqua» disse il magister d'improvviso, dopo un lungo silenzio. «Puoi quasi vedere il fondo, quando è calma come in questi canali, ma quando la agiti tutto diventa confuso. Quindi, ora, con calma facciamo il punto. Sappiamo che non è Bosch l'autore degli omicidi, e che almeno l'ultimo è stato commesso da un sacerdote o da un uomo travestito da sacerdote. Di certo conosce Bosch e il suo dipinto dei sette peccati. Di più, ha sempre voluto farci intendere che fosse stato lui a commettere gli omicidi o che quanto meno li avesse ispirati. Lo deve quindi odiare molto, per qualche motivo: quale, tuttavia, non sappiamo. Inoltre possiamo affermare che sia maschio e robusto, altrimenti non avrebbe potuto né avere la meglio su quel giovane grasso né issare la vedova Corner sul carretto. Potrebbe anche avere un complice, ma quel suo voler firmare, per così dire, i delitti e quella precisa profusione di indizi mi inducono a pensare che sia un solitario e un caparbio.»

«E un uomo dotto» aggiunsi.

«Sì, ma non troppo» mi corresse il magister. «Alcune di quelle morti sono così oscene, se ben ti ricordi, che male si accompagnano a una visione del mondo di un saggio erudito. Io, per esempio, pur non ritenendomi che sui primi gradini della scala che porta alla sapienza, se dovessi uccidere lo farei con meno volgarità, con più grazia. Anche la morte ha una sua estetica. Vedi, in Platone la bellezza va intesa, per esempio, come idea astratta, mentre in Aristotele è *téchne*, è arte, è pratica: insomma è fare bene qualcosa. Come uccidere in un modo anziché in un altro, pur rispettando ciò che si vuole comunicare attraverso i particolari dell'uccisione stessa.»

Una domanda mi pizzicò la lingua e non resistetti a non porgliela.

«Allora voi, magister, come uccidereste?»

Il gondoliere, nel frattempo, aveva smesso di ammiccare e aumentato leggermente l'andatura. Il discorso del magister, forse volutamente fatto non a bassa voce, lo aveva zittito, e avrei scommesso che la mia domanda gli aveva fatto perdere ogni altra voglia di prenderci per i fondelli.

«Con questo, ad esempio.»

Non senza un leggero sorriso di compiacimento, tirò fuori il suo bastone corto. Rimasi di sasso quando, ruotando appena la parte superiore, dall'incavo uscì una lama appuntita. La gondola ebbe un sussulto.

«Non l'ho mai usato» tenne a precisare. «Contro una persona, intendo, e non so neanche se sarei capace di farlo. Tuttavia un vecchio monaco buddhista, un certo Ada Ta, alcuni anni fa mi insegnò a usarlo, per difesa e offesa. Lo conobbi a Roma, fu un'amicizia breve, ma solida e intensa.»

Il magister mi aveva già parlato del Buddha, ma ne sapevo davvero poco. Ora ne so molto di più, quel tanto che mi ha indotto a proibire la lettura di qualsiasi libro che tratti di lui. Ridurrebbe la mia Chiesa a un antro di poveri se le sue idee venissero alla luce e si propagassero, soprattutto tra i semplici. *Vade retro!*

Il gondoliere ci scaricò con malgarbo in un piccolo approdo su un lato del rio della Misericordia: stavo per replicare quando il magister mi fece cenno di lasciar perdere.

«Non esiste peggiore ripicca verso chi si mostra arcigno che ostentare allegria» mi sussurrò, e si rivolse quindi al gondoliere accompagnando le parole con un sorriso. «Grazie, siete stato molto gentile e il viaggio ci è apparso delizioso.»

L'espressione beota e stupita di quell'uomo mi ripagò di ogni sua sgarberia: il magister aveva (quasi) sempre ragione. Ma che Dio lo protegga ancora adesso dall'arroganza degli angeli. Ci fermammo a mangiare dal suo amico oste, lo spretato ebreo dalla moglie arpia. In testa aveva una berretta rossa, come altri che giravano da quelle parti. Si accorse che lo guardavo con curiosità.

«È da qualche anno che avremmo l'obbligo di portarlo, noi ebrei intendo, ma io me ne sono sempre infischiato. Nelle ultime settimane però i controlli si sono fatti più severi. Ogni tanto capita qui qualche guardia che chiede i documenti, e se sei ebreo e non porti il cappello ti multano con mezzo ducato, che il cancaro se li porti.»

Ci servì della carne d'anguilla, squisita ma piuttosto grassa, e un piatto di lenticchie, che il magister guardò con sospetto.

«Sei forse a lutto, Davide, che ci propini il seme della morte?»

«Brutto eretico di tutti gli dei! Mangia e non protestare: non ti bastano i morti che vai cercando?»

«Dunque si sa delle mie indagini?»

«Da queste parti non si mormora d'altro. Anzi, prima finisci e meglio è, perché se non risolvi il mistero, se la piglieranno con noi.»

«E tra questi mormorii non è uscito qualche sospetto?» chiese improvvisamente interessato il magister.

Davide ben Baruc si mise a sedere tra di noi, si guardò indietro per vedere se sua moglie fosse nei paraggi, e quindi abbassò la testa e il tono della voce.

«Dopo il terzo o il quarto omicidio, non ricordo bene, ha cominciato a correre la voce che per Venezia si aggirasse un *dibbuk*, uno spirito malvagio che si fosse impossessato di un uomo...»

«Lo pensavo anch'io» mi scappò detto.

Dopo l'occhiataccia del magister, ripresi a mangiare le lenticchie.

«Tutte sciocchezze» continuò l'oste. «I *dibbuk*, se esistono, sono spiriti senza forza. Non come i *golem*» affermò, «forti, senz'anima, obbedienti al loro padrone e capaci di ogni nefandezza senza provare alcun rimorso. C'è chi giura di aver sentito dire che lo hanno visto, di notte, grosso come un orso con due occhi di fuoco, grandi come uova.»

«E i golem» aggiunse il magister «possono essere plasmati solo da un rabbino che conosca profondamente il libro della Creazione, il *Sefer Yetzirah*. Che abbia la sapienza di Abramo, conosca le dieci Sefirot e sappia interpretarle alla luce dello Zohar come parole creatrici.»

«Per gli dei! Parli come un rabbi, Martino. Non ti sarai mica convertito?»

Il magister scosse la testa, ma anche a me erano venuti dei dubbi.

«Di conseguenza, se questa credenza si diffonde, temi che gli ufficiali della Repubblica vengano qui a controllare queste voci e a perseguitare qualche brav'uomo?»

«E a danneggiare i commerci, non dimenticare.»

«Dimmi, Davide, e tu credi a queste voci?»

«Sono frate, ebreo e sposato: posso credere a tutto e a niente.»

Ritornammo a piedi, ma nel tragitto cominciai a starnutire. Forse avevo preso freddo in gondola, e me ne lamentai con il magister. Ora sono abituato al fatto che appena accuso un leggero dolorino tutti mi si fanno intorno, alcuni pieni di speranza, altri di preoccupazione, che io lasci questa terra. Il magister invece non mostrò alcun interesse.

«Passeremo per l'ennesima volta dallo speziale a prendere delle pillole di salice. Figlio mio, mi costi più di unguenti e medicamenti che di vitto e alloggio. Per fortuna tuo padre è stato molto generoso e non ti mancherà niente. Però guai a te se ti ammali veramente. Domattina svelerò a Jean de Longueville il tiro che gli abbiamo giocato, e questo deporrà a nostro favore a proposito della contumacia di Bosch, che non sarà più sanzionata.»

«E per i delitti?» dissi con voce nasale. «Avete di nuovo l'incarico.»

«Non è stata vana la visita al ghetto, a parte rivedere un amico. Chi teme, da innocente, di essere accusato ha sempre voglia di raccontarti qualcosa, di aiutarti. Proprio per allontanare eventuali dubbi di colpevolezza da sé. E Davide lo ha fatto.»

«Magister! Allora credete al *golem*?»

«Credo in Dio Padre Onnipotente. Dal quale può discendere ogni cosa. E, perché no, anche un *golem*.»

Mi strizzò un occhio e non riuscii a capire se davvero credesse a quella gigantesca creatura o meno. Ma quel lampo nello sguardo significava di sicuro che qualcosa di indefinito, di informe, che ancora doveva delinearsi, si stava formando nella sua mente. Una massa d'argilla, insomma, proprio come lo stesso *golem*.

TRENTUNESIMO GIORNO
Innocente

Il processo a Hieronymus Bosch doveva aver perso d'interesse. Infatti, quando entrammo nell'aula del tribunale dell'Inquisizione, la trovammo quasi vuota. La parte riservata al pubblico contava solo due gentiluomini intenti a corteggiare la stessa dama, che si schermiva dietro un ventaglio di pizzo bianco. Forse una cortigiana o una vedova in cerca di un nuovo marito: l'abbigliamento lasciava molti dubbi in proposito. Una lunga veste di raso bianco sormontata da una zimarra di broccato rosa, e un'alta cintura che stringeva appena sotto il seno. Al collo un filo di perle, in barba alle leggi suntuarie. Quindi una donna o molto nobile o molto protetta.

Da cardinale sono diventato un grande esperto in fatto di moda femminile e oggi giurerei che sotto la veste portava le braghe da uomo. Oggi mi fanno ridere gli uomini che si divertono a indossare vesti femminili e calcagnini alti più di un palmo su cui traballano a ogni passo. Una cosa è rifuggire l'altro sesso, un'altra è rendersi ridicoli.

L'eccellentissimo magistrato Bonaccorso non era ancora arrivato, e mentre due uscieri sistemavano l'icona lignea con le fattezze di Bosch sul banco degli imputati, il magister si avvicinò a Jean de Longueville.

«Ascolta bene ogni parola» mi disse, «perché un domani potresti essere chiamato a testimoniare.»

L'inquisitore francese lo squadrò con aria soddisfatta.

«Siamo prossimi alla sentenza, Martino. Sei venuto per implorare clemenza?»

Se fossero spuntate due corna luciferine sulla sua testa lucida non mi sarei meravigliato.

«Quella di Dio, sempre, mio caro Jean. Avrei invece seri dubbi che tu voglia concedermi la tua.»

«È possibile. Vedremo. Se me ne darai la possibilità.»

Così gli rispose Longueville, che non aveva colto l'ironia del magister. A differenza mia, che ormai avevo imparato a riconoscere il suo stile.

«Volevo invece avvisarti che avremo il piacere di vedere nuovamente seduto al banco Hieronymus Bosch in persona, al posto di questa brutta effigie.»

Jean de Longueville sgranò gli occhi e iniziò ad avere il fiato corto. Fissava immobile il magister, mentre la bocca era incerta se muovere al sorriso, non credendo a quelle parole, o sputare veleno. Riprese il controllo solo in parte.

«È stato catturato, finalmente» riuscì a dire.

Il pomo d'Adamo gli andava su e giù come una carrucola piena di risentimento.

«Le cose non stanno proprio così. Si presenterà spontaneamente, forte anche del nuovo salvacondotto...»

«Non è ammissibile!»

Il suo grido distrasse i due corteggiatori, che non se lo aspettavano. Li vidi abbandonare entrambi la dama per sporgersi dalla balaustra, sperando in qualche novità più interessante e degna di nota rispetto a quelle grazie femminili, ormai ne ero certo, a pagamento.

«Non è possibile!» proseguì concitato l'inquisitore. «La Serenissima ha le sue leggi, e con la sua fuga Bosch ha perso ogni diritto.»

«Ogni legge ha la sua eccezione, altrimenti non sarebbe legge, Jean. Ma suvvia, non adirarti.»

Fatto o meno apposta, quello fu un vero colpo da maestro, che fece andare del tutto in confusione Longueville. Perché il modo migliore per far perdere la testa a uno che è arrabbiato risiede proprio nell'invitarlo alla calma, possibilmente con un sorriso o una pacca sulle spalle. Rifiutando il contatto fisico, il magister aveva usato il primo espediente e Longueville sembrava dover scoppiare.

«Tu... tu... tu la pagherai per tutto questo!»

«C'è stato un accordo» rispose ancora più sereno il magister, quasi paterno. «Mi hanno riassegnato le indagini sugli omicidi e ho dimostrato che Bosch, che pure io stesso sospettavo, non ne è stato l'autore, come non lo era Biasio Cargno, pur colpevole di crimini altrettanto gravi.»

Il magister si era distratto un attimo perché aveva fatto appena il suo ingresso l'eccellentissimo Bonaccorso, e non aveva quindi potuto vedere l'ulteriore reazione di Longueville. Come in un duello, se prima lo aveva ferito di striscio a un braccio, questa volta lo stocco sembrava essere penetrato nello stomaco.

«Aspetta! Come fai a esserne certo?»

«Per qualche giorno ha accettato di farsi rinchiudere in un luogo sicuro. Una proposta rischiosa per lui, perché avrei potuto consegnarlo alla legge in qualunque momento.»

Le cose non stavano proprio nei termini in cui aveva detto il magister, ma in fondo si trattava di una piccola menzogna a fin di bene, come direbbe san Mercurio di Cesarea, protettore dei bugiardi. Mi sembra fosse lui, o lo confondo con Hermes il greco e il suo gemello romano Mercurio? Non ha importanza, perché qui la vicenda avrà una svolta ben più importante di quale santo sia il beniamino del numeroso popolo dei falsari e dei menzogneri. E se per caso non esistesse, provvederò io a farlo: sono il papa e posso fare quello che voglio.

«È innocente perché mentre era rinchiuso sotto chiave in un fondaco» continuò il magister «hanno ucciso la povera Isabella Lavagnolo, una protetta del vescovo Grimani, con le stesse modalità degli altri.»

«Che cosa intendi?»

Forse aveva già saputo della notizia, perché era rimasto del tutto indifferente.

«Indizi che riportavano tutti a un quadro di Hieronymus Bosch. Come se lui eseguisse un rituale demoniaco, per nulla folle, anzi, molto preciso. Un'unica mano per molti delitti: sei, al momento, e ne mancherebbe ancora uno. Comunque sia, non è stato Bosch. Potrebbe tuttavia essere anche un suo complice, ma non credo. Ma... che cos'è che suscita così tanto il tuo interesse, Jean?»

Il martello dell'eccellentissimo Bonaccorso, che si era evidentemente stufato di stare ad assistere al colloquio tra i due inquisitori, impedì a Longueville di rispondere, ma ancora di più al magister di ascoltare la sua risposta. Il magistrato inforcò quindi delle lenti e lesse ad alta voce.

«Ho qui un rapporto del capitano di giustizia, controfirmato dal consigliere Bragadin e vidimato con un sigillo dal doge Leonardo Loredan. In esso mi si dice che il signor pittore Hieronymus Bosch sarà qui presente al processo *in corpore vivi* entro tre giorni. E che per intercessione della Serenissima lo stesso ha riacquistato il diritto di asilo per i prossimi quaranta giorni. Mi si invita quindi a revocare l'ordine di cattura e la dichiarazione di contumacia.»

Dette un altro colpo di martello che suonò chioccio: probabilmente, per l'entusiasmo aveva scheggiato il tavolo. Era fin troppo evidente che aveva in simpatia il pittore e in uggia Jean de Longueville. Il quale non perse tempo per darsi ancora una volta la zappa sui piedi.

«Riflettete, Bonaccorso» lo minacciò, «prima di agire. La mano di Dio è più lunga e potente di quella del doge. Vi invito in nome Suo a non revocare nessuno dei due provvedimenti costrittivi e a procedere velocemente in contumacia dello stesso. Per giungere, finalmente, alla condanna.»

L'eccellentissimo Bonaccorso scosse un po' la testa a destra e a sinistra, quasi volesse soppesare quelle parole. Poi puntò il martello verso Longueville.

«Sono un buon cristiano, vado a messa, mi confesso, mi comunico e lascio sempre un obolo nella cassa delle elemosine. Ma se tutti gli uomini di Dio fossero antipatici, arroganti e presuntuosi come voi, mi potrei anche fare ebreo o musulmano.»

Ciò detto, colpì ancora il tavolo con il martello, firmò con qualche svolazzo esagerato il foglio che aveva appena letto e lo consegnò a uno scrivano perché lo mettesse agli atti.

«Al quarto giorno» disse infine. «Entro tale data il pittore

Bosch dovrà presentarsi qui. Altrimenti perderà ogni beneficio. E adesso bruciate quell'effigie di legno che ogni volta che la guardo mi manda in subbuglio lo stomaco da quanto è brutta. Infine» annunciò come fosse un editto dogale, «chi vuole si goda oggi questa giornata di sole, che da domani verrà brutto tempo: le mie giunture non mentono.»

Così facemmo. E dopo aver sostato nella piazza del Santo Marco, il magister mi propose di andare a trovare l'arcangelo Gabriele.

«Siamo a Venezia e non possiamo evitare di rendergli omaggio.»

«E dove si trova?»

«Lassù.»

Con il braccio alzato mi indicò la cuspide del campanile che si ergeva proprio davanti a noi, accanto alla chiesa del Santo Marco. Arricciai il naso, un'abitudine che non ho ancora perso, quando guardo in alto, e vidi una statua.

«Non saranno più di cinquecento gradini» continuò, «sei giovane e salirai alla svelta.»

In realtà faticai a tenergli dietro, e mentre saliva ebbe anche il fiato di raccontarmi dell'importanza di Gabriele.

«È il mio angelo preferito. Per gli ebrei è l'unico che sappia parlare le antiche lingue bibliche, quindi conosce la vera parola di Dio. Per i musulmani è colui che ha rivelato il Corano a Maometto. E per noi cristiani, figurati, è quello che annuncia a Maria che partorirà Gesù. A me però piace immaginarlo quando piuttosto va da Giuseppe, che non vuole più sposare Maria perché l'ha trovata incinta. Ma lui gli dice che lo è per via dello Spirito Santo e che la può tranquillamente sposare, anzi. Mi ha sempre fatto ridere questo episodio, pensando alla faccia un po' perplessa di Giuseppe. Però, che fede.»

Continuò a esaltare le doti dell'angelo fino a quando non giungemmo in cima. Il panorama meritava tutta la fatica della salita, che tuttavia sembrava non averlo neanche toccato. Non solo avevo Venezia ai miei piedi, ma lo sguardo sconfinava ben oltre: da un lato verso le campagne e le paludi, dall'altro verso le isole che la circondavano e il mare aperto. Le navi alla fonda sembravano giocattoli e le persone formiche. Non ero mai stato così in alto: fino a quel giorno il massimo era stato salire sul campanile della collegiata di San Cristoforo, a Barga. Anche il magister osservava lieto i dintorni, e di lì a poco, ci avrei scommesso tutti i ducati che non possedevo, mi avrebbe spiegato il motivo per cui avevamo fatto così tanti gradini. Non faceva mai nulla a caso.

«Ogni volta che vi salgo è una meraviglia nuova. Non è fantastico?»

«Sì, magister» risposi, in attesa dell'ammaestramento, della novità, del pensiero acuto e dell'eventuale soluzione al caso. Perché, se sapevamo che non era Bosch, su chi fosse il colpevole brancolavamo ancora nel buio.

«Quando vuoi possiamo scendere, io sono soddisfatto.»

«Come? Non avete niente da dirmi?»

«Che cosa vuoi che ti dica? Memorizza questa vista e quando ti dovessi mai trovare in qualche luogo angusto e oscuro, tornaci con la mente e ti consolerà. Va bene, così?»

«Grazie, magister.»

Mi ricordassi di tutte le volte che ha voluto prendersi gioco di me, potrei scrivere un libro comico che avrebbe più successo del *Morgante* o del *Macaronicon*. Però nessuno mi ha insegnato più di lui a stare al mondo. E se mi vedesse adesso, con questa mantella orlata di zibellino, con questi gioielli alle dita, e i servi che accorrono a ogni trillo di campanella, mi minaccerebbe con quel suo bastone. Sarei quindi costretto a spedirlo al Castello di Sant'Angelo, chiuso in una cella di cui io solo avrei la chiave. Però tutte le sere andrei da lui a imparare, e a farmi dire in segreto tutte le cose che sbaglio, salvo rifarle precise il giorno dopo. Meglio sia morto, lo dico per lui.

Così scendemmo, e ci dirigemmo verso palazzo Grimani, per prudenza, così disse il magister, riferendosi alle condizioni di Bosch.

«Temete per la sua vita?»

«Non di sua mano» rispose in modo sibillino, «e dobbiamo anche dargli la triste notizia.»

Giunti all'ingresso mi raggiunse quindi il ricordo della

prima volta che vidi Isabella, che udii la sua voce e percepii quel suo profumo di verbena. Cuore, mente e pube si contrassero insieme, e di lei, in quel momento, mi vennero in mente solo le cose più belle. Un po' come accade tra innamorati quando ci si lascia, passato un po' di tempo.

TRENTADUESIMO GIORNO

Cui prodest

Uno scroscio di pioggia, quasi primaverile, attese gentilmente che arrivassimo nel chiostro di palazzo Grimani, evitando di inzupparci. Le ossa dell'eccellentissimo Bonaccorso erano state profetiche. Il vescovo ci venne incontro per le scale.

«Bosch sta bene» disse di fretta «e ha già chiesto di voi.»

Lo trovammo sdraiato su un divano, con una coperta addosso, in posa da antico romano. Quando ci vide alzò un braccio.

«*Per aspera ad astra*» fu il suo modo di salutarci. «Attraverso le avversità siamo quindi giunti alle stelle.»

Grimani ci lanciò un'occhiata e comprendemmo che, così come eravamo rimasti d'accordo, non gli aveva detto nulla della morte di Isabella. L'ingrato compito sarebbe toccato al magister, e di sicuro ne avrebbe volentieri fatto a meno. Mi sembrò la prendesse un po' troppo alla larga.

«Sono lieto di essermi sbagliato su di voi. Non siete certo un uomo sereno, ma non avete ucciso.»

«Vedete, vescovo», Bosch indicò il magister, «questo è un uomo, perché ha il coraggio di ammettere i propri errori. Più di voi, con tutto il rispetto che devo al vostro abito e soprattutto ai vostri denari.»

Grimani bofonchiò qualche parola, infastidito, e suonò un campanello. Poco dopo arrivarono due servitori con un vassoio di biscotti che riconobbi per baicoli e una bottiglia di un liquore scuro che ci venne servito in piccoli bicchieri colorati. Dopo una pausa di silenzio, rotta solo dal nostro sgranocchiare, il magister alzò il bicchiere in controluce.

«*Tàrakos àkos*» disse, «rimedio contro il turbamento, il disordine. In volgare, taràssaco. Non potevate scegliere una bevanda più adatta, vescovo.»

Ciò detto, ne bevve un sorso e ritacque, mentre Grimani e io fremevamo. L'incrocio tra i nostri sguardi non sfuggì a Bosch, il quale si fece versare per tre volte il liquore, che trangugiò come fosse acqua.

«Sapete, amici miei, perché tali ormai vi posso chiamare, perché nei miei quadri sono rappresentate così tante figure grottesche? Perché io vedo dove voi non vedete. Io vedo l'anima delle persone ben oltre il loro aspetto fisico. Vedo come sono realmente, mostri, il più delle volte, o angeli, più raramente. Comici spesso, nella loro minuscola malvagità. O quelli che coltivano un potere ridicolo che possono esercitare solo con i più deboli. Persi nei loro sogni, alla ricerca delle soddisfazioni più bieche, e preoccupati al tempo stesso di andare in quell'inferno ultraterreno, mentre non capiscono che è qui in terra.»

«Molto interessante» replicò il magister. «Un concetto che mi trova anche concorde. Ma sono le droghe che assumete che vi portano a tale visioni allucinatorie. Nessuno è in grado di vedere l'anima, solo Dio.»

«E se quel Dio di cui parlate e di cui io stesso sono devoto, albergasse in noi? E se avessimo bisogno solo di una chiave per poter vedere ciò che senza di essa appartiene unicamente alla potenza divina?»

«Pensavano la stessa cosa i cultori della ierogamia. Attraverso le sacre copule con sacerdoti e sacerdotesse si poteva raggiungere la conoscenza divina.»

«Meraviglioso!» esclamò Bosch. «Non mi metterei mai a discutere di teologia con voi. Siete davvero un uomo straordinario, per un attimo mi avete quasi fatto dimenticare il motivo per cui siete qui. Non abbiate timore, so già quello che dovete dirmi.»

Fece cenno a un servitore che si avvicinò con la bottiglia di taràssaco, gliela strappò dalle mani e iniziò a tracannare il liquore. Si pulì le labbra con le maniche della camicia, su cui restò un'impronta marrone, come di sangue rappreso.

«Non sono così intelligente come voi, frate Martino, né astuto come voi, vescovo. E nemmeno giovane di mente come te, Giovanni. E nemmeno bello come Isabella, che non è tra noi.»

Quelle parole potevano avere un doppio significato, e ci volle poco perché tutti comprendessimo. Abbassò la testa e chiuse gli occhi.

«Ditemi solo come è morta.»

«Uccisa» rispose il magister un istante dopo «dalla stessa mano che ha commesso gli altri omicidi. Quelli per cui vi ho sospettato.»

«Grazie» sussurrò Bosch, e fece quindi una lunga pausa. «Mi dispiace solo di non averla amata abbastanza. Come voi, vescovo. No, non dite nulla. Sappiamo tutti quale era il suo mestiere, che sapeva esercitare con classe, dignità e astuzia, anche. Se mai dovessi dipingerla, ne farò un'Eva. Unica, innocente e colpevole, mansueta e ribelle. Per quale dei miei sette peccati è stata uccisa?»

«Ve n'erano rimasti due, l'accidia e l'ira. Gli indizi lasciati dall'assassino non lasciano dubbi. Ira.»

«Coltello, scarpe e una brocca?»

«E un mantello.»

«Dio mio, quanto sono odiato. E imitato.»

Restai muto, anche se avrei voluto dire la mia, in memoria di Isabella. A quanto aveva detto di lei Bosch, mancava una parola: femmina. Termine che oggi, tra queste mura, viene pronunciato con disprezzo. Mentre Bosch beveva un altro sorso di taràssaco, il vescovo Grimani si alzò in piedi

«Frate Martino, avete sospetti?»

«Ho liberato la mente da molti sospetti, e me ne restano alcuni.»

Non aggiunse altro e si alzò anche lui: subito ne seguii l'esempio. Era ora di andare.

«Riposate, adesso, messer Bosch. Dopodomani presentatevi al processo, di buon ora. E vedremo di risolvere anche la questione per la quale sono stato chiamato a difendervi. Da parte mia posso dirvi che non credo all'accusa di blasfemia, e il giudice Bonaccorso ha in uggia l'accusa. Ma non abbandonatevi a facili illusioni: in un processo, colpevole e innocente sono solo termini giuridici, a prescindere dalla giustizia. E l'Inquisizione può essere madre o matrigna. Riposate anche voi, vescovo, e pregate per l'anima di Isabella, come faremo noi. Non che tutti i morti siano esenti dai peccati commessi in vita, o che la morte li redima, però è vero che Isabella è morta per colpa di tutti noi, me compreso.»

Non era stato un modo di dire. Per come camminava, per come muoveva le mani e per come si tormentava la barba, compresi come davvero il magister si ritenesse responsabile. Io però non l'ho mai ritenuto tale, in tutta coscienza.

Ci ritirammo nella nostra stanza: il magister si inginocchiò, iniziò a pregare e io con lui. I pensieri mi attraversavano la mente come cavalli al galoppo in un'arena circolare e non riuscivo a concentrarmi sull'anima di Isabella, ma solo sul suo corpo sinuoso. Che poi scompariva mutandosi in un uccello dalle piume colorate, dalla cresta rossa, dalle zampe grifagne e dal becco appuntito appiccicato sul suo bel viso. Proprio una visione alla Bosch.

Quando si rialzò, il magister era più quieto. Ancora mi chiedo quale potere straordinario avesse in lui la preghiera per mutargli l'animo. Io ci ho provato a lungo, specialmente all'inizio della mia carriera ecclesiastica, senza successo. La volta che pregai con maggiore intensità fu quando Clemente VII mi consegnò come ostaggio all'imperatore Carlo durante il sacco di Roma. Quanto pregai per non essere ucciso con gli altri miei confratelli a Campo dei Fiori! Questa però è un'altra storia.

Il magister distese un foglio intonso sopra il tavolo e mi fece cenno di avvicinarmi.

«Più volte ti ho detto che per trovare il bandolo della matassa occorre comprendere il *cui prodest*, o *cui bono*, ovvero chi ne beneficia. Ma se questo ci è ancora oscuro, è invece evidente il *cui malo*, cioè chi danneggia. Nel nostro caso il pittore Bosch. Il quale si è salvato dai miei sospetti grazie a una sua intuizione o ragionamento, non ha importanza, non certo per mio merito.»

Al centro del foglio scrisse il nome del pittore e a partire da questo tracciò una serie di segmenti con una freccia rivolta verso il nome stesso.

«Procediamo quindi per deduzione. Chi è interessato a fare del male a Bosch?»

Non mi dette il tempo di rispondere.

«Il pittore Giovanni Bellini, per esempio. Per invidia. Ricordiamo che è stato lui a fare la denuncia anonima di eresia.»

Scrisse il nome su un primo segmento.

«Ma anche il vescovo Grimani. Per gelosia nei confronti di Isabella. Due galline e un gallo possono convivere pacificamente, anzi. Ma due galli e una gallina no. I maschi combatteranno aspramente fino alla morte di uno dei due per potersi accoppiare.»

L'immagine non mi piacque ma il ragionamento filava liscio come l'olio. Su un altro segmento il magister scrisse il nome del vescovo.

«Chi altri?»

«Jean de Longueville!» esclamai soddisfatto. «Anche lui vuole la condanna di Bosch.»

«Sì, ma per altri motivi. Tuttavia ti accontenterò e scriverò anche il suo nome. E qualche punto interrogativo sulle altre linee, che potremo sempre riempire se ci fosse sfuggito qualcosa. Ora però scriverò, accanto a quello di Bosch, anche il nome di Isabella. Perché, se gli altri omicidi non avevano apparentemente alcun legame con il pittore se non per il suo quadro, Isabella era legata a lui, gli era vicina. Quindi...»

«Quindi?» ripetei, ansioso di conoscere il seguito.

«Se credessi al caso potrei supporre una coincidenza, ma dal momento che, come sai, non ci credo, allora l'omicida doveva conoscere sia Isabella che Bosch. Il che restringe il campo dei sospetti.»

«Il... vescovo...» balbettai. «Pensate sia il vescovo?»

«Non lo so, sto lavorando su una deduzione, non su un sillogismo, altrimenti avrei già in mano la soluzione. Ma ci siamo vicini. Lo sento, lo percepisco: l'agnizione è in arrivo, l'identità si sta lentamente svelando. Perché abbiamo un altro elemento da non sottovalutare» aggiunse socchiudendo gli occhi come una faina, «ovvero il motivo per cui Isabella abbia accettato la compagnia dell'assassino. Non sarebbe bastato il molto denaro. Era diffidente, furba, per cui deve essere stata indotta in inganno. E questo chiude ancora di più il cerchio intorno a poche persone.»

Ci coricammo dopo un pasto frugale a base di formaggio e qualche pezzo di ventresca, sbollentata e condita con olio. E fino a quando non mi addormentai, davanti a me continuò a fluttuare l'immagine del vescovo Grimani che con una sciabola in mano tagliava la gola a Isabella.

TRENTATREESIMO GIORNO

Calle delle Tette

Mi sentisse oggi il magister fare certe considerazioni, sorriderebbe di quelle che chiamava ubbie o fisime, e forse proverebbe anche a tirarmi qualche calcio ammonitore.

«Le idee malsane giacciono nel sedere, ed è lì che vanno colpite con forza in modo che si spaventino ed escano, preferibilmente dalle orecchie o dalla bocca, per evitare miasmi maleodoranti.»

Così soleva dire ma, ogni tanto, per amor di Dio, si sbagliava. La sera prima aveva parlato di percezioni, e che cosa sono queste se non anticipazioni di un futuro in arrivo? Lo scorso mese, qui a Roma, è passato a trovarmi un dottore francese, tale Michel de Nostredame. Aveva fama di medico e indovino. La prima sera si è abboffato di piccioni e quaglie e si è tracannato una bottiglia intera di prezioso vino di Borgogna, regalo dell'abate di Citeaux per la mia elezione al soglio di Pietro. Il giorno dopo mi ha pure scucito un centinaio di grossoni d'argento, eppure mi ha aperto gli occhi sul destino del mio papato. Con dovizia di spiegazioni mi ha dimostrato infatti come l'astrologia giudiziaria, che si basa sulla posizione del sole e delle stelle rispetto alla terra, illuminata dalla sapienza divina, renda il futuro intellegibile.

E mi ha raccontato (come non credergli) che già anni prima aveva compreso che sarei diventato papa. In quanto, vicino al Carro Maggiore, era comparso un tronco d'albero con accanto dei ceppi. Quindi ciocchi, come il mio cognome. Di più, il sette di febbraio del 1550, secondo i suoi calcoli, il primo raggio di sole filtrato dalle nuvole aveva colpito il monte sopra San Savino. E il mio secondo cognome è appunto Del Monte. La mia elezione era stata, con ogni evidenza, sancita dal cielo prima ancora che da quel lungo conclave. Mi ha detto inoltre (ma tra i fumi del vino, quindi non so quanto potergli credere), che l'affetto per mio nipote Innocenzo è ben visto dalle stelle, poiché è natura che Giove, che sarei io, attiri a sé i pianeti minori.

È l'ultima volta che scarto dalla storia principale, ma ho ritenuto opportuna questa deviazione, per ribadire quanto quella percezione del magister fosse dovuta alla grande Croce, come mi spiegò lo stesso Michel de Nostredame. Dopo avergli raccontato quell'episodio, consultò infatti uno dei suoi libri, e mi rivelò l'arcano.

«Quel giorno di cui parla vostra santità, quattro pianeti avevano formato nel cielo un quadrato perfetto, la grande Croce, simbolo della terra, per cui si venne a creare un corridoio di energia tra questa e il cielo. E siccome nel cielo il tempo non esiste ma è in continua fluttuazione, come sosteneva giustamente Eraclito, il vostro magister vide ciò che sarebbe accaduto nel futuro. Tuttavia a causa della sua mente troppo razionale la visione gli risultò confusa.»

Furono cento grossoni ben spesi. Ma il magister, quel giorno, non appariva confuso, bensì, come suo solito, pensieroso. Per tutto il giorno non fece che prendere il foglio della sera precedente, analizzarlo, scrivere dei nomi per poi tracciarvi sopra una linea. Arrivò quindi la sera, e dopo aver passato una giornata seduto e in meditazione, gli parve giusto uscire a sgranchirsi le gambe.

«*Mens sana in corpore sano.* Anche se questa saggia frase si trova nelle Satire del poeta Giovenale, è stato lo Stagirita, per primo, nella *Tà Politikà*, a sostenere che anima e corpo si debbano sviluppare insieme per il profitto dell'uomo. La ginnastica sia comunque temperata dalla musica e dal pensiero, per evitare che l'eccesso di muscolatura diventi ferocia. Orsù, andiamo.»

Non mi feci pregare, l'uggia mi aveva anchilosato le giunture e aveva portato la mente a pensieri impuri. Che naturalmente dovetti tenere a freno data la presenza del magister. E nonostante mi ricordassi bene le piattole che mi aveva regalato la copula con la padrona della locanda, tuttavia indugiai in quel pensiero, quasi sperando di restare nuovamente da solo con le sue grazie. Quasi.

Girovagavamo a passi lenti, ammirando le maschere che non finivano mai di stupirmi con i loro grotteschi costumi, al punto che alcune sembravano uscite dai quadri del pittore Bosch, e non è escluso che a qualcuna questi si fosse pure ispirato nella sua permanenza a Venezia. Il magister salutava con benevolenza tutti quelli che incontravamo, e anche se talvolta gli rispondevano con un pernacchio, sorrideva loro.

Ci fermammo un poco a pregare nella bella chiesa di Sant'Apollinare e, girando senza meta, dopo aver attraversato un ponticello di marmo, ci ritrovammo davanti a un antico palazzo austero, già decadente. Delle risate mi spinsero a guardare in alto e mi fermai, stupefatto. A ogni finestra, e ve n'erano tante, si affacciava una donna, mostrando il seno nudo.

«Se il girone infernale della lussuria fosse così gaio, i peccatori pullulerebbero come zanzare in uno stagno» esclamò divertito il magister.

Vedendoci, gli schiamazzi delle donne aumentarono. Palpandosi il seno, roteando la lingua e declamando le loro specialità amatorie, quelle gentili signore ci invitavano a salire. Il ricordo delle precedenti fornicazioni mi causò la solita stretta all'inguine, e il magister se ne accorse.

«Te lo sconsiglio» mi disse amabilmente. «Nonostante l'apparenza, questo palazzo nasconde pericolose malattie che nessun unguento o preghiera potrebbe guarire.»

La mia voglia si ritirò all'istante.

«Ma come può la Serenissima» replicai cercando di darmi un contegno «permettere un simile scandalo?»

«Intanto guadagna su ogni prestazione, con le tasse sul meretricio. E come ben sai, *pecunia non olet*, il denaro non ha odore. Inoltre la magistratura ritiene più sicuro e meno scandaloso relegare queste signore in qualche luogo ben limitato piuttosto che lasciarle libere di esercitare la loro professione in città a tutte le ore. Quando escono, poi, per distinguersi dalle donne oneste, che talvolta si vestono allo stesso modo, devono portare un fazzoletto giallo al collo.»

«Come quelle alte che sono passate poc'anzi.»

«Ti ho già spiegato, o forse mi ricordo male, che non sono alte: indossano calcagnini esagerati. È anche questo un modo sia per farsi notare che per farsi riconoscere.»

Metodo davvero ingegnoso, che in parte ho cercato di introdurre anche a Roma. Se non altro per rimpinguare le mie casse che si stanno svuotando a causa dei lavori per Villa Giulia, che ho voluto chiamare così in mio onore. Ma sono troppe, ed è impossibile. Nell'ultimo censimento ne sono state registrate ufficialmente diciassettemila su poco meno di centomila abitanti. Mi chiedo dove i romani trovino i soldi (e la virilità) per sfamarle tutte.

Suonò la terza campana della sera e, come farfalle, da ogni parte della strada, orde di meretrici, a tratti inseguite da giovani mascherati, ci sciamarono intorno e s'infilarono leste in quel palazzo e in alcuni accanto.

«Credo che possiamo rientrare anche noi. Per fortuna, se facciamo tardi, non ci daranno dieci frustate se ci trovano per la strada. Loro lo sanno e le temono più che le multe: la pelle segnata dalla frustra è deprezzata.»

Che sia chiaro: il suo non era cinismo, ma semplice osservazione delle vicende umane. Il magister sapeva guardare senza giudicare, pur non approvando, una dote rara.

Così, lemme lemme, come usava dire mio padre toscano, prendemmo la via del ritorno. Ormai vicini allo Sturiòn, passammo sotto un archetto su cui era scolpita una Madonna regale, con tanto di corona in testa, e di lì prendemmo calle del paradiso, procedendo rasente i muri, sormontati dai barbacani che ci proteggevano da eventuali deiezioni lanciate dalle finestre.

Da lì ci giunse chiaro un lamento che pareva di bestia. Svoltato l'angolo vedemmo un uomo a terra. Nonostante la scarsa luce notammo vicino a lui dei rivoli di sangue, mentre il poveretto cercava di liberarsi da alcuni fili di metallo che gli segavano la carne intorno ai polsi e alle gambe.

«Presto!» esclamò il magister. «Vai a chiamare aiuto alla locanda, io vedrò quello che posso fare. E portami delle tenaglie.»

Si chinò su di lui e io obbedii. Ma come mi girai fui investito da un'ombra che mi scaraventò di lato. Mentre cadevo a terra, imprecando contro quell'energumeno senza educazione, lo vidi estrarre un coltello e dirigersi verso il magister, che ancora era chino sul ferito.

«No!» gridai con tutto il fiato che avevo in corpo.

Il magister si voltò, appena in tempo per vedere la lama abbassarsi con violenza su di lui. Sventò il colpo, forse per la rapidità con la quale alzò il braccio, o per grazia della Madonna che avevamo incrociato poco prima, o ancora per la larga manica del saio. Rotolò per terra, ma non mi sembrò ferito. Il suo aggressore, più alto e più robusto di lui, aveva una benda bianca sul volto, che gli teneva scoperti solo gli occhi, alla maniera dei turchi.

«Vattene!» urlò il magister.

Incerto se quel grido fosse rivolto a quell'uomo oppure a me, rimasi dov'ero. Lo vidi rialzarsi, mentre l'altro gli si lanciava nuovamente contro, e abbassarsi rapido mentre stava per essere colpito. Quello inciampò allora nel corpo chino del magister e cadde, travolto dal suo stesso impeto. Quando si erse in piedi rimasi impietrito: gli era caduta la benda dal volto e lo riconobbi.

L'agguato

Quante volte lo avevo osservato, quasi divertito, ma in certi momenti anche inquietato da quella immobilità di espressione, dal quel suo muoversi silenzioso. Non conoscevo il suo nome, ma lo avevo soprannominato il telamone, come quelle cariatidi gigantesche e nerborute che sorreggono i balconi al posto delle colonne. Il segretario di Jean de Longueville. Si accorse di essere stato riconosciuto, perché anche il magister lo guardava, stupito e spaventato. Gettò a terra il mantello, per essere più libero nei movimenti, e rimasi inorridito nell'osservare il pugnale che brandiva: una micidiale storta, un'arma da assassino più ancora che da sicario, dalla lama larga e affilata, con cui colpire di punta e di taglio. Si girò verso di me, per valutare se potevo rappresentare un pericolo, e mi puntò contro il braccio armato. Non mi ritenne tale e lo rivolse quindi contro il magister, che si era rimesso in piedi, allontanandosi di qualche passo appena.

In questi ultimi anni ho assistito a vari tornei tra saltimbanchi, cavalieri o semplici giovanotti con la volontà o l'ardire di impressionarmi con la loro maestria. Giostrando con spade, mazze e bastoni. Ma sempre con eleganza, con il sorriso stampato sul volto, con la voglia di stupire il pubblico, non di ferire l'avversario, spesso un compare. Il telamone e il magister, che osservavo di sguincio, avevano invece per alleata la morte.

Con una lentezza che mi fece star male, il magister tirò

fuori dal saio quel bastone corto che gli avevo già visto, e con quello si parò a difesa. Ma che cosa poteva fare un frate, armato a quel semplice modo di fronte a un energumeno deciso a uccidere e con un'arma letale in mano? Il gigante, forte della sua supremazia, fece tre passi avanti, con la mano sinistra aperta come un artiglio all'altezza del viso, e la destra pronta al fendente. Con un rapido movimento il bastone del magister gli colpì il polso e per un momento sembrò che l'arma dovesse cadergli. Non mi accorsi nemmeno di un secondo colpo, vidi solo che l'altro si toccava la mascella. E una terza bastonata fu inferta sulla mano libera.

Queste percosse fecero imbestialire il telamone, che cominciò a menare fendenti di dritto e di rovescio. Il magister arretrava, schivandoli, ma ricomponendosi subito, ben fermo sulle gambe, in attesa. Durante un assalto, mentre quello si slanciava su di lui, il magister lo picchiò violentemente sulla nuca e l'altro cadde a terra, in ginocchio.

«Fermati», non c'era tremore, almeno apparente, nella sua voce. «Non uccidere.»

Il diacono, se davvero era tale, sputò per terra.

«Troppo tardi.»

Per la prima volta udii la sua voce. Cavernosa, profonda, e senza alcuna rabbia. Come se fosse preda di un destino ineluttabile, cui era obbligato a obbedire. Come il coltello di Abramo su Isacco. Con la differenza che era Dio a guidare la mano del primo, per testare la sua obbedienza, e lo fermò in tempo. Anche se non ho mai capito quale insegnamento trarne, se non che sia feroce testare la fede in tal modo.

«Non è vero, si è sempre in tempo» gli rispose il magister con un tono quasi paterno.

«Non più, frate Martino. Non si può tornare indietro dall'inferno.»

Il magister abbassò il bastone, puntandolo a terra: non un segno di resa, ma di pace. Comunque io non l'avrei mai fatto.

«Perché, allora?»

«È la volontà di Dio.»

Dette queste ultime parole, il telamone iniziò a roteare la storta, aspettando il momento giusto per arrivare alla gola.

Il magister continuava ad arretrare fino a quando si trovò con le spalle al muro. Confesso davanti a Dio e agli uomini che sarei fuggito, sapevo che dopo sarebbe toccato a me. Ma le gambe non rispondevano alla mente, e forse neanche il cuore. Volevo e non volevo.

«Ti prego» disse il maestro, che vedevo ormai perduto, «non costringermi a farti del male.»

Se non fossi stato con la paura che mi pulsava nelle brache, avrei quasi riso a quella battuta. Come se un topo minacciasse un gatto affamato. Eppure non c'era alcun segno di ironia sul volto del magister, appena illuminato da una vicina torcia: vi lessi solo pietà, una profonda e umana pietà. Sorrise invece il gigante. Alzò il braccio e tirò un fendente dall'alto in basso, verso la gola che quasi gli era stata offerta.

La lama volò sopra la testa, mentre il magister lo colpì allo stomaco con la punta del bastone, dal basso verso l'alto. Il telamone si schiantò a terra, senza fiato. Il piede del magister gli schiacciò la mano armata, che si aprì lasciando cadere la storta. Disteso a terra, tremava: le gambe, le braccia, la testa e tutto il corpo erano scossi da furiosi sobbalzi.

«Non può più nuocere, adesso» disse rivolto a me mentre lo toccava con il bastone. «Mi spiace essere stato costretto a farlo, ma temevo per la tua e la mia vita. Era deciso a uccidermi e dopo avrebbe fatto lo stesso con te.»

Con la gola arsa, tra lo stupito, l'impaurito e il sollevato, feci fatica a fare uscire la voce.

«Io... ma come avete fatto?»

Davide contro Golia, e ancora una volta aveva vinto l'eletto dal Signore.

«Ti ho già raccontato come quel monaco buddista, Ada Ta, mi abbia insegnato a usare il bastone. È un'antica tecnica, che in modo molto pittoresco chiamano del ruggito del leone. Ma non l'avevo mai sperimentata prima, su una persona intendo, e non ero sicuro che funzionasse. È soprattutto un modus mentale, più che un'abilità militare. Vedi, nell'*Iliade* si fa menzione del cattivo uso della forza che può portare al predominio...»

«Magister!» osai gridare e interromperlo. «Non m'importano le vostre filosofie! Stavate per essere ucciso, vi ho visto quasi morire per opera di questo... del segretario di Longueville e voi mi parlate dell'*Iliade*. Non riesco a crederci!»

Mi tappai la bocca e chinai la testa, l'emozione mi aveva tirato fuori dall'animo parole che a mente fredda non avrei mai osato pronunciare. La bocca gli si aprì in una smorfia amara.

«Hai ragione, Giovanni. Sono un vecchio sciocco. E siamo ambedue emozionati. Fossimo due sicari o due spie avremmo familiarità con questo genere di cose, ma noi due, no.»

Il diacono si lamentò debolmente, continuando a tremare.

«Non si risveglierà tanto presto. Secondo quanto mi ha insegnato Ada Ta, la bocca dello stomaco, se stimolata violentemente, produce un lungo tremore e impedisce qualsiasi movimento. Se mi permetti l'ultima citazione, il medico Berengario da Carpi sostiene che tutti i nervi sono collegati al cervello, che ne è in qualche modo il duce. Colpendogli un nervo principale gli ho inibito le normali funzioni della mente.»

Non osai replicare, questo era lui. Ebbi finalmente la forza di sorridergli. E a quel punto mi ritornò la paura.

«E ora, che facciamo?»

«Fatti dare delle corde, alla locanda, così potremo legarlo. Ma non dire per quale motivo. Quando si risveglierà lo porteremo alla corte di giustizia. Per Longueville sarà un brutto colpo. Più di quanto lo sia stato per me.»

Corsi via con le gambe che finalmente rispondevano. Trattai quasi male la padrona Caterina che provò a farmi delle domande, fino a quando, stufa del mio silenzio e perplessa di fronte alla perentorietà della mia richiesta, mi consegnò il cordame. Ma al mio ritorno trovai un'orribile sorpresa.

La confessione

L'uomo legato con il filo metallico se n'era andato, più spaventato che ferito. Probabilmente era la capra, l'esca con la quale attirare la vera vittima designata: il magister. Che trovai seduto, appoggiato al muro, mentre teneva tra le braccia il suo aggressore. Sembrava una Madonna che tenesse tra le sue braccia il Cristo morto. La storta era conficcata nella pancia e dalle labbra gli scendeva un bava di sangue.

«Buon Dio! Lo avete ucciso!»

«Non dire sciocchezze!» mi rimproverò. «Ha preso il coltello e se lo è infilato nella pancia.»

Rimasi incerto se credergli o meno, ma solo per qualche istante. Dopo avermi lanciato un ultimo sguardo, il suo viso si rivolse di nuovo all'uomo, che boccheggiava.

«Sta morendo, non c'è niente che possa fare per lui.»

Il diacono dette due colpi di tosse e alzò appena la testa. I suoi grandi occhi bruni si stavano velando, il magister aveva ragione, come sempre. A un terzo colpo di tosse, dalla bocca gli uscì un grumo di sangue.

«Padre...»

«Dimmi, figliolo, sono qui.»

Ecco il ritratto della pietà che mai vidi uguale in tutta la mia vita futura.

«Voglio confessarmi...»

«*In nomine Patris, et filii et Spiritus Sancti*», il magister gli fece il segno della croce sulla fronte. «Ti ascolto.»

Di nuovo la sua voce profonda, resa ancora più rauca dallo sforzo.

«Ho obbedito e peccato.»

«I tuoi peccati ti saranno perdonati.»

«No!» gridò

La macchia di sangue sulla pancia si allargava sempre di più, insozzando anche il saio del magister.

«No» ripeté, più piano, «non è possibile. Chi toglie la vita non avrà mai la pace eterna.»

«Lascia che sia Dio a giudicare. Apri il tuo cuore, e Lui ti aprirà il suo.»

Lentamente, parola dopo parola, il diacono confessò i suoi peccati al magister. Uno dopo l'altro, senza indulgere in particolari, ma descrivendo le sue colpe, e costringendo alla fine il suo confessore a tenersi la fronte con le dita, per evitare forse di crollare davanti a tanto orrore. Il magister, con le lacrime agli occhi (mai lo avevo visto piangere e mai lo vidi in seguito) gli carezzò la guancia.

«Quindi voi... mi perdonate?»

«Il Signore per primo, attraverso il suo sacerdote, e io, come uomo. Dimmi solo tuo nome.»

«Marco...»

«*Marco, ego te absolvo a peccatis tuis in nomine Patris et Filii et Spiritus Sancti. Amen.*»

Sembrava guardare fisso il magister, grato del perdono, con un leggero sorriso sulle labbra. Aspettavo le sue ultime parole, di ringraziamento magari, ma il magister gli posò le dita sugli occhi e glieli chiuse. Restò non so quanto in quella posizione, mentre pensavo a quello che Marco il diacono aveva appena confessato: *in articulo mortis*, non poteva aver mentito. Il magister era salvo, al momento, ma ciò che avevamo udito andava oltre ogni mia e sua immaginazione. Ora sapevo che, nel bene e nel male, le conseguenze di quella confessione sarebbero state devastanti, per tutti, noi compresi. Dopo aver adagiato con estrema delicatezza il corpo sul selciato, il magister recuperò la calma e la postura che gli si addiceva. Incrociò le braccia nel saio, e mi guardò annuendo.

«Mi sembra di essere quel cieco miracolato» disse con un sospiro. «Mi hanno sputato sugli occhi e ho così riacquistato la vista. Gesù si presenta davvero sotto insospettabili apparenze.»

Mi dichiarai d'accordo con lui anche se, per quello che avevo visto, si era piuttosto manifestato il diavolo. Il magister salì nella locanda ordinandomi di vegliare il cadavere. Obbedii, se pure con un certo timore, quasi che potesse risvegliarsi o che la sua anima, non ancora dipartita, mi si presentasse in tutta la sua malvagia potenza. Al suo ritorno mi consegnò una lettera.

«Portala al capitano Volpato, io ti aspetterò qui.»

Così feci, contento di allontanarmi, e prima che suonasse il mattutino ritornai con l'ufficiale, due suoi soldati e una barella.

«Voi conoscete la verità, capitano» gli disse il magister, «esclusa quella che mi è stata rivelata in confessione. Per il resto fate il vostro dovere. Se volete, sono pronto a farmi interrogare.»

«Non credo ve ne sia bisogno. Grazie alla vostra testimonianza scritta non sarà necessaria neanche quella del vostro assistente.»

Stavo per dire che io, non essendo legato ad alcun vincolo religioso, avrei potuto rivelare ciò che avevo udito, ma aspettai di restare da solo con il magister. Se aveva omesso quel particolare, doveva avere le sue buone ragioni. E così era. Infatti, non appena i soldati se ne andarono con il cadavere del diacono, mi puntò il dito contro.

«Tu sai quel che io so. Per cui domattina, anzi questa mattina, visto che manca poco all'alba, dovrai starmi vicino, ma in assoluto silenzio, quando mi incontrerò con Longueville.»

«Lo denuncerete?»

«Vedremo» mi rispose con aria pensosa. «Vedremo.»

TRENTAQUATTRESIMO GIORNO

Longueville alle strette

Non me lo sarei aspettato, ma come toccai il giaciglio mi addormentai all'istante, di un sonno senza sogni. Poco dopo la voce del magister mi svegliò, e indossai una camicia fresca di lisciva. E con la sua approvazione mi misi in testa una berretta di feltro verde, che mi era antipatica, ma che mi donava un'aria più matura. All'ora terza passavamo per la soglia del tribunale dell'Inquisizione, ma invece di dirigerci nell'aula, il magister mi fece sedere accanto a lui, in un angolo dell'androne, come fossimo due postulanti. In tanti presentavano suppliche al magistrato, così nessuno si accorse della nostra presenza, nemmeno uno dei segretari del tribunale che pure ci stava davanti, indaffarato tra le carte.

«Calati bene la berretta e tieni bassa la testa» mi sussurrò.

Lui si tirò su il cappuccio e nascose la sua chioma brizzolata: in quel modo era un qualunque francescano, di qualunque età. Poco dopo, con la coda dell'occhio, vidi arrivare Hieronymus Bosch, accompagnato dal vescovo Grimani. Non ci degnarono di uno sguardo ed entrarono nell'aula. Non capivo che cosa aspettasse il magister: eravamo già in ritardo. Lo compresi poco dopo, quando Longueville si diresse verso il segretario.

«Avete visto uscire o entrare il mio diacono?» chiese.

«No, monsignore.»

«Siete sicuro?» insistette con fare inquisitorio, atteggiamento che gli veniva più che mai naturale.

«Non posso dire che il diacono non si noti, monsignore. Se fosse passato di qui, avrei almeno percepito la sua ingombrante presenza, quand'anche non lo avessi visto.»

Il mostro, perché così ormai lo chiamavo dentro di me, si girò sbuffando, e in quel momento il magister si alzò e si levò il cappuccio.

«Buongiorno, fratello Jean.»

Se avesse visto un fantasma o il diavolo in persona, Longueville non avrebbe potuto mostrarsi più spaventato.

«Sorpreso di vedermi? Non c'è forse udienza oggi? Ho già visto entrare mastro Bosch e il vescovo Grimani.»

Di Longueville si poteva dire tutto il male possibile, anzi forse era lui stesso il Male, ma di sicuro possedeva un'intelligenza pronta. Passato il primo momento di stupore e di paura, si ricompose. Aveva compreso quasi tutto, di sicuro che il suo sicario aveva fallito.

«Non ti avevo riconosciuto, fratello Martino», la voce tuttavia gli tremava. «Tutto qui. Stavo solo chiedendo notizie del mio assistente.»

«Di questo ti vorrei parlare. Ma non qui. Vieni, usciamo.»

«Il magistrato Bonaccorso ci sta aspettando, non vorrai irritarlo.»

«Ci sono questioni più gravi. Non vedendo entrambi, se ne farà una ragione e attenderà.»

Vincendo la sua idiosincrasia, il magister prese leggermente per il gomito Longueville. Il tono del magister, quieto ma fermo, preannunciava una tempesta. Le gambe mi tremavano quando uscimmo all'aperto. Ci dirigemmo, loro due davanti e io dietro, verso un lavatoio, a quell'ora deserto. Mentre io rimanevo rispettosamente in piedi davanti a loro, il magister invitò Longueville a sedersi sul bordo. L'acqua scorreva dietro di loro, e lo scrosciare avrebbe impedito ai passanti di sentire quello che si sarebbero detti. Il magister sferrò l'attacco.

«Mi dispiace comunicarti che Marco è morto.»

«Quale Marco?» rispose con un tremolio nella voce, già forse intuendo.

«Marco, il tuo assistente.»

Su quell'ultima frase Longueville chinò la testa, come avrebbe fatto qualsiasi uomo di Chiesa all'udire la notizia della morte di un confratello. Sapevamo tuttavia che la sua non era pietà, e che il magister non aveva ancora finito.

«Ho raccolto la sua confessione.»

L'ultimo colpo, il più ferale, giunse a segno. Longueville impallidì. L'attesa di una condanna rende il prigioniero speranzoso, e per questo più malleabile, meno deciso a scagliarsi contro il giudice, per l'estremo tentativo di ingraziarselo. Ma quando la sentenza, la peggiore possibile, viene dichiarata, e ogni speranza perduta, a volte ritorna il coraggio, o la prosopopea, o piuttosto la rivalsa. Così Longueville, che adesso aveva compreso tutto, alzò fieramente lo sguardo.

«E che cosa ti ha detto?»

«Proprio tu mi chiedi di infrangere il sacramento della confessione?»

«E lui», mi guardò con superiorità «che cosa c'entra con la nostra discussione?»

«Ha assistito al fatto.»

«L'hai ucciso?»

Tentò l'ultimo, improbabile attacco, come quando l'alfiere cerca di sorprendere il re avversario, mentre il suo sta già per capitolare, e gli rimane solo la vaga speranza di una disattenzione della regina. Ho imparato a giocare a scacchi, e so che è meglio una sconfitta onorevole piuttosto che una disfatta. Non la pensava così Longueville, che evidentemente non sapeva districarsi in questo gioco così simile alla guerra.

«No, io mi sono soltanto difeso e l'ho reso innocuo. È stato durante un mio momento di distrazione che si è infilato nella pancia la storta con la quale aveva cercato di uccidermi.»

«Dio mio! Ma è impazzito!»

«Jean...»

Il magister scosse la testa più volte, con commiserazione.

«Jean...» ripeté «ha confessato tutto, prima di morire. Si è voluto liberare l'anima...»

«Ha mentito» gridò. «Ha mentito...» ribadì, ma a voce bassa. «E tu non puoi dirmi nulla» concluse puntandogli il dito contro.

«Hai ragione. Io no, Ma il mio assistente sì. Lui non è tenuto al vincolo, ed è un testimone.»

Il magister mi aveva istruito su che cosa avrei dovuto dire, nient'altro che la verità, alla fine. E quando mi fece cenno, mi apprestai a parlare.

«Non dire una parola!» mi ammonì Longueville.

Tirai fuori dalle tasche delle brache un foglio di carta e lo spiegai. Longueville me lo strappò di mano, e fece per leggerlo.

«Che cosa significa questo? È tutto bianco, non c'è scritto niente!»

«Significa che puoi scrivervi la tua confessione, fratello Jean.»

«Ti illudi, Martino, io non farò proprio niente. Io sono Jean de Longueville, l'inquisitore. Ho un potere che neanche immagini, e la protezione di Luigi, re di Francia e buon alleato della Repubblica di Venezia. E il duca del Valentinois, il figlio del papa, mi pregia della sua amicizia. Tutti ti rispettano, ma fra noi due nessuno scommetterebbe su di te.»

Si alzò in piedi, forte della sua arroganza. Non si era difeso, ma aveva attaccato. Forse non sapeva giocare con le torri, gli alfieri e i cavalli, ma aveva rovesciato la scacchiera disperdendone i pezzi. Mi sentii l'ultimo dei pedoni.

«Lo so» disse il magister, senza alterarsi. «Hai ragione in tutto. Con una differenza. Io non sono nessuno, ma per questo non ho niente da perdere se non la mia vita. Tu invece hai molto da perdere. Sei in predicato per un vescovato, e di lì alla berretta cardinalizia il passo sarà breve. E chissà, forse ti eleverai ancora di più.»

«E allora? Che cosa vuoi?»

«Io desidererei la giustizia, non solo in cielo, ma anche in terra, ma so di non poter pretendere tanto. Quando ci siamo incontrati, qui a Venezia, mi hai ricordato la mia scarsa arte diplomatica. È vero, ma oggi vorrei trarne una proficua lezione, in modo da permettermi di rimediare a un torto.»

Longueville lo guardò sospettoso, ma al tempo stesso interessato. Io mi sentivo un vascello tra due galee, ma ancora una volta il magister venne in mio soccorso.

«Vai, Giovanni. E avvisa l'eccellentissimo magistrato Bonaccorso che i due inquisitori si scusano profondamente per la loro assenza. Riferisci anche che stanno trattando riservatamente per giungere a un accordo circa il procedimento a carico del pittore Hieronymus Bosch.»

La smorfia dell'inquisitore valse più di qualunque opposizione. Longueville tuttavia non replicò. E sul suo silenzio mi sentii autorizzato ad andarmene, con mio grande sollievo.

Le voci corrono

In una Venezia in cui le maschere stavano diradando per l'avvicinarsi della Santa Quaresima, le voci corsero prima ancora che i fatti accadessero e la notizia passò di bocca in bocca, prima sussurrata e poi gridata. Con sorpresa e delusione i veneziani appresero che nel procedimento a carico del pittore Bosch non vi sarebbe stata alcuna esecuzione pubblica. Per aggiungere tristezza, agli angoli delle strade già si vendevano i gigli, soprattutto quelli viola, per l'approssimarsi del Venerdì di Pasqua, che avrebbe sancito la totale sconfitta del Carnevale. Almeno fino al prossimo anno, quando sarebbe risorto, proprio come Cristo. I gigli però servivano anche per omaggiare il nuovo ambasciatore francese, appena insediatosi, in quanto simboli dei re di Francia. Qualche favore, l'accoglimento di una supplica, un affare da proporre o da concludere: l'ambasciatore avrebbe avuto il suo da fare.

Il processo della Santissima Inquisizione contro Hieronymus Bosch sembrava essersi concluso, si diceva, con la piena dichiarazione di non colpevolezza. E addirittura si mormorava che l'inquisitore accusatore avesse riconosciuto il valore artistico del dipinto incriminato. In molte nobili famiglie si discusse allora se valesse la pena commissionare un quadro a mastro Bosch, che però, a seguito della sentenza favorevole, avrebbe di sicuro alzato i prezzi. Non c'era locanda, da quella dove si beveva il sidro più prezioso alla bettola dove il vino puzzava di aceto, in cui non si parlasse di Bosch. Tutti sembravano averlo conosciuto, anche Caterina, la padrona dello Sturiòn.

«Sapete, Giovanni, lui, proprio lui, è venuto qui spesso, e mi aveva garantito che mi avrebbe fatto un ritratto. Ma si sa, gli uomini fanno tutti promesse invano.»

Sospirava languida quando mi passava vicino. Io però non le avevo fatto alcuna promessa, e nemmeno ci avevo lontanamente pensato. L'unico pensiero era stato quello di restituirle il favore che mi aveva fatto donandomi pidocchi e piattole, magari infilandole qualche topo nel letto. Confessai questa mia intenzione al magister, che mi rimproverò.

«Più pensi a chi ti ha fatto del male, più gli darai soddisfazione. Se cedi alla vendetta, se pure ridicola, ti si ritorcerà contro.»

Belle parole, magari recuperate da qualche antico saggio greco o latino, o magari farina del suo sacco. A me, invece, una piccola vendetta procura una soddisfazione immensa. Su alcune questioni relative ai lati oscuri della natura umana, frate Martino da Barga ne aveva da imparare, o forse non voleva proprio adeguarsi alla vita terrena. Invece io non avevo ancora compreso come il magister fosse riuscito nell'intento di fare assolvere il pittore. Per rimediare a un torto, aveva detto, quello di averlo considerato colpevole: un'altra prova della sua nobiltà d'animo, del tutto inadeguata a quei giorni, come a quelli di adesso. Sempre se le voci che erano giunte anche alle mie orecchie dicevano il vero. Mi interessava tuttavia conoscere come si sarebbe comportato con Longueville, se avrebbe proceduto con la denunzia, se io avrei dovuto testimoniare e via dicendo.

«Tutto a suo tempo» rispose, «non è ancora detto niente. Il diavolo può sempre mettere la sua zampa da caprone nelle vicende umane.»

Mi spiegò quindi che finché non fosse stata pubblicata la sentenza con tanto di sigilli dogali e l'apposizione della firma dei due inquisitori, ogni cosa poteva ancora succedere. Sperava comunque che tutto si sistemasse e che la giustizia trionfasse.

«Quindi Jean de Longueville sarà processato?»
«In cielo, molto probabilmente. In terra è tutto da vedere.»
Passarono due giorni, fino a quando arrivò una notizia che lo agitò positivamente. Una missiva con il sigillo dogale, ma a firma del vescovo Grimani. La sera successiva si sarebbe svolta una festa per celebrare la fine del Carnevale, e il magister era invitato insieme, era sottolineato, a tutta la nobiltà veneziana. Mi stupì il fatto che il ricevimento non fosse nel palazzo, pure meraviglioso, dei Grimani, bensì in quello dei Contarini, senatori della Serenissima.
«Denota un'alleanza e dà alla festa ancora più prestigio. Dietro gli attori di questa commedia, il doge Loredan, Grimani e Contarini, incontreremo una pletora di comprimari.»
«E noi, chi siamo?»
«Il pubblico, per ammirarli e battere le mani. Guai a fischiare, però.»
«E ci sarà anche...»
«Ci saranno tutti, Giovanni. E sarà anche l'occasione per stringere patti. Quel genere di accordi che servono solo per essere in futuro ricordati nei libri di storia. Non so se hai presente», sorrise, «l'eterna alleanza tra Dio e Mosè.»
Evitai un scappellotto ammonitore, che non mi avrebbe tuttavia colpito anche se non mi fossi scansato. Non avevo mai visto il magister così allegro. Compresi più avanti che non era per via di una sua prossima e probabile vittoria, ma perché sarebbe ritornato quanto prima nella sua collegiata di San Cristoforo, a Barga.
«Io verrò con il mio saio, ma tu avrai bisogno di un vestito adatto.»
Ci dirigemmo in piazza San Marco, dove, al secondo piano di un palazzo di mattoni rossi, entrammo in una sartoria. Appesi alle pareti vidi abiti di ogni foggia e colore, sui quali insistevano collane, medaglioni e altri orpelli che giudicavo adatti più a una donna. Il sarto ci venne incontro, profondendosi in un largo inchino. Indossava un paio di larghi calzoni imbottiti di un rosa pallido, sopra delle calze bianche, e le scarpe basse erano chiuse da un laccetto appena sopra la caviglia. Il giustacuore, strizzato in vita da una cin-

tura di cuoio dorato, era ricamato con delle foglie di acanto verdi, e aveva delle maniche a sbuffo che terminavano con dei polsini ricamati. Lo guardavo con aria stupita, che lui scambiò per ammirazione, e si lisciò la corta frangetta bionda. Non contento, mi passò una mano sul mento, una carezza leggera che mi fece rabbrividire.

«Il vostro servo mi ricorda Adone» disse al magister, «la giovanile bellezza maschile, che purtroppo non mi appartiene più.»

«Non è il mio servo» rispose divertito il magister, «ma il mio assistente, in futuro un valente avvocato.»

L'uomo si intendeva di sodomia passiva, ma apparteneva a quella genia che ne doveva fare sfoggio. È pur vero che oggi la mia corte assomiglia non tanto a una Chiesa quanto piuttosto a una ristretta *ecclesia* della Grecia antica. Dove contava poco il sesso, ma veniva tenuto in alta considerazione il piacere, fosse quello carnale o quello estetico. Ed è vero anche che le donne che mi circondano sono laide prostitute o vecchie beghine. Invece, gli uomini che mi allietano conversari, libagioni e notti sono di piacevole compagnia, con poca affettazione e nessuna imitazione delle lusinghe femminili. Quello invece sembrava una donna venuta male. Per cui assunsi un'aria fiera, arrogante e virile, non troppo tuttavia, per non indurlo a pensieri lascivi.

La scelta del magister, che pareva capirne anche di moda, cadde su una giornea di fustagno marrone che mi cadeva appena sopra il ginocchio, e che avevo già visto indossata da ricchi mercanti, con sotto una semplice camicia di lino giallo. Delle calzabraghe rosse e dorate, in onore dei colori del gonfalone della Serenissima, dei comodi borzacchini di capretto e una berretta rossa completavano la mise. Quando mi guardai allo specchio, mi sembrò di osservare un nobile veneziano, o fiorentino, forse anche francese: i nobili si assomigliano tutti. Se così mi avesse visto Isabella. La giornea per fortuna coprì la mia eccitazione, non la mia spocchia.

«Stai peccando di presunzione» mi sussurrò all'orecchio il magister. «Potrei punirti lasciandoti in balia del sarto.»

Celiava, naturalmente, ma mi detti una regolata. E dopo

esserci rifocillati con un piatto di fegato e cipolle e un riso agli asparagi, per colpa del quale orinai tutta la notte un liquido verde, ci coricammo presto. L'indomani, disse il magister, sarebbe stata la giornata più importante di tutto il nostro periodo veneziano.

TRENTACINQUESIMO GIORNO
Il gran ballo

Nel giorno ventottesimo del febbraio 1503

Non avevo mai visto nulla di simile. Ogni calle era illuminata con lampade a olio che diventavano più folte in direzione di palazzo Contarini, in modo che nessuno potesse sbagliar strada e che la luce impedisse ai malfattori di attendere la nobiltà dietro qualche angolo buio e depredarla di monete e gioielli. Per noi fu semplice arrivarci: oltrepassato il Ponte di Rialto, un cantiere di legno e di pietre, seguimmo la strada principale che piegava verso destra e andammo avanti fino a un ponticello su uno stretto canale. Superammo coppie seguite da paggi che reggevano l'orlo delle vesti delle donne, e portantine rette da schiavi neri. Anche donne altissime, in bilico precario su calcagnini alti due palmi, aiutate a camminare da servi in livrea. Ormai non mi meravigliavo più né di questo, né del loro mestiere, né tantomeno che fossero invitate a una festa così importante.

Poco dopo, non appena svoltammo alla nostra sinistra, il palazzo Contarini mi apparve in tutta la sua magnificenza, come fosse un gigantesco merletto. Ma ciò che mi lasciò a bocca aperta fu la torre a chiocciola appoggiata al palazzo. Simile alla torre dei pisani, ma più dritta, saliva in alto oltre il tetto, un enorme candelabro in cui brillavano centinaia di lumini posti sotto ogni archetto.

«I veneziani hanno aggiunto Del Bovolo al nome dei Contarini, proprio per via di questa torre fatta a chiocciola, che in veneto si dice appunto bovolo» mi spiegò il magister.

Forse non gli risposi nemmeno, intento com'ero ad ammirare quella meraviglia. Iniziammo a salirvi: ogni tre gradini un servitore vestito alla turca si inchinava al nostro passaggio. Chiesi al magister, che sapeva sempre tutto, per quale motivo, pur vestiti riccamente di verde e d'oro, portassero una catena alle caviglie.

«È un modo per tranquillizzare i veneziani. Una metafora per indicare che i turchi sono servitori della Serenissima, che li veste rispettando il verde, il colore dell'Islam, ma che li tiene sottomessi. Non so tuttavia come la prenderà l'ambasciatore turco», sorrise. «Lo riconoscerai. Avrà un gran turbante in testa con incastonato uno smeraldo, una piuma di pavone sopra e un mucchio di armatori veneziani intorno a cercare di strappargli qualche concessione commerciale.»

Dei suoni stonati ci accompagnarono per gli ultimi gradini, prima di arrivare nel grande salone. Suoni tuttavia allegri e festanti di tromboni, liuti, vielle da mano e da gamba, ribeche e flauti. Provenivano da un angolo della sala, immensa, sfolgorante. Centinaia di torce, che facevano rifulgere gli stucchi dorati, la illuminavano a giorno, mentre gli enormi specchi alle pareti moltiplicavano la luce e le persone riflesse. Ci fermammo all'ingresso, ammirando tutta questa opulenza. Almeno io, mentre il magister allungava il collo per cercare qualcuno.

Non vidi l'ambasciatore, ma fui attratto da un nugolo di gente, in mezzo alla quale intravidi una forma scura, mostruosa. Mi avvicinai, seguito distrattamente dal magister. Non scorderò mai quella bestia immonda, uscita da uno dei gironi dell'inferno. Grassa, grossa, con la pelle spessa come dieci strati di cuoio e un corno unico che gli spuntava sul naso. Puzzava come un cadavere putrefatto e aveva da poco cacato una massa informe sul prezioso pavimento di marmo rosso. Dei servi stavano raccattando le sue deiezioni mentre i gentiluomini intorno ridevano, e le loro spose si coprivano il naso con fazzoletti profumati. Il vescovo Grimani ci venne incontro, raggiante.

«Frate Martino, che Dio vi benedica!»

Indossava una tunica virginale, ricamata in fondo, e una mantella in tinta con il pavimento. Berretta e scarpe del medesimo colore.

«Sempre sia lodato» rispose il magister, inchinandosi davanti all'abito talare che non gli avevamo mai visto prima.

«Venite, prima che inizino le danze voglio presentarvi al padrone di casa.»

Il magister lo seguì, e io gli stavo appresso, ma lui continuava a guardarsi in giro. Andrea Contarini era a colloquio nientemeno che con il doge Loredan. Il quale aprì le braccia facendo svolazzare le maniche di un mantello di broccato francese di seta. Lo dico con certezza perché con quella stessa stoffa mi sono fatto recentemente confezionare piviali e manti.

«Ecco il nostro frate Martino, nobile Contarini» disse il doge a voce alta. Viene dalla terra di Toscana ma xe come se esese veneto!»

«Conosé a nostra lingua?»

«Pare Nostro che te si nei ciei, sia santificà el to nome» rispose il magister. «Credo che in volgare si dica così. Per il resto spero di avere l'occasione di apprenderla meglio.»

Il doge e Contarini risero, e a loro si accodò Grimani. Il magister approfittò della loro ilarità per inchinarsi leggermente e allontanarsi, puntando con decisione verso l'ingresso. Mi affrettai dietro di lui, curioso, finché non vidi l'oggetto del suo interesse. Jean de Longueville era appena entrato.

«Benvenuto, fratello Jean, ti aspettavo.»

«Mi chiami ancora fratello?»

«Anche Abele chiamò così Caino fino alla fine.»

«Non pensare di impressionarmi, Martino.»

«Voglio solo sapere se hai riflettuto sulla mia proposta, che pure mi è costata.»

Il maestro di danza di palazzo Contarini batté più volte il bastone sull'impiantito di legno dove i musici stavano accordando il loro strumenti.

«Nobili signore, nobili signori e ospiti tutti» gridò con la sua voce in falsetto, «in onore dell'eccellentissimo doge Leonardo Loredan, che si aprano le danze. Orsù, apprestatevi.»

Donne e uomini si disposero in due file, con Longueville

che, sordo alla domanda del magister, osservava i loro movimenti. Iniziarono i flauti, con un ritmo lento, seguiti dal suono delicato delle ribeche.

«Bassadanza!» esultò il maestro di danza.

Il doge, in mezzo alla sala, prese per la mano due nobili veneziane e si mosse con loro, a passi morbidi, quasi strisciati. Altri si unirono e iniziò un lento carosello.

«*Révérence*!»

E tutti fecero una leggera riverenza.

«*Démarche*! Posare il piede destro, dietro il sinistro, sulla punta!»

La voce del maestro di danza seguiva il ritmo armonico e dettava i movimenti e i passi. In molti battevano le mani a tempo, e lo avrei fatto anch'io, non fosse stato per la tensione che percepivo sul volto del magister.

«*Branle*! Dondolate ora di qua, ora di là, dove il vento vi porterà. *Simple*! Piede sinistro in avanti, unire il destro al sinistro, e ora con me, piede destro in avanti, unire il sinistro al destro. E ora fate attenzione, seguite la mia canzone. *Double*! Tre passi in marcia, unire il destro al sinistro e oplà, altri tre passi in marcia, unire il sinistro al destro. Tutto daccapo di nuovo, camminando sopra un uovo!»

Una risata generale quasi coprì il suono della musica: il maestro di danza appariva raggiante. Anche se alcuni ballerini sembravano goffi o impacciati, altri eseguivano alla perfezione le sue indicazioni. Tra questi Hieronymus Bosch. Non sembrava davvero un uomo la cui sorte fino a poco tempo prima era legata al sottile filo delle Parche. Anzi, lo era ancora, secondo il magister. Finalmente Longueville smise di guardare la danza e gli si rivolse.

«Sia chiaro: il mio diacono, pace alla sua anima, era pazzo, nonostante le apparenze. Probabilmente la sua gigantesca costituzione gli ha squilibrato la mente. Ciò ha comportato la sequenza degli omicidi rituali, la fallita aggressione alla tua persona e il suo suicidio.»

«Così sia» disse il magister.

«Io non sapevo niente delle sue macchinazioni, o follie, e ne sono stato turbato e offeso come te e come tutta Venezia.»

«È più che evidente.»

«Le nostre comuni ricerche, segno dell'intesa che regna nella Chiesa, anche nei processi in cui gli inquisitori sostengono cause diverse, hanno stabilito che non vi è alcuna blasfemia nel quadro del pittore Hieronymus Bosch.»

Un esercito di formiche mi percorse la schiena, e il brivido mi salì fino al collo e sulla punta delle orecchie. Guardai il magister che chiuse appena gli occhi. Compresi il suo messaggio. Dovevo restare in silenzio e ascoltare fino alla fine.

«Il pittore ha voluto raffigurare nel dipinto il martirio di santa Liberata. E non, come nella denuncia dell'incolto Giovanni Bellini, una composizione androgina in cui la natura di Cristo e quella femminile si unissero oscenamente nel sacrificio della Croce.»

«Santa Liberata?» mi scappò detto.

Longueville mi incenerì con i suoi occhi neri e guardò il magister, per chiedergli spiegazioni.

«Il mio assistente» replicò lui «ignora come il pittore Bellini, e come noi, che inizialmente siamo caduti nell'errore, la storia di santa Vilgefortis, quella che mastro Bosch ha voluto rappresentare. Ella rifiutò di unirsi in matrimonio con un principe pagano, osteggiando la volontà di suo padre. Chiese allora alla Madonna di aiutarla a fuggire da tale pericolo, e la grazia cadde su di lei: la notte prima delle nozze le crebbe la barba. Il promesso sposo così la ripudiò e il padre, accecato dall'ira, la fece crocifiggere come Nostro Signore. Ho detto bene, Jean?»

«Santa Liberata, avevi detto.»

«Potremo usare questo nome, se vuoi, più orecchiabile, ma santa Vilgefortis, da *Virgo Fortis*, la vergine ferma, è il suo vero nome. Ammesso che sia mai esistita» aggiunse sommessamente.

«Il pittore Bosch è d'accordo?»

«Non ha fatto alcuna obiezione, e il vescovo Grimani ha perfino affermato che lui già conosceva la storia come vera, ma non voleva inquinare il processo inquisitorio con il peso della sua testimonianza autorevole.»

«Che uomo nobile. Domani vergherò lo scritto da consegnare al magistrato Bonaccorso. Siamo intesi su tutto, dunque.»

La musica era aumentata di ritmo, e adesso si susseguivano sarabande e salterelli, la confusione regnava sovrana, con il pavimento della sala che tremava sotto i colpi dei danzatori. Se fosse crollato su se stesso non mi sarei meravigliato.

«Manca ancora un dettaglio» disse il magister a Longueville. Lasciaci soli ora, Giovanni, e va a divertirti. Qualunque giovane donna sarà lieta di offrirti il suo braccio.

Avrei accettato volentieri solo quello di Isabella, ma obbedii, come ero solito fare. Tra le luci, la musica incessante e la frenesia delle danze, l'emozione annegò serena e l'animo si risollevò.

TRENTASEIESIMO GIORNO

Addio a Venezia, l'ottavo peccato

Aveva ragione il magister, ancora una volta. Nessuna dama rifiutò il mio invito e mi tenni ben lontano da quelle che svettavano con i loro ridicoli trampoli. Imparai la pavana, in cui sfioravo appena la mano della donna e giravo intorno a lei proprio come se fossi un pavone in corteggiamento. Mi scatenai nella gagliarda, arrivando addirittura a cingere la vita della donna nella volta e nella giravolta, e slanciando le gambe in aria, se pure con poca grazia. Sudato come un maiale dopo aver praticato il salterello, ed evitando un nobiluomo i cui sguardi si erano fatti troppo insistenti e lascivi, uscii dalla sala per prendere un po' d'aria.

Era notte inoltrata e da una monofora del piano nobile potevo ammirare il campanile del Santo Marco e le cupole della basilica, che proteggevano da secoli le ossa dell'evangelista. Adesso possiedo una collezione intera di ossa di santi, insieme a sei preziosi pollici di san Pietro, due mantelli della Vergine, una cinquantina di chiodi della croce e qualche frammento delle tavole di Mosè. Reperti che, una volta da me benedetti, posso rivendere a un prezzo anche dieci volte maggiore di quanto li ho pagati. Guardavo le stelle e pensavo a quale segreto intercorresse fra Jean de Longueville, il mandante di tutti gli omicidi, e il magister. Un artiglio mi prese le spalle, senza preavviso.

«E così è tutto finito! Vorrei baciarvi, se non fosse che ho frequentato solo femmine. Dovessi mai scoprire di preferire le grazie di un maschio, penserei con disappunto di aver sprecato buona parte della mia vita. Meglio non saperlo. E voi, mio buon Giovanni, che cosa pensate?»

Hieronymus Bosch: con la sua solita esuberanza verbale, e con i suoi motti sferzanti. Gli osservai le pupille dilatate, forse aveva già assunto lo stramonio, magari per ispirarsi e dipingere la bolgia delle danze come un infernale girotondo. Non feci in tempo a rispondergli, anche perché non credo gli interessasse la mia risposta.

«Martino da Barga è un vero genio, ma credo sia inutile dirvelo, lo sapete meglio di me. L'imperatore lo pagherebbe a peso d'oro per ospitarlo a corte.»

«Non credo gli interessi» provai a dire, di nuovo sommerso dalle sue parole.

«Lo so, il guaio di certi uomini è la mancanza di limiti, ma è anche la loro peculiarità straordinaria. Come la mia arte o come la sua sapienza. Lui, Bonaccorso e Longueville stanno redigendo proprio adesso, in qualche stanza, il documento finale della mia assoluzione. Pare che perfino il doge abbia pronto il suo sigillo.»

Non sarei riuscito a fermare quell'incalzare di frasi una dietro l'altra nemmeno con un portone di ferro.

«Santa Liberata o santa Vilgefortis! Geniale, ripeto, questa intuizione o invenzione, come la volete chiamare, di frate Martino. In realtà io volevo proprio raffigurare la femminilità del Cristo, La sua bontà, che lo ha portato sulla croce, non è forse caratteristica femminile? Il Messia è un combattente, ma Cristo è amore. E non ci trovavo niente di blasfemo, o forse sì, ma non importa. Ogni tanto, nei miei quadri, metto un simbolo che fa ridere. Per esempio, ho fatto diventare un bordello una casa con l'insegna della Confraternita del Cigno. Proprio quella, la mia», rise di gusto. «Sede della bigotteria più retriva. Ma in Germania, per avere un mio quadro, fanno finta di non vedere questi particolari. Qui da voi invece, vi è troppa ipocrisia: prima o poi arriverà qualcuno che scoperchierà le tombe della Chiesa e mostrerà il vero volto dei suoi principi. Un po' quello che faccio io nei miei quadri: mostro la vera faccia degli uomini, nel bene e nel male. Questo dà al peccatore un brivido di piacere, nel vedersi riconosciuto. Al santo un po' di vergogna, ma sono così rari, quelli veri. A proposito, ho lasciato alla locanda dello Sturiòn un mio dipinto, un ritratto vostro e di frate Martino. Un omaggio, doveroso, ai miei salvatori.»

Ciò detto, fece una piroetta e si lanciò di nuovo tra la folla. Sì, in effetti qualcuno è venuto, come Bosch aveva profetizzato. Un maledetto monaco agostiniano, Martin Lutero, fanatico come il Savonarola dei suoi tempi. In una sua lettera polemica ha scritto che qualche anno fa, in visita a Roma, quando osò parlare di anima, qui in Vaticano si misero a ridere. Ora se la ride lui, tra gozzoviglie e castelli, e non è tanto diverso da noi. Così va il mondo, chiunque dichiari di volerlo cambiare in meglio o è pazzo o vuole approfittarsene. Ma all'epoca ancora non lo sapevo.

Una luce grigiastra, vivida, si spandeva lenta sui tetti di Venezia: era l'alba del mercoledì delle Ceneri. Il cielo si era ammantato di sfumature d'indaco, e oltre il campanile di San Marco avanzava l'aurora, bianca e gialla, che annunciava prepotente una giornata soleggiata. Qualcuno dormiva sui divani, i musici crollavano sulle note e io attendevo seduto, tra un colpo di sonno e uno sbadiglio, l'arrivo del magister. Dormivo, quando si palesò, e la sua sveglia fu gentile.

«È tutto finito, Giovanni. Possiamo andare a riposare.»

In mano aveva una pergamena arrotolata, legata con un nastro rosso, sopra il quale era imposto un sigillo di cera.

«Questa è la copia che dovrò consegnare a sua santità Alessandro VI, l'esito del processo a carico di Hieronymus Bosch. Assolto in nome di Dio dall'accusa di blasfemia e del tutto riabilitato. Firmato dal magistrato Bonaccorso, da Longueville e da me naturalmente, con il sigillo finale del doge Loredan. Il quale mi ha dato anche una sua lettera privata per il papa, roba di politica.»

«Allora» mi schiarii la voce e la mente «è vero! Avete proprio vinto, magister.»

«Sono troppo stanco per discutere di questo. E perfino per farti qualche citazione classica in proposito. Vorrei partire al più presto, se te la senti. Il doge Loredan ci ha messo a disposizione una carrozza da viaggio con un tiro a quattro e una scorta armata.»

«Quando?»

Fu la prima volta che lo vidi come un vecchio, anche se aveva dimostrato più volte la sua baldanza, intellettuale e fisica. Senza quest'ultima il diacono avrebbe ucciso entrambi.

«Appena fatti i bagagli» fu la sua laconica risposta.

Rispetto al nostro arrivo, Venezia era cambiata. La festa a palazzo Contarini era stato il canto del cigno. Il giorno della nostra partenza i marmi dei palazzi avevano perso il loro biancore, gli uomini il sorriso, le donne la voglia di vita e i bambini il loro balocco preferito. Colpa forse dell'assenza delle maschere, perché Venezia stessa era una maschera. Che copriva le difficoltà di un'esistenza sempre all'erta, tra lotte intestine e nemici alle porte, e l'ansia di attendere le navi da cui dipendeva la vita della città e dei suoi abitanti. E che nascondeva verminai impensabili, come il caso di Biasio Cargno o gli omicidi del diacono Marco. Tra meno di un anno Venezia sarebbe risorta dalle ceneri, e di nuovo tra le calli, i ponti, i porteghi e i canali avrebbe impazzato la sua folle allegria. Ma io non l'avrei più vista.

Epilogo

Il sole era già alto, quando mi svegliai a causa di una brusca frenata della carrozza. Udii delle voci concitate venire da fuori e temetti un agguato. Il magister scostò la tenda: una ronda di soldati a cavallo ci aveva raggiunto e stava discutendo animatamente con la nostra scorta. Un cavaliere si avvicinò a noi e riconobbi in lui il capitano Volpato.

«Frate Martino, una disgrazia orribile! Jean de Longueville...»

Dall'affanno della sua voce e dal manto madido di sudore del cavallo, doveva aver spronato senza risparmio la cavalcatura.

«Jean de Longueville» ripeté «è morto. Lo hanno trovato stamattina, vicino al tribunale dell'Inquisizione.»

«Come è morto?» chiese il magister.

Dal tono della sua richiesta traspariva un timore che si rivelò profetico.

«Ucciso, frate Martino, ritengo soffocato da un cuscino, che l'assassino ha voluto lasciare sul volto del cadavere. Ma non è tutto. Accanto al corpo ha lasciato anche degli strani segni, degli indizi, se volete. Come quelli che... mi avete inteso.»

«E quali sono?»

«Un rosario, bene in vista, un piatto, un attizzatoio e un cuore rosso, di stoffa.»

«Datemi un momento, vi prego.»

Il magister prese la chiave che aveva attaccata al saio e aprì il baule, dove avevo raccolto i suoi libri e i due dipinti di Bosch. Il primo, quello dei sette peccati, per il quale Longueville voleva far cadere la colpa degli omicidi sul pittore. E l'altro, un angolo di Venezia con due persone, che sembravamo il magister e io, affacciate a una finestra, a osservare dei mostri per la strada. Aprì il primo e lo osservò neanche troppo a lungo, poi me lo porse.

«Ne mancava uno» sospirò, «osserva tu stesso. L'accidia, il settimo peccato e il settimo omicidio.»

Una suora porgeva un rosario a un ecclesiastico incappucciato, con la testa appoggiata a un cuscino, seduto di fronte a un camino acceso, con sopra un piatto. L'aria vagamente annoiata o priva di volontà: l'accidia, appunto.

«Hai compreso?»

«Non è possibile» risposi, «il diacono è morto, chi può essere stato?»

«L'ottavo peccato, la vendetta.»

Il magister si alzò e scese dalla carrozza, senza dire altro. Compresi, in quel momento, chi era stato. E nel profondo del mio cuore giustificai il suo gesto. Sì, era stato lui, in parte per le ingiuste colpe che gli erano state addossate ma, soprattutto, per l'omicidio di Isabella. Alla quale Hieronymus Bosch era stato legato più di quanto non avesse voluto fare apparire. Il cuore di stoffa lo dimostrava: la sua firma, la ragione della sua vendetta. Il magister rientrò nella carrozza, che poco dopo si mosse.

«Addio, capitano» disse scostando la tenda, «fate il vostro dovere.»

«Addio? Pensavo che voleste tornare indietro per...»

«*Cui prodest* Ti ricordi, Giovanni? Una delle prime massime che ti ho insegnato nelle indagini. A chi giova? Non a me, non alla Chiesa, non alla Repubblica. Io ho terminato il mio compito, non tocca a me applicare la legge della Serenissima. Né posso arrogarmi il diritto di dispensare giustizia. A volte penso che quando la sorte permette la vendetta, vuol dire che questa è la volontà di Dio. E questa volta non ho citato nessun filosofo.»

Furono le sue ultime parole, prima che si tirasse su la coperta, coprendosi anche il volto.

Pochi giorni dopo raggiunsi la casa paterna. Mio padre mi accolse con un abbraccio, mentre il magister proseguì per Roma, dove lo attendeva il papa. Con la pergamena che assolveva Hieronymus Bosch dall'accusa di blasfemia.

Anni dopo ebbi notizie del pittore. L'Inquisizione lo aveva indagato per una presunta appartenenza alla setta degli *Homines Intelligentiae*, che propugnava il libero amore, la nudità e altre perversioni. Ma lui era già morto e il procedimento fu archiviato.

Del magister invece seppi qualcosa solo una decina di anni più tardi, ma questa è un'altra storia, ancora più strana di quella che ho vergato.

Da molti anni, tuttavia, non ho più sue notizie, e vorrei sapere se è finito in catene o in qualche eremo. Dopo la mia nomina a papa ho però dato incarico a due miei chierici di trovare informazioni sulla sua vita e anche il luogo della sua sepoltura. Perché comunque non può essere ancora vivo, a meno che non abbia scoperto il segreto dell'immortalità. Ma anche se lo avesse fatto, non lo avrebbe usato per sé. Voglio sapere di lui perché sono convinto che nessuno, meglio di me, abbia conosciuto il suo animo. E anche per espiare in parte le mie numerose colpe, voglio rendergli giustizia, quella che ha sempre cercato, e far conoscere al mondo tutta la sua storia. Per questo io, anzi noi, Giulio III, doniamo al mondo questo manoscritto.

Dramatis personae

Martino da Barga. Francescano, eclettico ed erudito, rappresenta l'uomo nuovo che nasce dall'Umanesimo e dal Rinascimento. E che cerca di unire scienza, ragione e fede. Il suo maestro, due secoli prima, è rappresentato dalla figura di Guglielmo da Baskerville.

Giovanni Maria Ciocchi del Monte (1487-1555): allievo di Martino da Barga. Figlio di un valente giurista toscano e destinato alla carriera forense, tramite uno zio cardinale salì invece rapidamente la gerarchia ecclesiastica. Divenne il 221° papa con il nome di Giulio III. Cultore della bellezza, fu un grande mecenate (gli furono debitori Michelangelo e Pier Luigi da Palestrina) e si dedicò la monumentale Villa Giulia. Ebbe come amante prediletto Innocenzo del Monte, suo nipote adottivo, e la sua condotta di vita scandalosa fu oggetto delle più feroci pasquinate. Morì di gotta, tipica malattia dei ricchi, a causa dell'esagerato consumo di carne, a sessantasette anni.

Jean de Longueville: domenicano, francese. Impersona, a cavallo tra il XV e il XVI secolo, il *modus operandi* dell'Inquisizione, che aveva già mostrato, tramite lo spagnolo Torquemada, l'intoccabilità del suo potere. Nella storia viene dimostrata a proposito la facilità con cui domina il suo segretario, il diacono Marco, e il modo in cui si defila da ogni responsabilità.

Hieronymus Bosch (1453-1516): il più grande pittore

fiammingo tra la fine del 1400 e i primi anni del 1500. I suoi straordinari dipinti, cui si ispirarono generazioni di artisti come i Bruegel, sono misteriosi e insondabili, ancora oggi oggetto delle più svariate ipotesi e discussioni. Misticismo, droga, visioni, riferimenti letterari e musicali, apparizioni, profezie, mostri, ridicolaggini, ironia e messaggi esoterici si mescolano nelle sue figure, tra le più bizzarre e inquietanti di tutta la pittura conosciuta. Nel 2016 i cinquecento anni dalla sua morte sono stati celebrati in tutto il mondo.

Biasio Cargno: oste veneziano, pare realmente vissuto agli inizi del Cinquecento. Fu accusato di preparare una specialità culinaria, il guazzetto (o sguasseto) con carne di neonati che uccideva e tagliava a pezzi. Fece la stessa fine delle sue vittime, per ordine della magistratura veneziana, in una pubblica esecuzione.

Leonardo Loredan (1436-1521): settantacinquesimo doge della Serenissima, in carica nel periodo in cui si svolge la storia. Di famiglia nobile e ricca, alla fine del suo dogado fu però accusato di appropriazione indebita di fondi dello stato. Nonostante la difesa del potente avvocato **Marco Contarini**, appartenente a una delle più nobili famiglie veneziane, fu condannato a risarcire la Repubblica. Altri tempi, rispetto ai giorni nostri.

Isabella Lavagnolo: Donna giovane, colta, intelligente e spregiudicata come erano le cortigiane di lusso nella Venezia del Cinquecento. Del tutto differente dalla pletora di prostitute che albergavano nella città lagunare all'apice del proprio splendore.

Domenico Grimani (1461-1523): vescovo e patriarca di Aquileia, figlio del doge Antonio (in totale furono tre i dogi di questo nobile casato). La famiglia, a causa di una battaglia navale persa contro i Turchi, ebbe varie vicissitudini finanziarie e politiche.

Per il magistrato **Bonaccorso**, il consigliere **Bragadin** e il capitano di giustizia **Volpato**, mi sono appropriato di cognomi illustri dell'epoca. Le funzioni esercitate nella storia rispettano esattamente quelle che avrebbero esercitato se fossero state persone reali degli inizi del XVI secolo.

Curiosità

Calle delle Tette: esiste ancora oggi, a Venezia, ma ha conservato solo il nome, non la funzione.

Locanda Sturiòn: è una locanda che esiste ancora, da quasi settecento anni. Con una vista mozzafiato sul Canal Grande e sul Ponte di Rialto. Lo dico per esperienza diretta. La padrona Caterina è invece, per quanto ovvio, del tutto frutto della mia fantasia, un omaggio irriverente e spero divertente.

Ca' Rampani: un palazzo nobiliare decaduto, intorno al quale erano in qualche modo ghettizzate le meretrici anziane di bassa lega. Da Ca' Rampani deriva il termine di "carampana", che indica appunto una vecchia (prostituta).

Ringraziamenti

Questo romanzo non sarebbe mai nato, come i miei precedenti, se non avessi sempre letto, di tutto, saggi e romanzi, belli e brutti.

Di più, non sarei mai diventato uno scrittore, che ritengo il mestiere più bello del mondo.

D'altra parte si dice imparare a leggere e a scrivere, non viceversa: per scrivere, è necessario prima leggere.

Quindi, per *Il settimo peccato*, il primo ringraziamento va alla lettura. Il secondo va a Mario de Laurentiis, l'editor di questo volume. Il suo puntuale e certosino lavoro è stato prezioso. Il terzo, ma non per questo meno importante, va al mio amico e agente Piergiorgio Nicolazzini: sempre presente, il nostro sodalizio dura ormai ormai da dieci proficui anni.

Un grazie all'amico e scrittore Marcello Simoni per una parola in veneto che mi mancava e a Giuseppe Puglisi, compagno di classe al liceo di Livorno, per una precisazione matematica.

Un grazie vero, non doveroso, all'editore che mi ha continuamente mostrato stima e interesse durante tutta la preparazione del romanzo.

Vi sembrerà strano, ma voglio ringraziare anche Umberto Eco, perché ha in qualche modo sdoganato il thriller storico nel mondo, aprendo la strada a me e a tanti altri scrittori. E *Il settimo peccato*, come qualche lettore avrà percepito, è un omaggio, per impostazione e per almeno una citazione, al *Nome della rosa*.

E poi, senza volerla far sembrare una *captatio benevolentiae* (il libro lo avete già finito, se state leggendo queste righe), grazie soprattutto a voi, mie lettrici e miei lettori. Se *Il settimo peccato* vi ha emozionato (un libro è bello se emoziona, altrimenti è brutto, secondo me), prestatelo (con l'obbligo di restituzione, beninteso) a chi magari oggi non ha i mezzi per acquistarlo. Vi suonerà strana questa richiesta, forse la follia di Bosch ha catturato anche me, ma credo che Martino da Barga la riterrebbe cosa buona e giusta.

Indice

Mondadori Libri S.p.A.

Questo volume è stato stampato
presso ELCOGRAF S.p.A.
Stabilimento - Cles (TN)

Stampato in Italia - Printed in Italy